勾吴印记

吴眉眉 著

古吴轩出版社

策划：苏州市泰伯文化研究会 苏州吴氏文化研究中心

资助：苏州市文学艺术界联合会 苏州市财政局

图书在版编目（CIP）数据

勾吴印记 / 吴眉眉著. -- 苏州：古吴轩出版社，2021.12
ISBN 978-7-5546-1892-9

Ⅰ. ①勾… Ⅱ. ①吴… Ⅲ. ①纪实文学 - 中国 - 当代 Ⅳ. ①I25

中国版本图书馆CIP数据核字(2021)第275404号

责任编辑：李　倩
装帧设计：韩桂丽
责任校对：黄菲菲　沈　玥
责任照排：殷文秋　吴　静
摄　　影：蒋家宏　吴海云

书　　名：勾吴印记
著　　者：吴眉眉
出版发行：古吴轩出版社
地址：苏州市八达街118号苏州新闻大厦30F
电话：0512-65233679　　邮编：215123
印　　刷：苏州市越洋印刷有限公司
开　　本：880 × 1230　1/32
印　　张：10
字　　数：184千字
版　　次：2021年12月第1版　第1次印刷
书　　号：ISBN 978-7-5546-1892-9
定　　价：160.00元

序

长期以来，苏州市泰伯文化研究会苏州吴氏文化研究中心有一个愿望，希望将勾吴国在姑苏大地上留下的历史印记系统地整理出来，出版成书。随着城市建设的日新月异，撤县建区、区划调整、村名路名更改，越来越多的历史印迹因时代发展而湮灭，我们的这个愿望愈加强烈。

在苏州有关方面的支持下，这项工作终于列上了议事日程。感谢专业作家、苏州吴氏文化研究中心秘书长吴眉眉女士，她凭着深厚的底蕴和满腔的热情，自告奋勇，欣然领命，担任《勾吴印记》的作者。

说实话，当时很有些为她担心。虽说勾吴国曾存在650年左右，在姑苏大地上遍布印痕和传说，但历史久远，这期间变化繁多，很多东西已消失在时空中，不少记载分散在史书、方志、家谱和民间传说中，要把这些一一挖掘整理出来，绝非易事。又时值新冠肺炎疫情反复，很多地方进去拍个照都特别难。

然而，当我看到吴眉眉女士送来的《勾吴印记》清样时，我释然了。《勾吴印记》从吴地访古、吴门怀旧、吴下谒祖、吴山拾遗、吴水浮光、吴桥望月、吴巷探幽、吴宅寻梦八个方面归类，有图有文，有史有实，娓娓道来。我深深地为作者的造诣和用心感到高兴。吴眉眉女士是一个典型的苏州姑娘，作家、文史学者、画家，近年潜心研究吴地文化，关注吴中非遗项目，有《洞庭碧螺春》《友新六村志·新郭村志》《古新郭风俗》《桃花坞岁时风情》《胥口放舟入邓尉》《传道·修身苏州·民风》等著作。她用隽永的文字描述粗犷的历史，以画家的灵气点活静止的图片，凭学者的严谨搜集整理相关资料。她终日一身古装，飘然而来，恍惚她就是勾吴印记的代表。

《勾吴印记》记录的内容，有的是千百年来的遗存，有的是勾吴国的基因遗传，而更多的是文化传承。反复阅读本书内容，我们会越发领会了解勾吴、纪念勾吴、留存遗迹的意义。所以，本书的出版有着深远的历史意义和重要的现实意义。

勾吴国的建立，是谦让和开拓的产物。谦让和开拓是中华民族传统文化的重要体现，更是吴文化的核心要义。

勾吴国即吴国，也称古吴国。在3000多年前，陕西有个正日益强大的周部落。周部落的首领周太王古公亶父为王位由谁继承的事闷闷不乐。他有三个儿子，大儿子泰伯、二儿子仲雍、三儿子季历。季历生下一个儿子昌。昌从小天资聪颖，一副帝王相。周太王有意将周家的天下传给他。但按当时的传统，只能由嫡长子继承首领之位。季历排行最小，无继承资格，那昌当然也不能当继承人了。泰伯知道了周太王的心思，他就和弟弟仲雍商量，要让父亲的心愿达成。于是，兄弟俩带着300余人，以采药为名，离家出走，最终把王位继承权让给了三弟季历。这就是历史上著名的“泰伯三让”。后泰伯被孔子尊为至德，即连天下都可以让的人，其品德已是至高无上了。

泰伯和仲雍离家后，几经辗转，最后在吴地梅里，即今无锡梅村一带安家。泰伯他们安家后，并没有满足于现状，而是继续发扬仁义谦让之风，同时充分利用带来的中原文明，如种植、养殖、水利等当时的先进技术，很快在吴地立足生根。他们赢得了当地荆蛮人的爱戴，广大民众纷纷投靠，竟达千余人之多，勾吴国就此建立。从约公元前1125年泰伯立国起，到公元前473年吴王夫差失国，勾吴国共存世650年左右。泰伯因谦让才来到了吴地，泰伯因开拓才创立了勾吴国。他是锦绣江南的开拓者，是吴文化的播种人。泰伯三让王位，至德无名的文化，是中国几千年传统文化的典范。所以说，泰伯的谦让和开拓是中华传统文化的重要体现，更是吴文化的核心内容。

苏州古城的建立，是物质文化发达的标志，是勾吴国留给世界，特别是苏州人民的最大的物质财富。

自泰伯建立勾吴国以来，都城一直在今无锡梅村一带。直至十八世寿梦，因国力强大，始称王，于是迁都至今苏州一带。公元前514年，阖闾登基。随着国力的增强，阖闾听从伍子胥建议并命他负责建造吴大城，即今天的苏州古城。伍子胥是个天才，他相土尝水、象天法地，最后在太湖之东的吴中之地，构筑了周长40多里（旧制）的大城。这个大城城墙伟岸，护城河又宽又深，八个城门都是水陆城门，城内河道交错，纵横有序，设计极其科学。苏州古城至今已有2500多年的历史，2500多年间，虽曾经历天灾人祸，但苏州古城的格局至今没变，堪称世界奇迹。古城多处被列为世界文化遗产和全国重点文物保护单位。古城内外处处是勾吴国的历史印记，散发着浓烈的吴文化积淀沉香，向世界骄傲地宣示文明古国的伟大历史。

苏州泰伯庙是中华优秀传统文化传承的重要载

体。据苏州《至德志》、无锡《泰伯梅里志》记载，东汉永兴二年，即公元154年，汉桓帝命吴郡太守糜豹建泰伯庙于苏州阊门外雁宕村南。后为避战乱，此庙于公元914年从城外迁入城内，即现在的阊门内下塘街252号，在现址已有1100多年。

泰伯庙，又名至德庙，全国各地建有多座，苏州泰伯庙是全国第一个敕建的。苏州泰伯庙内供奉了泰伯、仲雍、季札三公神像；东西两庑原分别供奉历史先贤和历代贤裔。纵观泰伯庙历史，其虽历经战乱，多次毁损，但总会得到修缮。特别是唐垂拱四年，即公元688年，河南道巡抚狄仁杰奏毁吴楚淫祠1700余所，独留夏禹、吴泰伯、季札、伍员四祠，足见其地位之高。从泰伯庙保存的历代帝王钦赐匾额和褒崇志看，都是封伯、封王、封神，赞誉有加，赞誉的是至德三让，传承的是谦让大度。

苏州《至德志》中有一篇明代宣德庚戌年写的《重修至德庙记》，讲宣德五年，即公元1430年秋月，况钟初任苏州知府，视察牢狱时，狱中关押着几千人，人满为患，互相指责，难以定判，有的近十年未判，成为一大难题。第二天，况钟决定带领苏州府大小官吏去泰伯庙。只见堂宇倾塌，一片混乱，都没有了奉祀。况钟觉得，是民众失去了德，导致刑狱难清，让民众有德应该是其作为郡守的首要任务。于是，他马上命人进行修缮，加班加点，迅速修缮一新。然后，况钟带领大小官吏、父老乡亲，进行了隆重的祭祀，颂扬泰伯先祖的至德大义。牢狱中的囚犯知道后，愧悔无地，说：“我们的先人泰伯，连天下都让了，而我等还在为一些鸡毛蒜皮之事争个不休，还要劳驾郡侯大人，太丢人了！”于是纷纷俯伏庭下，自认其错，互相和解。没过几天，牢狱已空。这是当年重修泰伯庙时的记载，是况钟上任后一年所写的，应该很真实。

当年的这个故事充分说明了泰伯庙所起的重大的历史文化作用。时至今日，苏州泰伯庙已是苏州历史最悠久的文化遗产，是极受尊崇的庙宇，是最能代表勾吴国和苏州的载体，是最值得传承的吴文化的标志。苏州泰伯庙应该成为最具苏州特色的历史文化名片。

清代吴鼎科编写的《至德志》，是关于苏州泰伯庙的专志，收录了有关勾吴国和泰伯及其后裔的重要文献，有着深厚的文化基因。其中还记录了康熙、乾隆在苏州的钦赐匾额，各位皇帝的谕祭文和汉桓帝的赐吴泰伯世系图赞，详细记载了历代褒崇志、优恤后裔志、兴建祠庙志、修葺林墓志、祖宗行实志、古迹遗像志、古今艺文志、宗支繁衍志、杂事识余志等。

国有史、地有志、家有谱，是支撑历史文化大厦的三大支柱。治天下者以史为鉴，治郡国者以志为鉴。对中国古代的地方官吏来说，《至德志》等志书是他们施政的必备之书。细细读来，你会感到泰伯在为吴地百姓树立道德楷模的同时，也为改变江南的蛮夷民风起了至关重要的作用。

《至德志》中还有一个极为重要的吴氏世系图，从一世泰伯记录到一百零四世吴朝鼎，历时3000年左右，这是最具权威的吴氏家谱世系图。

据《锡谱》记载，公元154年，吴郡太守糜豹在《如胜吴公修辑世系序》中说："若圣人，德与天地同其高厚，名与日月同其光明，文与山川同其悠久。故禄位之封于朝廷，功业之载于青史，福祚之飨于宗庙，子孙之保于万世也。洪惟周之泰伯，其圣矣乎！三让而保其家国之有天下八百余年。上王其祖宗，下侯其子孙，圣德圣功为何如哉！当商之际，拯生灵于涂炭之中，星斗得文武而整肃，山海得文武而清宁，泰伯之功无不在焉。永兴戊午岁，豹恭膺皇命来守吴郡，敕建泰伯庙于阊门外，访子孙正脉源流主祀。泰伯四十一世孙如胜，以家藏世系进奏，帝览而制曰：‘贤哉吴泰伯，庆泽弥流长。’遂命太尉黄琼等议，如胜次子允承为奉祀侯，永主庙祀。如胜思祖庙告成而宗谱尚阙，于是纂集之而命序于余。余按谱牒，由泰伯、仲雍四传而周章受封显姓，以吴承姬，十五传而季札，复以逊国封于延陵，自后为王、为公、为侯、为相、为将帅、为郡牧者，不啻数百人。泰伯之庆泽流长，岂不与天地日月山川同其高厚，光明悠久哉！吴氏子孙登名是谱者，当知前列名裔之重，可不兢兢业业、慎行修身？思之曰：一言之玷，玷吾先圣之德也；一行之乖，乖吾先圣之泽也。庶不负斯谱之传家也。是为序。”

从文中看，吴如胜原只有家藏世系表，在苏州泰伯庙建成后，吴如胜始修宗谱。同时他儿子吴允承受皇命任奉祀侯，永主庙祀。此后，历代子孙，一直担当此任1700多年，直至民国。相应家谱也不断修撰，至今，该谱仍由其后裔保存着。当然，家谱是以家族为体系修撰的，受条件之限，不可能包括全部，都是以分支为单位，而分支又不断繁衍变化。所以，这一支仅记录了吴如胜负责祀奉泰伯庙的那支家谱，但这一支无疑是最权威的主脉家谱。

苏州古城、苏州泰伯庙、《至德志》无疑是勾吴国留给苏州的最大、最深的印记，也是最有代表性的历史文化遗产。

今日的苏州，已是国际、国内著名的城市。上有天堂，下有苏杭，这里不仅风景秀丽，还有世界闻名的工业园区，充满着活力和张力。同时，苏州的古城保护做得越来越好。泰伯庙已成为苏州市青少年教育基地，颂泰伯，德为先，已走进教室；弘扬中华民族优秀传统文化，提高国民道德水准，已成为全民共识。

感恩祖先，感恩这片伟大的土地，感恩我们这个伟大的时代，就是编写《勾吴印记》的初衷。

苏州市泰伯文化研究会会长、泰伯108世裔孙吴永敏

2021年12月

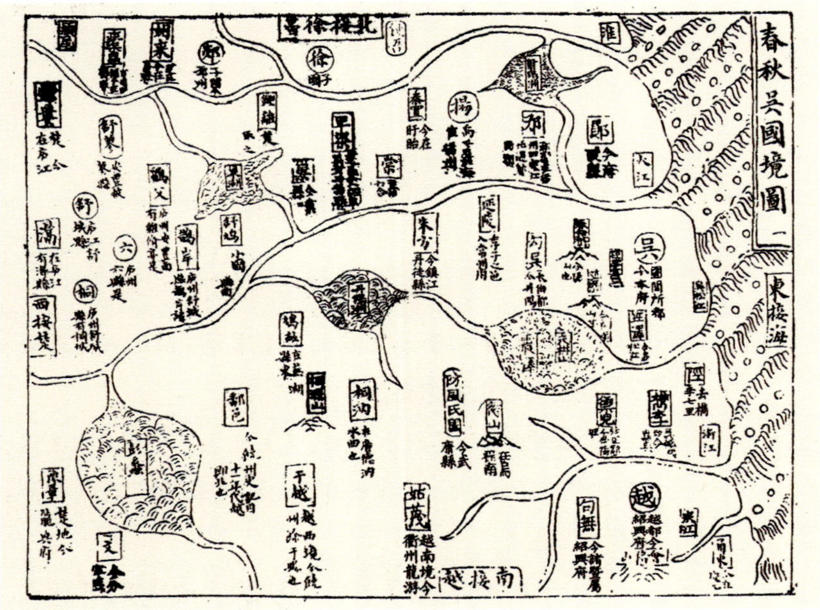

春秋吴国境图

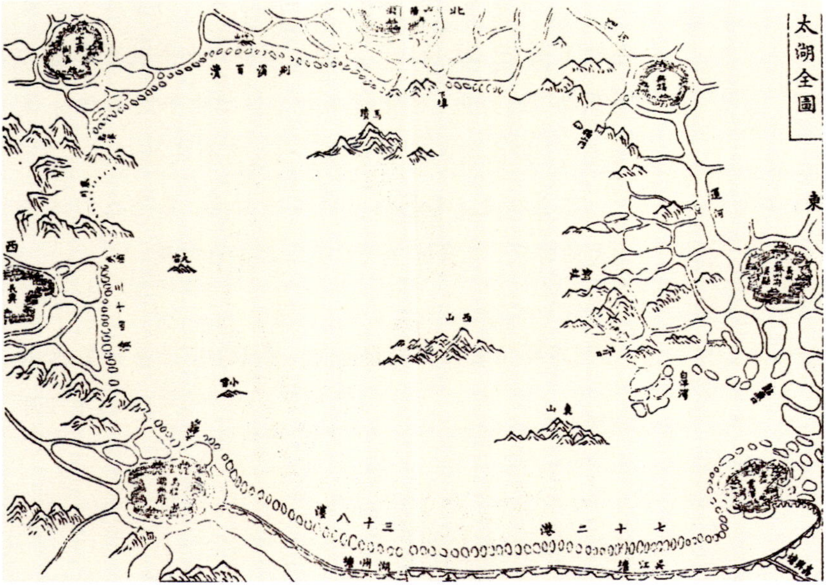

太湖全图

秦會稽郡圖領縣二十六

按秦吳縣即今蘇州府吳縣治曲阿即今鎮江府丹陽縣治烏傷即今浙江金華府義烏縣治毘陵即今常州府武進縣治餘暨即今浙江紹興府蕭山縣西陽羨在今常州府宜興縣南五里諸暨即今紹興府諸暨縣治無錫即今常州府無錫縣治山陰即今紹興府山陰縣治丹徒即今鎮江府丹徒縣東南十八里餘姚在今紹興府餘姚縣治婁縣在今蘇州府崑山縣東北三里上虞在今紹興府上虞縣西北海鹽在今浙江嘉興府平湖縣東南剡縣

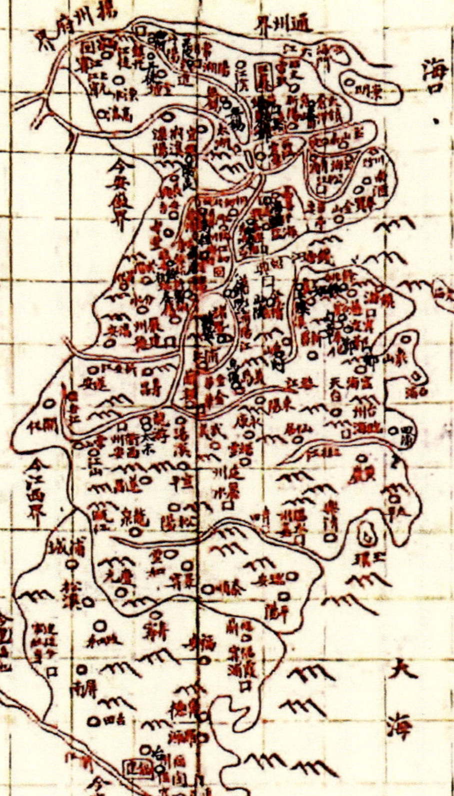

每方縱橫百里

在今紹興府嵊縣西南由拳在今嘉興府嘉興縣南大末即今浙江衢州府龍游縣治烏程即今浙江湖州府烏程縣南白章即今浙江寧波府慈谿縣西三十五里餘杭即今浙江杭州府餘杭縣治鄞縣在今杭州府錢塘縣西鄮縣在今寧波府鄞縣東富春即今杭州府富陽縣治冶縣在今福建福州府閩縣東北回浦在今浙江台州府臨海縣東南

圖中有會之處从回府从口直隸廳从◇散廳从◇直隸州从回散州从□縣从○

下仿此

秦会稽郡图

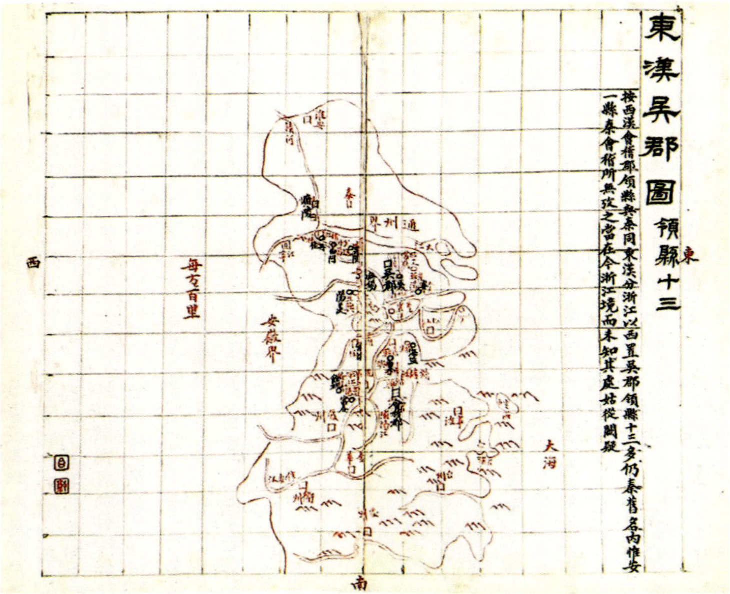
東漢吳郡圖　領縣十三
按西漢會稽郡領縣與秦同東漢分浙江以西置吳郡領縣十三多仍秦舊名內惟安一縣秦會稽所無攷之當在今浙江境而未知其處姑從闕疑
東
西
南
每方百里
安徽界
大海

东汉吴郡图

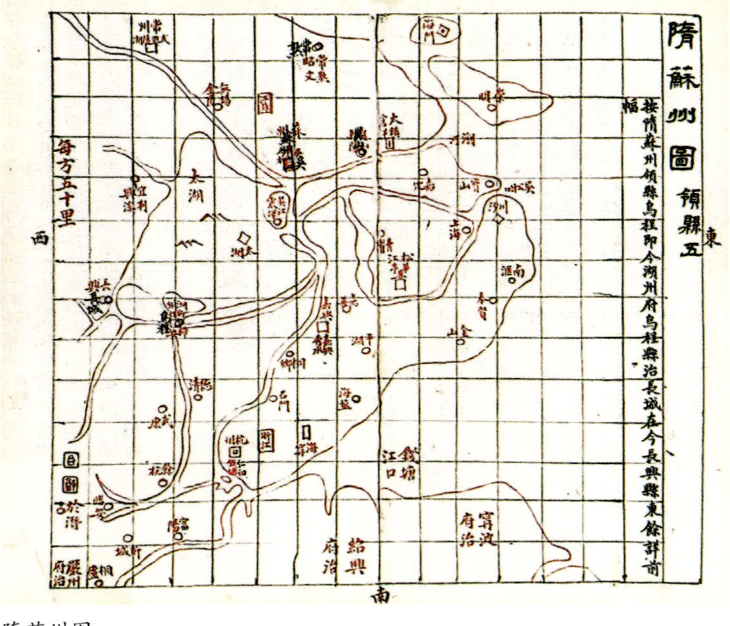
隋蘇州圖　領縣五
按隋蘇州領縣烏程即今湖州府烏程縣治長城在今長興縣東餘詳前幅
東
西
南
每方五十里
太湖
錢塘江口
紹興府治
寧波府治

隋苏州图

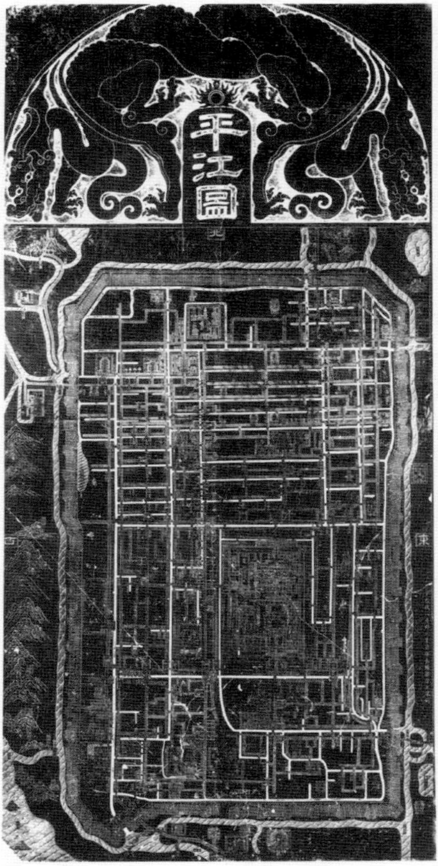

宋平江图

明苏郡城河三横四直图

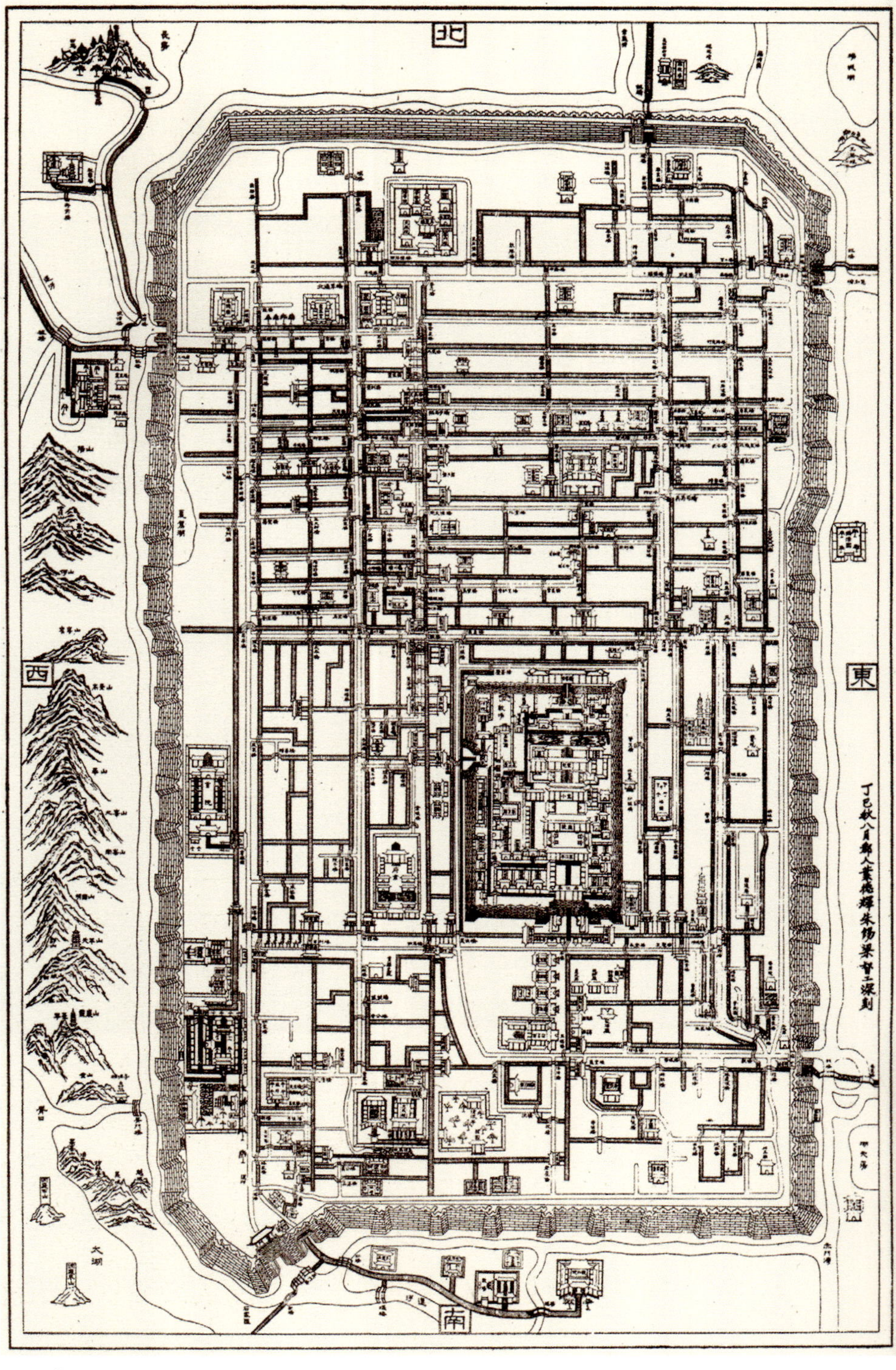

民国苏州地图

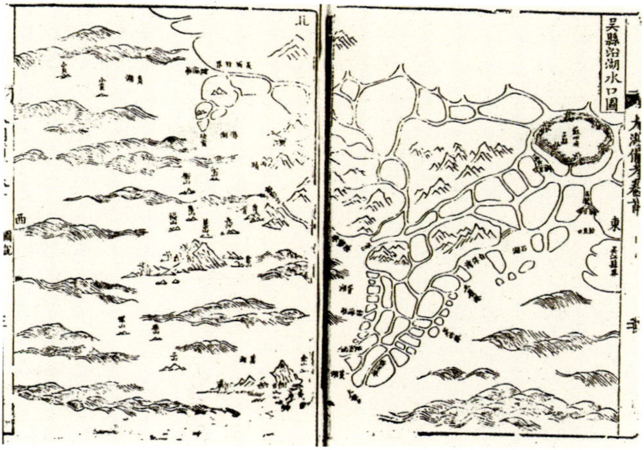

《太湖备考》吴县沿湖水口图

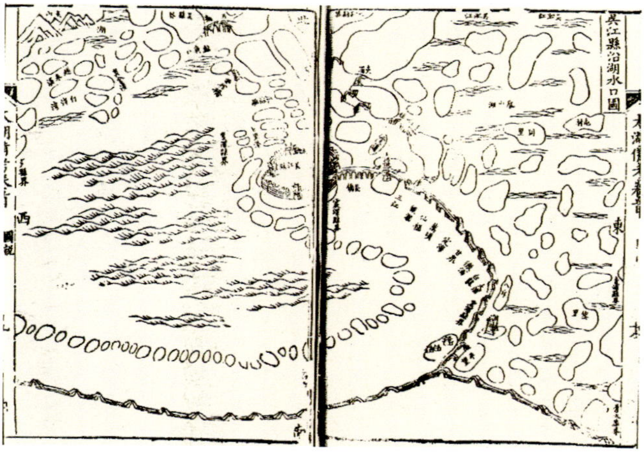

《太湖备考》吴江县沿湖水口图

《行水金鉴·运河图》太湖吴淞江流域

目录

吴下谒祖

吴山拾遗

吴水浮光

吴桥望月

吴巷探幽

吴宅寻梦

引言

春风倚棹阖闾城

明代卢熊《苏州府志》序（宋濂）说："吴在周末为江南小国，秦属会稽郡，及汉中世，人物、财赋为东南最盛，历唐越宋，以至于今，遂称天下大郡。"中国现代著名历史学家、民俗学家顾颉刚先生在《苏州史志笔记》中说："苏州城之古为全国第一，尚是春秋时物；其次为成都，则战国时物。"明万历时，袁宏道为吴县令，他给友人龚惟学的信里这样盛赞苏州："若夫山川之秀丽，人物之色泽，歌喉之宛转，海错之珍异，百巧之川凑，高士之云集，虽京都亦难之。今吴已饶之矣，洋洋乎固大国之风哉！"清康熙时人孙嘉淦在《南游记》中也赞叹道："姑苏控三江、跨五湖而通海。阊门内外，居货山积，行人水流，列肆招牌，灿若云锦，语其繁华，都门不逮。"中华人民共和国成立后，特别是改革开放以来，苏州城市建设和经济发展日新月盛。拔地而起的高楼、飞速发展的经济、方兴未艾的现代信息技术、高新技术的产业、绿色生态的环境等，无不为古城注入新的活力和生机。

商末泰伯避居江南并建立勾吴国，国都在今无锡梅村一带，但外郭已进入今苏州城西北区域。至十八世寿梦，相传已于今苏州别筑城为宫室，一说在胥湖口，一说在平门西北二里，一说在昆山等。周灵王十二年（前560），吴王诸樊徙国都至今苏州，有明确的记载，又经馀祭、馀昧、僚三朝。周敬王六年（前514），阖闾即位，问伍子胥治国之策，子胥首先提出建城，阖闾采纳并交由伍子胥实施。建成后的阖闾城，即苏州古城，是按照周朝礼制构建的诸侯王城，由大城、内城、外郭组成。城池经“八座陆门、八座水门”，与外郭相连，河道上有桥。城西是浩瀚的太湖、起伏的丘陵，城东则是河网密布、水田纵横的平原。整个地势西高东低，众水绕城，东流入海，太湖、阳澄湖、金鸡湖、独墅湖、澄湖、石湖等湖泊，如众星拱月般将古城护在中间。时至今日，面对如此巧夺天工的城市选址方案，我们仍然会情不自禁地赞叹古人的聪明才智。当初建造姑苏城的人也许没有想到，两千五百多年后它依然在原来的版图上巍然屹立，这在世界城市史上是一个不折不扣的奇迹。

除此之外，吴王阖闾、夫差还在城内和郊外山水间建造离宫别苑，有吴宫、长洲苑、梧桐园、姑苏台、馆娃宫等。相传西山还有吴王水精宫，任昉《述异记》说“阖闾构水精宫，尤极珍怪，皆出自水府”。凡此种种，均可视作苏州园林的滥觞。太湖，作为吴越争霸的重要战场之一，洞庭东西两山也颇多春秋古迹，明代蔡昇辑、王鏊修《震泽编》卷二有“故国之墟十”说：“一曰马城，在神景观西一百余步，吴王阖闾于此筑城养马，下有饮马泉。二曰鹿城，去马城不远，周围五里，墙壁峻险，阖闾于此豢鹿，下有池，水旱自若。三曰马税城，在登高坛南二百步，马税为梁左金吾将军，梁祚将屯军于此，陈帝伐之，积水溺城，至今存焉。四曰可盘湾，在五女坟东四里，吴王游湖，以险阻为畏，军且不可渡，于此眺望，曰：‘此亦可盘桓也。’故名。五曰明月湾，在石公山西二里，有大明湾、小明湾，吴王尝玩月于此。或曰以湖堤环抱如月耳。六曰消夏湾，一名消暑湾，在明月湾西，缥缈峰之南，吴王阖闾避暑于此。湾深九里，口阔三里，其湾多渔而产菱芡，人家百余，咸衣食之。淳祐初，赵节斋于此种柑橘，名千株园。七曰练渎，在鸿鹤山西二里，南入平湖，北通官渎，旧传吴王开以练兵，王充《论衡》曰：‘阖闾尝试士于五湖之侧，加刃于肩，血流至地。’盖此地也。或曰以水色如练带耳。以上西洞庭。八曰虎山，《洞庭记》云：‘吴王于此山筑阱养虎，因名。’后避唐讳，曰武山。

九曰射鹗山，旁有鸡山，《洞庭记》云：‘昔吴王于此山筑城养鸡，有鹗下山驱鸡，王令人射之，血滴石，今尚赤。’十曰厩里，吴王养马于此。以上东洞庭。”此外，东山又有烟火墩，“翠峰之左，有山如屏而耸照者，曰烟火墩，顶筑方土，横阔一丈许，相传吴王所筑以瞭越者，东山遗迹，此为最古”（金友理《太湖备考》卷十六）。又据陈玉堪《七十二峰记》记载，湖上诸峰中，“有传夫差置男女二狱于其地者，曰东狱，曰西狱”，“又有传夫差设粥饲囚处者，曰粥”。另外，光福的虎山、安山、游湖等都留下了春秋时期的遗迹。

一万年前的人类文明，六千年左右的农耕土壤，三千多年的文化根基，两千五百余年的春秋故都，一千多年前的唐代城市格局，近千年的宋代街坊风貌，约七百年的明清盛世繁华，都为苏州留下了不可多得的文化遗产。截至2020年5月6日，苏州有苏州市文物保护单位693处、江苏省文物保护单位127处、全国重点文物保护单位61处，它们或多或少都烙有“吴”的印记。

苏州，当外地朋友从口中轻轻说出这两个字的时候，他们的声音会格外细气，恐怕于心底里早已涌起了一股酥酥软软的怜惜之情。苏州这样一座连梦都轻柔缠绵的水城，也实在承载了太多人恬淡生活的梦想。这些人或许在官场的钩心斗角中身心疲惫，或许在人际交往中尝尽人心叵测后心灰意冷，又或许只是有钱有闲想过一段单纯闲散的日子，于是他们来到“最是红尘中一二等富贵风流之地”的苏州，凿池、叠山、理水、种花，将自己的梦想变为现实。

上有天堂，下有苏杭。苏州之美，在于秀，如小家碧玉般灵秀。她把含蓄的美隐藏于千年城墙上、幽深古巷内、斑驳老宅里、古朴石桥边、清澈河道间、吴侬软语中……经过时光的洗礼，这一切越发清晰。城中的小桥、流水、人家，在漫长的寂寞等待中，依然美丽；在喧闹的历史长河里，依然惬意。而城外大大小小的湖泊和高高低低的青山，已然成为苏州人取之不尽，用之不竭的金山银山。

粼粼然银波闪烁，幽幽然青山起伏。春秋文化遗存和历代人文景观散落在山的一隅、湖的一湾。无论如何，苏州都是一片浸润在江南烟雨中的软水温山。

右图：吴门十二景·姑苏台 〔明〕沈周
左图：延陵挂剑图轴（局部） 〔明〕张宏

吴趋访古录·姑苏怀古

姚承绪

灵岩山势削云中，香径烟霾乱草丛。
霸业已销金虎焰，威名犹记木犀功。
乌啼茂苑秋无色，鹿走苏台气不雄。
独有剑池埋骨地，一泓寒碧尚幽宫。

终古繁华阅绮罗，山温水软艳情多。
蠡湖风月西家子，鹤市烟花北里歌。
消夏银灯停画舫，讨春玉勒试鸣珂。
半塘游迹分明在，杨柳津头瑟瑟波。

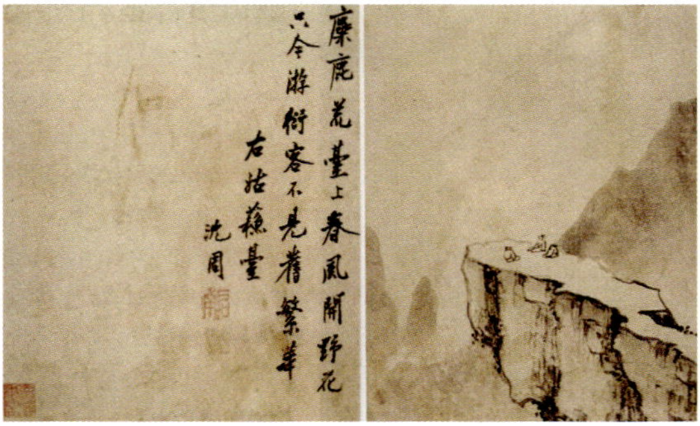

泰伯城·寿梦城·诸樊城

泰伯，也作吴太伯，商代人，姬姓。一直以来，人们通常认为泰伯城在梅里，似乎与苏州没有关系，但是乐史《太平寰宇记》却说“太伯筑城在平门外”。清代张宗祥在《越绝书》中校注说：“平门即吴城北水门。是知太伯故城亦距阖闾大城甚近，距今无锡较远。”另据赵晔《吴越春秋》记载，“故太伯起城，周三里二百步，外郭三百余里，在西北隅，名曰故吴，人民皆耕田其中”。原来，以梅里为中心的泰伯城，外郭三百余里，这个范围包括了今苏州的西北部。当时还开凿了一条从泰伯城通往今相城区漕湖的百尺渎（又称伯渎、泰伯渎），这恐怕是江苏最早的旧水道改造河。同时这也证明，太湖以东地区从一开始就在勾吴国境内。

周简王元年（前585），吴君去齐逝世，寿梦继位。寿梦到雒邑朝觐周天子，当时周定王姬瑜已病逝一年，王子姬夷即位。寿梦回来时顺道访问了邻国，邻国的发展令他大开眼界。寿梦感叹吴国文化的落后，并且明白了一个道理——落后就要挨打。于是，回国后的第二年，他一年便发动了七次战争，自此“寿梦立而吴始益大，称王”（司马迁《史记》）。寿梦时期，实行开放政策，促进华夏文化的交流，同时重视人才的引进，在文字和官制等方面都有很大发展。史载季札精通中原礼乐，阖闾“善文”，吴国王族子弟自身水平也在文化交流中得以提高。约在周灵王三年（前569），寿梦任狐庸为相，自己抽身巡视东南后方，并在姑苏建造城宫。

就迁吴而言，有史料说寿梦将都城迁至太湖东岸五湾之一的胥湖口，清代翁澍《具区志》卷五引《图经》：“吴王寿梦故城在胥湖口。”陆广微《吴地记》则说，“其后至寿梦，始别筑城为宫室，于平门西北二里”，“夏驾湖，寿梦盛夏乘驾纳凉之处，凿湖池，置苑囿，故今有苑桥之名”，“都亭桥，寿梦于此置都驿，招四方贤客。基址见存”。还有一说，昆山故城也是寿梦所筑，“昆山县，本秦汉娄县，其城吴子寿梦所筑”（李吉甫《元和郡县志》）。姚承绪《吴趋访古录》卷四也说，东城“一名娄城，即昆山故城。吴子寿梦所筑，其桥巷犹沿其名。耕者于东寺后辄得古城砖及铜箭镞”，并有诗：“桥巷犹沿寿梦名，千秋雉堞霸图倾。村分娄县田禾熟，水碧吴江野望晴。西鹿东城编地志，断砖残镞出春耕。荐严寺后寻遗址，一片荒榛照月明。”另外，寿梦墓疑似在苏州城西郊的真山。不管怎样，寿梦已徙都今苏

烟水茫茫隐故城

州大市范围无疑了。

周灵王十一年（前561），寿梦去世。周灵王十二年，诸樊继位，迁都到姑苏。张守节《史记正义·吴太伯世家》说："寿梦卒，诸樊南徙吴。"尽管也有不同说法，但迁至苏州是有明确记载的。诸樊城并不大，周十二里，地址在今苏州乐桥东南，范围约在干将路、锦帆路、十梓街、凤凰街之间。诸樊有弟馀祭、馀昧和季札（《左传》说还有蹶由），当年寿梦想传位给季札，但是季札认为废长立幼违背礼制，不肯接受，于是王位被传给诸樊。不过寿梦有遗

此处初为诸樊城

言，兄终弟及，最后还得让季札接位。诸樊待父丧结束就要让位，季札推辞，避居延陵（今江苏常州、江阴一带），诸樊就封他在那里，人称“延陵季子”。诸樊卒，历馀祭、馀昧，馀昧卒，其子州于即位，即僚。自诸樊至僚，吴国都城未见迁徙的文献记录。当时的都城已相当热闹，从赵晔《吴越春秋》中可见一斑。阖闾女滕玉死后，“乃舞白鹤于吴市中，令万民随而观之，还使男女与鹤俱入羡门，因发机以掩之，杀生以送死”。这个故事发生在僚的旧都，据此可见当时居民的聚集人数和市场发展的规模。

阖闾城

在苏州历史上，春秋时期的吴国曾经掀起过一个发展高潮。吴国从一个被中原人鄙视的“蛮夷之邦”，经过历代吴王的发奋图强，竟然南服越人，北威齐、晋，西破强楚，一度成为霸主。纵观历史，吴国的霸业虽昙花一现，但它为苏州乃至东南地区的城市建设和文化发展奠定了坚实基础，其影响历数千年而不绝。

周景王二十年（前525），吴王僚命光攻楚。楚令尹子瑕和司马子鱼率军在长岸（今长江裕溪口）迎战。激战中，吴军刺杀子鱼，但失去王船“余皇”。光佯装撤退而伏兵于四周，入夜发动袭击，把“余皇”夺回。这时，楚平王听信少师费无极谗言，欲杀太子建和太子太傅伍奢全家。他派人将在外执行公务的伍奢两子伍尚、伍员（即伍子胥）召回，以便斩草除根。伍尚回都与父亲同时被害，伍子胥则以武力拒捕，逃奔宋国，与逃亡在那的太子建会合。不料宋国发生内乱，他们又投奔郑国。郑定公待他们不薄，太子建却因参与晋国灭郑之谋被处死，伍子胥只得带上太子建之子胜再次逃亡，一路来到吴国。

周景王二十三年（前522），吴王僚接见楚国流亡者，被伍子胥的复仇情绪所感染，心想让他带兵伐楚一定行。光生怕伍子胥为吴王僚所用，成为自己夺回王位的障碍，竭力劝阻。伍子胥很快明白过来，转而结交光，并将逃亡路上结识的壮士专诸推荐给他。光用专诸为刺客，弑僚而夺得王位，号为阖闾，成为吴国第二十四任国君。吴王阖闾继位后，雄心勃勃，便问伍子胥治国之策。伍子胥提出："必先立城郭，设守备，实仓廪，治兵库。""子胥乃使相土尝水，象天法地，造筑大城。"（赵晔《吴越春秋》）想争霸必须另建更大的城郭，要有积粮屯兵的军事基地。吴王采纳，并委任子胥付诸实施。

周敬王六年（前514）开始建城，"吴大城，周四十七里二百一十步二尺。陆门八，其二有楼；水门八。南面十里四十二步五尺，西面七里百一十二步三尺，北面八里二百二十六步三尺，东面十一里七十九步一尺……吴郭周六十八里六十步"（袁康《越绝书》）。而陆广微《吴地记》说"大城周回四十二里三十步"，乐史《太平寰宇记》则说周长三十里，对此说法不一。不管怎样，其规模在当时各国的都城中，大于周长二十六里的鲁都曲阜，小于周长四十八里的齐都临淄，而与楚国都城郢相近，属于中等水平。这座大城史称吴大城、阖闾城、阖闾大城等，城内有两座小城，一为吴子城，一为

春风又绿阖闾城

伍子胥城（今干将路北）。阖闾城，应该是在诸樊至僚的故城基础上进一步扩建的，其规模更巨，建筑更多，特别是军事防御功能大大加强。“夫吴，城高以厚，地广以深，甲坚以新，士选以饱，重器精兵尽在其中，又使明大夫守之。”（司马迁《史记》）由此，经过寿梦、诸樊、阖闾祖孙三代的共同努力，苏州已成为吴国的政治文化中心。

然而，周元王三年（前473），越灭吴。周安王二十三年（前379），越王翳徙吴，为越国都城。周显王三十六年（前333），楚灭越。楚考烈王十五年（前248），春申君徙封于吴，重新整理陆衢水道，城内形成三横四直的主要水系。经过侯景之乱、唐末王郢之乱，吴郡遭受两次破坏，经两次重建后，城市的形状和布局基本接近如今的面貌。

至今，约两千六百年古城址未曾移易，虽然城墙、城楼和城门经历了无数次风雨洗礼，尚属完好的仅有水陆盘门，但其也足以任后人怀旧凭吊了。

阖闾子城

阖闾大城内建有子城，子城和大城分别被内河与外河包围，这是中国古城建筑特有的模式。阖闾子城（即吴宫城），旧址位于古城的中轴线上，现今的大致范围为东面公园路，西面锦帆路，南面十梓街，北面干将河（第二横河），约略就是诸樊城的范围。其四面有城墙，墙外有环城河（濠），公园路和锦帆路旧时均为河道，十梓街南侧的地底下仍有埠岸遗存。20世纪50年代，在苏州公园发现春秋遗址。1961年《考古》第三期刊登罗宗真《苏州市和吴县新石器时代遗址调查》说：“在苏州公园（即子城遗址范围内）发现了相当于春秋战国时期的以印纹硬陶为代表的遗址。”吴子城与苏州城同龄，都为伍子胥所筑。据赵晔《吴越春秋》记载，伍子胥“筑小城，周十里。陆门三，不开东面者，欲绝越明也”。清代徐崧、张大纯编纂的《百城烟水》载：“子城，在大城内东偏。相传亦子胥所筑，周十二里，高二丈五尺五寸。历汉唐宋，皆为郡治。张士诚僭窃时，据此为太尉府，及败，纵火焚之。独存南门颓垣，上置官鼓司更，郡人呼为鼓楼。城四面旧有水道，所谓锦帆泾也。今多淤塞，其东尚存故迹，称为濠股。”从宋刻《平江图》碑可以看出，当时的吴子城呈长方形，四周环以不高的城墙，在南、西、北方向开有三扇城门，唯独东面没有，这正符合《吴越春秋》所说。

子城初为吴国王宫，城外四周有护城河，西面为锦帆泾，传说吴王携西施乘锦帆之舟游乐于山水之间。吴败于越，越败于楚，至春申君黄歇守吴，在吴宫废墟上重建殿台，有黄堂、桃夏宫等。《太平御览》卷九百二十二引《吴地记》说：“春申君都吴宫，因加巧饰。春申死，吏照燕窟失火，遂焚。”因失火缘故，在厅事墙上涂以雌黄，称之黄堂。延至后世，天下郡治正厅，皆称黄堂。西汉司马迁为写《史记》，南游吴地，他见到春申君古城十分繁华，叹道：“吾适楚，观春申君古城，宫室盛矣哉！”可见，那时的子城宫室，气势恢宏壮观。

自秦汉至唐宋，子城均为郡治所在，至唐宋时期，郡治还有谯楼、戟门、设厅、小厅、宅堂、官廨、库房等

从来郡治设子城

规制建筑。汉时，朱买臣拜会稽太守，走马上任入吴界时，见其故妻、妻夫治道，便令后车载其夫妻到太守舍，这太守舍就是此处。唐为刺史府，当时韦应物、白居易、刘禹锡任苏州刺史时都出入于此。入宋之后，范仲淹任苏州知州，治所也设在子城。绍兴初，宋高宗将驻跸平江，命漕臣于府治营造宫室，三年行宫成，四年移幸，七年三月诏赐守臣，复为府治。南宋时为平江府官署，元末为张士诚太尉府。

阖闾浦

甪直在苏州古城东南五十里，旧称甫里，位于吴淞江之南一个内湾里，该地居民如同生活在一弯新月中。走进烟村水市的甪直，如同迷失在一个童话世界里。春秋时期，吴王在这里建筑离宫别苑，有阖闾浦、吴宫、梧桐园三处。

阖闾浦在甪直澄湖之东，既指水道也指河岸。“阖闾浦，即阖闾离宫也，在甫里西南，一名合塘，为苏松水路之要津。”（彭方周《吴郡甫里志》）当时战火频繁，吴国在此地驻扎水军，阖闾时常去巡视工作，后人或许因此称之为阖闾浦，阖闾所住之处被称为吴王离宫。

澄湖，本为陈州，沉为湖，又叫陈湖、沉湖等。考古发现湖底有一条南北向的深槽，澄湖因此被推测为古东江河道的一部分。湖水清浅时，底可见街、井、上马石等物，为宋代以前乡镇生活的痕迹。姚承绪《陈湖》诗云：“沧海桑田事有无，陆沉空复吊陈湖。烟波笠泽鱼龙影，风物江乡蟹稻区。岂是昆池余劫火，任教水国长茭芦。蓬莱清浅今三度，井石分明竟沼吴。”

阖庐浦口画船开

现在甪直公田村东南方向有一条蜿蜒的水道通向澄湖，俗称社稷浜，后来改为柴积浜。吴语方言“社稷”与“柴积”谐音，虽然音同，但村里的老人依旧习惯称之为社稷浜。甪直中学北面有一条东西向河流，是横贯古镇境内的重要水道，西起板桥，东至双庙港再汇入界浦港进入昆山境内。中华人民共和国成立后，多次疏通、修整，故此定名为甪直浦、甪直塘。它的前身就是阖闾浦，又称阖闾塘、合塘等。据说吴王当年建造宫殿，木材等建筑材料正是经由此水道源源不断地运来。

旧时，由于地处偏远，又在江乡深处，故而前去此地游历的人不多，有关阖闾浦的最早的诗咏见于元末明初。长年流连于太湖一带的倪瓒，有《归阖闾浦》：“极目烟江尽头，屈指摇城渡口。世人不理曲肱，自饷黄鸡白酒。”又有《寄卢士行》写道：“阖闾浦口路依微，笠泽汀边白板扉。照夜风灯人独宿，打窗江雨鹤相依。畏途岂有新知乐，老境空思故里归。拟问桃花泛春水，船头浪暖鳜鱼肥。”虞堪《阖庐浦》写道：“阖庐浦口画船开，兴逐秋潮海上回。霜树露花红窈窕，梵宫仙馆碧崔嵬。南飞越鸟双双过，北带吴山隐隐来。欲把一杯观浩荡，乘风樯舵苦相催。”

由于这里江流环抱，许多年过去，人们从四面八方而来，阖闾浦、吴宫和梧桐园的废墟上重又集聚人气，逐渐有了一座座临水房屋。当这个聚落发展到方圆一公里，且商贾云集、贸易繁荣的时候，就有了一个地名——甫里。直至清代，甫里改称甪直，设甪直镇，属元和县，现属于苏州市吴中区。

吴宫

阖闾夺得王位后，既勤政又节俭，可是到了晚年，他让太子夫差屯兵守楚，“自治宫室，立射台于安里，华池在平昌，南城宫在长乐。阖闾出入游卧，秋冬治于城中，春夏治于城外。治姑苏之台，旦食䱉山，昼游苏台，射于鸥陂，驰于游台，兴乐石城，走犬长洲”（赵晔《吴越春秋》）。阖闾、夫差时代，在太湖东岸的山水间，就建造了姑苏台、馆娃宫、南宫、宴宫、长洲苑、水精宫等宫室园囿。

吴宫在甪直，为夫差所建。自乡都制度建立后，那里就是吴宫乡所在，现在甪直公田村就在吴宫的旧址上。据当地老人说，“公田”以前叫“宫殿”，在村的北面有东谈（坛）村和西谈（坛）村，因原本村边各有一个高高的土墩，像坛，故名。东坛、西坛极有可能是吴王祭祀的场所。

吴宫的地理位置和大致情形，从唐诗中可窥探一二。初唐卫万有《吴宫怨》：“君不见，吴王宫阁临江起，不卷珠帘见江水。晓气晴来双阙间，潮声夜落千门里。勾践城中非旧春，姑苏台下起黄尘。只今唯有西江月，曾照吴王宫里人。”陆龟蒙有《问吴宫辞》，小序说：“甫里之乡曰吴宫，在长洲苑东南五十里，非夫差所幸之别馆耶？披图籍不见其说，询故老不得其地。其名存，其迹灭，怅然兴怀古之思。”陆龟蒙隐居甫里，对吴宫之事自然关心，翻读典籍，询问长老，策杖漫步于田塍，

小桥寂寂说吴宫

放艇泛游于河岸，终究一无所获，无奈写了一首《吴宫怀古》以抒怀：“香径长洲尽棘丛，奢云艳雨只悲风。吴王事事须亡国，未必西施胜六宫。”晚唐刘沧也曾来到这里，写有《题吴王宫苑》：“吴苑荒凉故国名，吴山月上照江明。残春碧树自留影，半夜子规何处声。芦叶长侵洲渚暗，蘋花开尽水烟平。经过此地千年恨，荏苒东风露色清。”

据文献记载，另有吴宫在长洲苑东，相传为吴王别宫。其实，吴王的别宫又岂止这些呢？姚承绪《吴宫》写道：“姑苏台下游麋鹿，莫问离宫三十六。屟廊香径久尘埃，尚忆君王步辇来。歌舞照残吴苑月，莺花催老玉阶苔。即今遗址荒榛暮，落日楼台不知处。山头只剩夜乌啼，井底空余水蛙怒。馆娃佳丽捧心愁，已兆他时戎马忧。南陵风雨西陵哭，越甲鸣来茂苑秋。”战争是残酷的，当吴宫在硝烟中化为灰烬，我们唯有在古人的片言只语中寻找昔日的繁华。

梧桐园

阖闾死后，儿子夫差继位。夫差击败越王勾践，为父报了仇，却从此声色犬马，贪图享乐。越王勾践卧薪尝胆，献越国美女西施给夫差。夫差得西施后，对其宠爱有加，常常携美人游玩于姑苏周边的湖光山色间，甪直吴宫内的梧桐园便是其中一处。

关于梧桐园，任昉《述异记》说："梧桐园，吴郡夫差园也，相传在甫里塘北，地名枫庄者。"又说："梧桐园在吴宫，本吴王夫差旧园也，一名鸣琴川。"范成大将其记入《吴郡志》时写作"琴川"，漏了一个"鸣"字，于是就有人认为梧桐园在常熟。其实常熟也有座叫梧桐园的园子，姚承绪《吴趋访古录》卷五说："在县北陆庄。元富室曹氏所辟。种梧数百本，客至，呼童洗之，故又名洗梧园。"还有人认为梧桐园在古城区阖闾子城内。梧桐园在吴宫，是吴宫的前园，据传吴王携西施于此消夏。据赵晔《吴越春秋》记载，就在夫差即将兴九郡之兵进伐齐国时，一日至姑苏台，白日假寝，竟做了一个"前园横生梧桐"的梦，醒来心生惆怅，便让太宰伯嚭分析梦境是何意。伯嚭巧舌如簧，说是吉兆好梦，把夫差哄得十分开心。但夫差心里还是不踏实，于是便召孙骆来问。孙骆不肯答，推荐公孙圣。公孙圣明知如实相告必招来杀身之祸，但仍忠心耿耿地说了实话，简言之，此乃凶兆。果然，夫差听完大怒，将公孙圣缚解至蒸山（今阳山）野地，让豺狼噬食。宋代周南老有《题吴王宫梧桐园》诗："碧团宫园树，曾宿朝阳凤。花开袭香霏，叶密纤纤蓊。雨杂珰珮声，风生金石弄。初秋一叶零，深宫愁已动。前园忽横生，怪入夫差梦。知匪梁栋材，盲僮斯俑从。"

稻香何处玉鸾声

吴宫的后园，高树参天，绿荫匝地。夫差十四年（前482），太子友见伍子胥忠而被杀，伯嚭佞而专政，便想劝谏父王。一日，他浑身湿透站在父王面前，讲了一则发生在后园的“螳螂捕蝉，黄雀在后”的故事。这件事，赵晔《吴越春秋》有记载。前人有许多咏梧桐园的诗词，如王宾《梧桐园》：“七月交秋未变秋，轻轻一叶下枝头。君王不在当时悟，直到凋残后始愁。”杨基《梧宫夜》：“桐阶白露下，湿萤光炯炯。铜盘烧蜡黄，秋衾梦魂冷。粉泪铅华滴，云鬟秋蝉整。何处玉銮声，芙蓉笑孤影。”高启《梧桐园》：“桐花香，桐叶冷。生宫园，覆宫井。雨滴夜，风惊秋。凤不来，君王愁。”至今枫庄村的老人还能指出这口井的遗址，当地人称之为西施井。《甫里志·古迹》称其为琵琶泉，并引郑允端《题吴宫古井》诗云：“吴王废苑千载余，尚有寒泉一掬清。巧匠凿成推引手，断弦牵出辘轳鸣。涓涓多似江州泪，轧轧疑如出塞声。一曲难湔亡国恨，空留古井不胜情。”西施喜欢对井自赏，据说凡是她居住过的地方，必有一口大井，人称西施井，或称枇杷泉。另据范成大《吴郡志》卷六记载，郡治通判厅“西有枇杷泉，小丘嵌岩，曰西施洞，皆传为往迹，泉清冽，可酿酒”。各种记载真真假假，难以分辨，或许井之于苏州水乡，是再寻常不过的了，随着时间的流逝，附会出一则则浪漫的故事，也在情理之中。然而，沧海桑田，许多年后，还有几人记得“梧宫秋，吴王愁”？

姑苏台

姑苏台，一作姑胥台，是以高台为中心的宫苑，下辟百花洲，台南有长洲苑、走狗塘等游猎场。吴王阖闾始建，夫差进而踵事增华，将其范围扩展到横山中部（今七子山）和东北部（今上方山），并在今上方山设祭天的拜郊台、演武的射台和宴请群臣的宴宫等。

阖闾建姑苏台大约在公元前505年或公元前504年，袁康《越绝书》说："胥门外有九曲路，阖庐造，以游姑胥之台，以望太湖。"范成大《吴郡志》卷八引《吴地记》："吴王阖庐十一年起台于姑苏山，因山为名，西南去国三十五里。夫差复高而饰之。越伐吴，遂见焚。"又说："阖庐十年筑，经五年始成，高三百丈，望见三百里，造曲路以登临。"

夫差即位后，夫椒一战大败越国。勾践获释回国后，便开始阴谋沼吴，文种提出“亡吴九术”，其中“五曰遗之巧匠，使起宫室高台，尽其财，疲其力”。夫差哪里知晓，还欣喜不已，“遂受之而起姑胥台，三年聚财，五年乃成，高见二百里。行路之人，道死尸哭”。

相传越人入吴，纵火焚烧，姑苏台却并未被毁，直到秦汉时期尚在，当年秦始皇东巡，在吴县见到的两处春秋时期的遗迹，就是虎丘和姑苏台。唐代李中有《姑苏怀古》：“阖闾兴霸日，繁盛复风流。歌舞一场梦，烟波千古愁。樵人归野径，渔笛起扁舟。触目牵伤感，将行又驻留。苏台踪迹在，旷望向江滨。往事谁堪问，连空草自春。花疑西子脸，涛想伍胥神。吟尽情难尽，斜阳照路尘。”繁华落尽，说不完的无奈惆怅。明代黄省曾《吴风录》说：“自吴王阖闾造九曲路，以游姑胥之台，台上立春宵宫为长夜之饮，作天池泛青龙舟，舟中盛致妓乐，日与西施为嬉。”

那么，姑苏台究竟在何处？历代文献记载和文人诗文游记中至少有三种说法，且各有各的理论依据：一说在姑苏山，一说在茶磨屿，一说在胥山。

姑苏山在尧峰、紫石山之北，是横山北出最西之峰。“姑苏山，一名姑胥，一名姑余，连横山之北，古台在其上。”（范成大《吴郡志》）姑苏山因建了姑苏台而得名，后人也称胥台山，或称和合山，因“和合”为“吴王”之音讹。

青山隐隐觅苏台

茶磨屿又称茶磨山，在横山东北。莫震纂、莫旦增修《石湖志》卷二称：“姑苏台，在横山东麓，下临石湖，即今茶磨山是其遗址，与拜郊台前后相望，故云两台，上皆平夷，俨然台殿之迹。”李根源《吴郡西山访古记》卷一也说：“土人云，去此二里许和合山半，有姑苏台。至，则巨石峭拔，有石池、石壁，皆人工造作，非天然物，台四周隐隐有旧建筑遗迹。”拜郊台，相传为吴王郊祭拜天之处，其形如椅。明代王宠有《郊台》诗：“酒酣更上吴王台，却忆霓旌万骑来。阅世浮云千古尽，丽天春色五湖开。平原细草游麋鹿，落日阴风啸虎豺。跋扈飞扬总黄土，当筵须罄掌中杯。”

胥山，在太湖胥口之上，也叫姑苏山。阖闾为方便游姑胥台，眺望太湖诸景，在山下造九曲路，南出太湖。皋峰与胥山相连，在胥山东南，故而有人认为姑苏台在皋峰，况且民国时山顶尚存“石筑吴王殿基”。历代支持此种说法的人很多，顾颉刚也认为姑苏台应该在胥山一带。

其实根据志载，夫差扩建姑苏台的范围有五百里，小小的姑苏山当然容不下，只有向东边横山山脉的七子山和东北的上方山扩展。南宋周必大《吴郡诸山录》说：“初吴王筑姑苏前后两台，相距半里（原注：俗呼拜郊坛），为城三重，遗基俨然。”横山东麓有郊台、射圃等古迹。那么，“盖是台本在横山绝顶，于左右望适中，由此西下姑胥，东下楞伽，诸峰峦皆得，以‘姑苏’经之”（张郁文《木渎小志》）。阖闾始建姑苏台于姑苏山，后来夫差将此台扩建至“百五里”，直到横山绝顶，再加以金玉装饰宫苑，并以花椒和泥涂壁，使之保暖而又散发芳香，总之造得富丽堂皇又极尽奢华，从此名扬四海。而横山之南即为横金，就是长洲苑所在。

郊台依旧阅浮云

长洲苑

吴王阖闾建了吴大城后，也造了不少离宫别苑，其中有一处在长洲，人称长洲苑，是阖闾游猎之处。

苑，在古代是指君王贵族休闲的场所，内植花卉林木，畜飞禽走兽。袁康《越绝书》中有“阖闾走犬长洲”之说。走狗塘，与荷花荡相接，俗称南塘河，是吴王游猎长洲苑的必经之路。范广宪《石湖棹歌》注说：“走狗塘在吴县西，从越来溪到跨塘桥折而南即是，荷花荡在焉。”长洲苑的原貌，大致可从唐代诗人孙逖所作《长洲苑（吴黄武中，此地校猎）》中略窥究竟：“吴王初鼎峙，羽猎骋雄才。辇道阊门出，军容茂苑来。山从列嶂转，江自绕林回。剑骑缘汀入，旌门隔屿开。合离纷若电，驰逐溢成雷。胜地虞人守，归舟汉女陪。可怜夷漫处，犹在洞庭隈。山静吟猿父，城空应雉媒。戎行委乔木，马迹尽黄埃。揽涕问遗老，繁华安在哉。”诗中描述了吴王出猎时的盛大场面，以及长洲苑山环水绕的优美环境。可惜，吴国灭亡后，苏台鹿走，宫苑俱废。

范成大《吴郡志》卷八引《吴地记》说，三国时，孙权派使臣徐详向曹操示好，曹操对徐详说：“孤比老愿越横江之津，与孙将军游姑苏之上，猎长洲之苑，吾志足矣。”可见，姑苏台、长洲苑虽已不存，但人人心向往之，其可视作苏州园林的滥觞。到了汉代，刘濞当了吴王，在

长洲苑外草萧萧

长洲苑故址造了一座叫茂苑的大园林。不过茂苑在刘濞兵败身亡后就荒废了。

历代对于长洲苑在哪的说法不一，相比之下，在太湖北岸比较确切。长洲苑为水中之洲，其址在今横泾、浦庄一带。这里旧称横金，在北宋之前，它的西部尚未成陆地，东、南、西三面临太湖，恰似狭长的洲。唐万岁通天元年（696），析吴县东隅置长洲县，以长洲为名，但长洲县与长洲苑并无关系。乐史《太平寰宇记》卷九十七说：“长洲苑，在县西南七十里。孟康曰：‘以江水洲为苑也。’”张郁文《木渎小志》卷一说：“百花洲，即古长洲（阖闾走犬处），在姑苏台下。杨万里、吴师道、高启诸说皆同。”

历代诗人词家对于长洲苑格外钟情，长洲苑似乎成了吴王、吴国的代名词，寻访凭吊者不绝。白居易《长洲苑》：“春入长洲草又生，鹧鸪飞起少人行。年深不辨娃宫处，夜夜苏台空月明。”杜牧《怀吴中冯秀才》：“长洲苑外草萧萧，却算游程岁月遥。唯有别时今不忘，暮烟秋雨过枫桥。”刘沧《长洲怀古》：“野烧原空尽荻灰，吴王此地有楼台。千年事往人何在，半夜明月潮自来。白鸟影从江树没，清猿声入楚云哀。停车日晚荐蘋藻，风静寒塘花正开。”金圣叹对刘沧这首诗推崇备至，在《贯华堂选批唐才子诗甲集七言律》卷七下写道：“此落手七字最奇，意欲先写‘空原’直空到尽情，便只荒荒一点芦荻亦不存留，都付野烧尽烧作灰。夫而后翻手掉笔，焕然点出‘吴王’‘楼台’四字，使人读之，别自心眼闪烁，不复作通套沧桑语过目也。”眼望寒塘日晚，说不出的伤今怀古之情。

馆娃宫

阖闾在木渎境内除了造姑苏台，就是建石城乐宫。袁康《越绝书》卷二说：“石城者，吴王阖闾所置美人离城也。”

石城，姚承绪《吴趋访古录》卷五说“在虞山北麓，以石甃城。越献西施于吴，夫差筑此以为游乐之所。今其地名石城里”，并有诗：“美人贮金屋，相映生回光。离宫三十六，玳瑁栖雕梁。岂伊石城里，无取珠玉装。骄蹇恣游乐，远弃响屧廊。得非姑胥台，将为走鹿场。不如此山麓，垒石周以墙。荡荡不可上，寇来无灾殃。”

另一说石城为灵岩山，相传离宫的围墙全是用花岗石砌成的，今灵岩山顶寺西尚有遗迹可寻。不过也有人认为，石城是自然形成的，在灵岩山南坡有一道长约40米的崖壁，那才是石城。夫差继位后，将石城乐宫上的东宫扩建为馆娃宫，为西施增建馆娃阁、响屧廊、琴台等，并饰以铜沟玉槛；还开了一条采香泾，从灵岩山麓直达香山，便于西施和宫女前去采摘香草。娃者，吴俗称之美女；馆者，食宿之房舍。馆娃宫，即美女所居之所。陆广微

《吴地记》说，吴人呼西施作娃，夫差建馆娃宫于灵岩山。范成大《吴郡志》卷八引《越绝书》说，美女宫为“夫差所作土城，周五百九十步，勾践所进美女西施、郑旦之宫室也”。山顶有三池，玩月池、研池、玩花池，虽旱不竭，其中有水葵甚美，盖吴时所凿。令人叫绝的是响屧廊，或称鸣屧廊，以楩楠藉地而虚其下，吴王令西施与宫女漫步其上，发出悦耳声响。姚承绪《响屧廊》咏道：“吴娃娇步总倾城，艳说风流响屧名。一自越溪鸣铁甲，空廊寂寂不闻声。”下有石室，俗传为吴王囚范蠡之处。

越灭吴，馆娃宫被烧毁，范成大有《馆娃宫赋》：“今则云雨之巅，仙圣是宅，砚沼莼浮，琴台松崛，封古藓于井甃，宿暗芳于洞穴，木鲸吼以清厉，金磬隐其萧瑟。彼方外之徒，龟藏而蠖屈者，又安知往古与来今，方枯禅而缚律，翩鸿影之拂坐，见前山之衔石。”金松岑在俞友清《灵岩山志》书前写道：“棹尽香溪水不香，清山头白霸图亡。编书莫写繁华梦，眼见琳宫照夕阳。”张荣培紧接着写道：“霸图销歇苏台圮，茫茫五湖烟水，屧走虚廊，香搴曲径，遗迹谁寻？西子鸱夷共逝，纵劫换

留得禅宇立斜阳

沧桑，几经弹指，一角青山，白云犹自护僧寺。文人尽多好事，趁虞山志就，探胜吴市，石井牵丝，琴台鼓曲，约略当年情致。消沉艳中，剩野鸽盘空，塔铃声细，落叶西风，吊梧宫旧址。调寄如此江山，即题《灵岩山志》录呈友清先生……”

灵岩山旧时有十八景，除了馆娃宫、响屧廊、琴台和石室外，又有佛日岩、吴王井、玩花池、灵芝石、披云台、望月台、划船坞、石城、石鼓、石射堋、石鼍、石幢、醉僧石、采香泾，其中石景为多，因为灵岩山为熔岩冷凝而形成的花岗石岩体。自唐宋起，人们采石以充园林布置，初时采太湖石，至宋徽宗时最盛。到了明代，太湖石供不应求，于是人们打起山石的主意，灵岩山石被大量开采，就连镇山之宝灵芝石也在采凿时崩坠。灵芝石后来到了五亩园。五亩园主人谢家福在《五亩园小志》中说：“灵芝石，在五亩园。高七尺，纵横八九尺，石面平坦，四旁若无数灵芝，大小相叠，嵌空玲珑，不假人力，乱后尚存。”且采石之风日益盛行。弘治年间，沈周有《凿石歌》曰：“朝凿山，暮凿山，斧斤叵叵声不间。阶材岸费真琐屑，攒峰叠嶂生愁颜。天池芙蓉抱霜死，卓笔琅玕折新趾。呜呼！文章扫地石有冤，老夫作诗代石言。”

吴王井有二，在砚石山腰。一圆井，叫日池；一八角井，称月池。或曰一吴王井，一智积禅师井。穿石而下，皆径丈许，有泉常清，大旱不竭。山麓有西施洞，洞右有眠牛石，前为出洞龙、猫儿石，东西为二划船坞，相传为吴王潴水戏龙舟处。

十八旧景故事多

皇废基

皇废基原本属于阖闾子城东面的一部分，范围大概就是现在苏州公园的区域。元代末年，张士诚割据苏州称王，也在此大兴土木，盖起了宫殿作为自己的王府。其建筑巍峨壮观，远远胜于前朝，可谓子城最后一次辉煌。可惜好景不长，1367年朱元璋遣将徐达围攻苏州，张士诚兵败被俘。据说城破之日，他将姬妾赶到齐云楼，放火焚烧，转眼之间，火势蔓延，将偌大的王宫烧得精光。至此，这座充满爱恨情仇的千年子城，灰飞烟灭了。于是，人们称子城废墟为王（皇）废基。

明代初期，锦帆泾久已堙塞，新上任的知府魏观便命人进行疏浚，拟将府治迁到张士诚太尉府废址（即子城），且有所建筑。不承想有人举报，朱元璋遣御史查核，得知果有此事，于是龙颜大怒，魏观和撰写上梁文的高启等一并被处决。据传自此以后，朱元璋夜夜噩梦缠身。“吴子城”就此被彻底夷为平地。大概是因为这是皇帝下令拆毁的，于是苏州百姓一直称之为皇废基（又称王废基）。

到了明代中后期，苏州已经空前繁荣，尽管城外商肆林立，而城里的“吴子城”却依旧一片荒芜，没人再敢筑室其上。太平天国战后，皇废基的北端建“咸丰庚申殉难一千一百数十人”冢墓，此地越发人迹罕至。正因如此，由明及清，皇废基一直是城中极静僻的地方。

至清末依旧如此，叶圣陶那时正在草桥中学读书，皇废基就在边上，他放学后经常去玩，称之“最可爱之王废基”。范广宪《吴门坊巷待輶吟》卷二《皇废基》诗注说：“今已半改公园半筑体育场矣。”1920年开始，政府规划在皇废基上建造公园，占地约86亩。再后来，这一带终于先后建起了同德里、信孚里、鼎康里等海派石库门里弄，还有十来幢风格各异的单体花园洋房。

据当年《申报》记载，在奚萼铭遗孀黄氏授意下，其子奚士尚、奚士菁以奚萼铭的名义捐五万银圆巨资，以建设苏州公园和图书馆，此等善举一时传为佳话。吴县地方政府建立公园筹办委员会后，专门组成一支百人筹备组，负责经理建造等事宜。图书馆先期动工，公园

皇废基上树参天

分期建设。园门向南，四周砌以短垣。西部为中央花台和喷水池。北部有荷花池，池上有一座三曲桥，碧波红栏，煞是好看。池北垒土为山，山顶建六角亭，登亭眺望，全园景色尽收眼底。园内种植四季花树，供市民游园赏花，休闲娱乐。北部为一片草地，间植常绿树木，清风徐来，小鸟鸣啼，漫步其中很是惬意。草地东面有水禽馆，馆后修竹掩映，惠风和畅。再后有音乐台，台旁有东斋茶室，在此品茗听音乐，悠然自得。1932年，张一麐组织“国学研究会”，掀起了国学热潮。陈石遗、邓邦达、费仲深等常常雅聚于东斋，时称“东斋十老”，留下唱和诗160首，做成长卷，并刻有《东斋酬唱集》传世。公园西南角，又有西亭等建筑。

公园南部喷水池后是苏州图书馆，面积3700平方米，由清代翰林王同愈书“苏州图书馆”额；中间是两层城堡式楼房，楼中有一座四面钟楼，两侧是三层楼房；馆内可藏书50万册，能容纳500人阅览，当时堪称一流建筑。后更名为“吴县图书馆”。全面抗战爆发后，图书馆被炸毁，并被日军占为养马场。抗战胜利后，园内建了用于健身的康乐馆。1947年，该园改称“中山公园”，增建裕斋、涵社和绿化林等。1953年，在图书馆原址上建竹亭，在北面草坪上辟幼儿园。

之后，苏州市人民政府多次拨款修缮，疏挖荷花池，重建澄虹桥，改建三曲桥为和平桥，点缀假山石笋，补种花木，安装石凳石椅等公共设施，并正式将其命名为苏州公园。1979年，以公园东南部12亩土地建成地下防空工程，地面上为公园食堂。曾经荒芜的皇废基犹如被注入了新鲜血液，精神大振，焕发出勃勃生机。

皇废基，现为苏州市古城区一条短巷名，站在巷头可见巷尾。东头通苏州体育场，西头连锦帆路。2005年版《江苏省苏州地名录》将其定名为皇废基，这里发生的颇具传奇色彩的历史故事，借此巷名得以流传下去。皇废基巷内13号为民国叶楚伧故居，建于20世纪20年代，2005年被列为苏州市文物保护单位。

姑苏

姑苏一名的由来，据卢熊《苏州府志》卷二“胥山”记载：“《水经》又引虞氏云：‘松江侧有丞、胥二山，山各有庙，吴国南五十里。鲁哀公十三年，越使二大夫畴无馀、讴阳等伐吴，吴人败之，获二大夫。大夫死，故立庙于山，号曰丞、胥二山。胥山上今有坛石，长老云胥神所治也。’”“《图经》又云：‘姑苏山在吴县西二十五里，一名姑胥山，又名姑余。’”姑苏山连横山之北，古台在其上。

相传姑苏这个名字，还与远古的故事有关。大禹在太湖地区治水的时候有两位得力助手：一位叫胥，是舜的农业大臣弃（后稷）的儿子；另一位叫冥，是舜的民政大臣契的儿子。金友理《太湖备考》说，冥“勤其官而水死”，在治水工程中不幸殉职。胥则在水灾平定后，被尊为水平王。旧时，西山消夏湾和马迹山分水岭各有一座水平王庙，祭祀的是太湖水神水平王。“水平王，后稷庶子，佐禹治水，至会稽，诲人浚导，殁而祀之。”（金元理《太湖备考》卷六引《毗陵志》）“后稷庶子”相传就是胥。大禹开通三江，洪水入海后，胥因治水有功，当起了太湖东部部落的首领。张紫琳《红兰逸乘》卷一说："盖胥者，舜臣名，佐禹治水有功，封于吴者也。"由此这一地区便以"胥"为名，称"姑胥"。"姑"是当地土语发声词，常用于专用名词的前缀，并无实质意义。胥的部落所在地有一座山，即以部落名相称，称"姑胥山"，由于古代吴、楚之地"胥""苏"同音，故而又称"姑苏山"。

禹继舜为部落联盟领袖后，分天下为九州，姑苏属于扬州（九州之一，范围包括今江苏、安徽长江以南地区，浙江、福建和江西的大部）。禹大约死于公元前21世纪，后来经历启、太康、仲康、相、少康，再后来，庶子无余被封于会稽，建立越国。经无余的开拓发展，古扬州变成了越的领地。

欸乃一声入千门

东吴

孙坚，字文台，吴郡富春人，陈寿《三国志》说他是孙武的后裔。汉灵帝熹平三年（174），十九岁的孙坚当时担任吴郡丞，灭了许昌之后踌躇满志，在凯旋途中，听说钱塘有位吴小姐才貌出众，于是自信不疑地去吴家求婚。吴小姐是吴县人，父亲吴辉曾为汉奉车校尉，因父母双亡，与弟弟吴景迁到钱塘。吴家亲戚认为孙坚酒后乱性，不能通婚。但是吴小姐自有主见，认为乱世不能得罪武人，何况是位年轻英武的军官，于是毅然出嫁。婚后她生下孙策、孙权等四男一女，子女个个都有出息。

后来，孙坚在襄阳被黄祖部下射死。汉献帝兴平二年（195），孙坚长子孙策（字伯符）带着父亲的旧部一千多人一路向东，离开袁术到历阳（今安徽和县）。相传就在孙策拿下吴郡时，早期的一则童谣再度流传开来："黄金车，班兰耳，开昌门，出天子。""昌门"，即吴城阊门，意思是这里要出皇帝了。孙策听着很是受用，攻下江东后，骄气十足。功曹魏腾向他提意见，他翻脸就要杀，边上的人都不敢劝。这时吴夫人倚在井边，派人把孙策唤来，对他说："你新得江东，理当礼贤下士，对人舍过录功。魏功曹进言是为你好，今天你杀了他，明天大家都叛离了。我不想见到这种局面，还是投井死了罢。"孙策大惊，连忙向母亲认错，放了魏腾。孙策到历阳时把吴夫人接到军中，作为随军家属。陈寿《三国志》说："夫人助治军国，甚有补益。"晋代虞预《会稽典录》也称她有"智略"，果然如此。

孙权，字仲谋，接班时才十八岁。曹操为拉拢他，表荐他为讨虏将军，领会稽太守。自此孙权屯兵吴郡十多年，奉母住在吴县子城。这十多年，孙权开创了东吴基业。建安七年（202）或建安十二年（207）吴夫人去世，与孙坚的合葬墓在苏州盘门外青旸地，俗称孙王坟。建安十七年（212），孙权在今南京清凉山筑石头城，移治秣陵，改名建业。孙权黄武元年（222），吴郡领十五县，今属江苏的有吴、娄、阳羡，仍以吴县为首县。黄武八年（229），孙权在武昌（今湖北鄂城）称帝，国号吴，改元黄龙，迁都建业，追尊吴夫人为武烈皇后。

在孙权起用的江东优秀人才中，吴郡吴县人尤其引人注目。孙权在吴县屯兵十多年，后来政治中心虽然移向建业，但距离不远的吴郡仍是他所重视的区域。因此，光是吴县的陆、顾、朱、张等大族子弟就有一千多人当官，有的还被选到高层，出任太守的有顾徽、顾邵、陆绩等。文臣有丞相顾雍，选曹尚书张温、陆瑁等；武将有大将军陆逊、前将军朱桓、

世间乐土是吴中

骠骑将军朱据、车骑将军张敦等。

孙权在位期间，农业、手工业、织造业、冶金业等均有起色，特别是造船业十分发达。因此，东吴的海运最为著名，最远的一次航行是在黄武六年（227），孙权派朱应、康泰率船队出使南海，经今越南、柬埔寨、泰国、缅甸等国，比郑和下南洋早了一千多年。汉末国家分裂，儒家思想一统天下的局面被打破，文学艺术都有了较大发展，吴国的音乐、舞蹈、美术等相当活跃。尤其是吴地佛教文化出现后，得到孙权的重视，因此吸引了不少佛学人才，如通六国语言的支谦等，苏州最早的佛寺也在孙权时代兴建。如陆广微《吴地记》说，报恩寺建于赤乌二年（239）；范成大《吴郡志》说此寺即为孙权母亲吴夫人舍宅所建，初称通玄寺，遗址在今北塔公园。

盘门烟户本来稠

吴县·吴郡·苏州

秦始皇统一中国后，分天下为三十六郡，吴县属会稽郡，直到东汉初，为郡之首县和郡治之所，县治在阖闾子城东北的黄堂。从公元前221年到1995年6月8日，除新朝王莽始建国元年（9）至地皇四年（23）的十四年间改称泰德县外，吴县这个行政区划名，一共存在长达两千零九年之久。

东汉永建四年（129）十二月置吴郡，直到唐乾元元年（758）。其间，东汉永建四年（129）十二月至东晋咸和元年（326），南朝宋永初二年（421）至隋开皇九年（589）二月，隋大业三年（607）至唐武德四年（621），唐天宝元年（742）至乾元元年（758），以吴郡为主要辖地，历时三百九十五年。《辞海》："辖境相当今江苏、上海长江以南，大茅山以东，浙江长兴、湖州市、天目山以东，与建德市以下的钱塘江两岸；三国吴后逐渐缩小。"

在这期间，东汉中平五年（188），灵帝选朝廷重臣出任州牧。从此州逐渐变成行政区，吴郡属扬州。兴平二年（195），孙策部将朱治逐吴郡太守许贡，入郡领太守事，自此吴地隶属三国孙吴。三国时期孙权据吴郡十多年，开创了东吴基业。三国吴黄武五年（226），分富春县置新城县，吴郡领十四县。七年（228），新城县并入桐庐县，吴郡领十三县。嘉禾三年（234），吴郡领十五县。宝鼎元年（266），吴郡领十县。晋太康元年（280），晋灭吴，吴郡属扬州。二年（281），省毗陵典农校尉，分吴郡置毗陵郡，割吴县南沙乡属毗陵郡暨阳县。四年（283），吴郡领十一县。十年（289），复置新城县，属吴郡，旋又并入富春县。东晋咸和元年（326），司马岳被封为吴王，吴郡改为吴国，吴县归其管辖。九年（334），又复置新城县。南朝宋永初二年（421），废吴国，复为吴郡，吴县复归其管辖。陈祯明元年（587，即隋开皇七年），割扬州吴郡置吴州，吴县为州、郡、县治所在地。隋文帝杨坚统一江南，开皇九年（589）废吴郡，改吴州为苏州，以城西有姑苏山而得名，从此苏州之名一直沿用至今，虽然中间也曾更改过。开皇十一年（591），越国公杨素以苏州地处平原，非设险之地，遂于今城西南横山下另建新城，至今尚有新郭这一地名。姚承绪《吴趋访古录》卷二说，新郭“距县西南十五里。隋平陈，改吴州为苏州，开皇十一年杨素移治于横山，即此”，并有诗：“改筑曾留新郭名，吴州风雨压平城。江山玉树仍歌舞，雉堞金汤几变更。六代春愁隍鹿梦，五湖秋水野鸥盟。只今村市鱼虾贱，无复当时战舰横。”大业元年（605），苏州复称吴州。三年（607），复称吴郡，领吴、昆山、常熟、乌程、长城五县。唐武德四年（621），唐将杜伏威击败李子通，占据江东，改吴郡为苏州。武德七年（624），又将州治迁回旧城。天宝元年（742），苏州复称吴郡，领六

云锦树中塔涌出

博物馆里藏春秋

天平枫枝撼碎红

七里山塘好放舟

县。十年（751），割海盐北境、嘉兴东境、昆山南境置华亭县，属吴郡。至德元年（756），置江东节度使，吴郡归其管辖。乾元元年（758），吴郡复称苏州。

自隋炀帝开通江南运河，凭借这条黄金水道，江南经济迅速发展，苏州成为东南沿海水陆交通要冲，南来北往的货物在此集散，甚至还远涉重洋。大历十三年（778），苏州成为江南唯一的雄州。至宋代，“上有天堂，下有苏杭”的谚语已天下皆知。明清时期，苏州更是成为全国经济、文化的中心。鸦片战争后，随着沪宁铁路开通，上海崛起，苏州的地位急剧下降。辛亥革命后，废苏州府，改为吴县，长洲、元和两县并入吴县。北洋政府时期，吴县为苏常道治所。1928年由吴县城区析置苏州市，1930年又并入吴县。至1949年5月，又由吴县城郊析置，属苏南行政区。至2021年3月底，苏州市下辖姑苏、虎丘、吴中、相城、吴江五个区及苏州工业园区，代管常熟、张家港、昆山、太仓四个县级市。

苏州，自建城以来，王朝更迭，战火连连，天灾人祸，数度兴衰，城池屡毁屡建，所幸古城至今巍然耸立，可见苏州城市精神之坚韧不拔。中华人民共和国成立后，特别是改革开放以来，国强民富，盛世繁华，苏州与时俱进，政治、经济、文化、科技、工艺、生态环境等各方面的发展突飞猛进。如今的苏州，已然成为人人心中向往的投资创业和休闲生活城市。

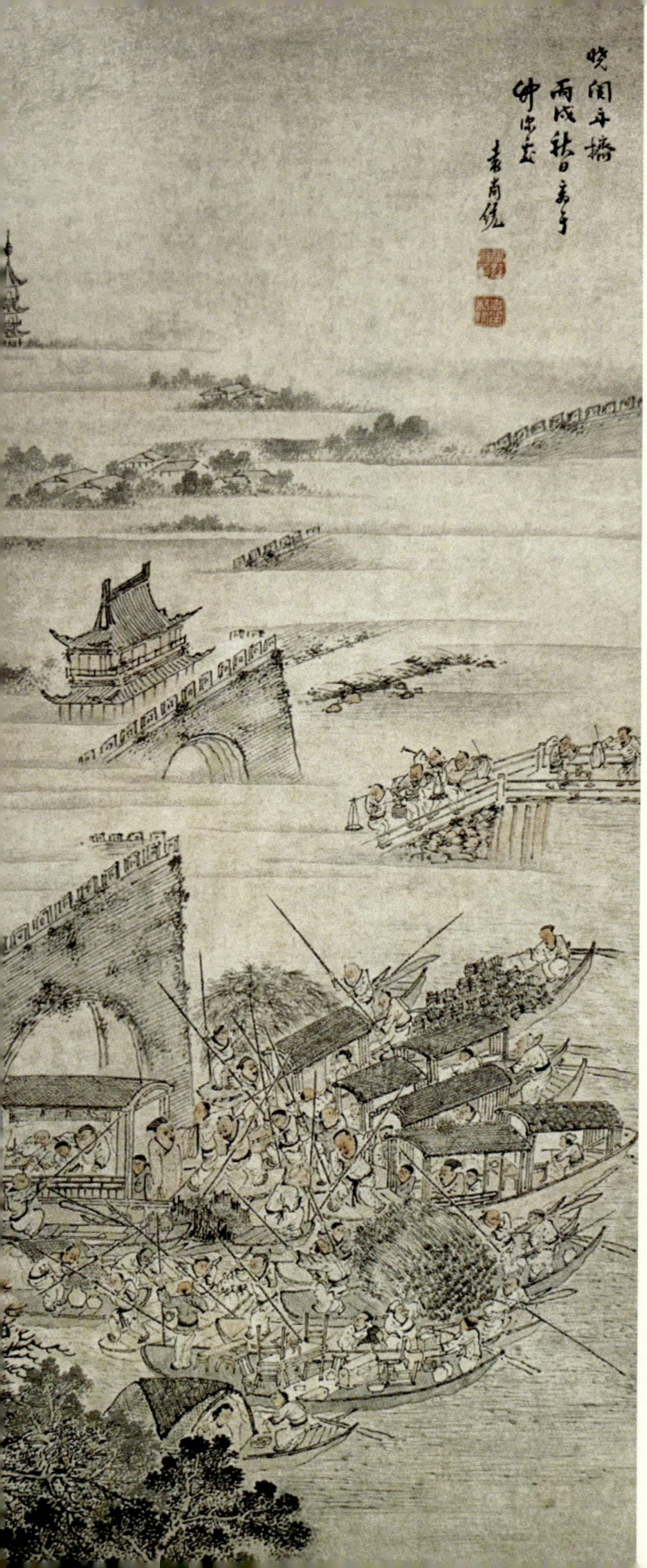

右图：姑苏繁华图（局部）〔清〕徐扬

左图：晓关舟挤图轴（局部）〔明〕袁尚统

吴趋访古录·阊门

姚承绪

破楚门前气象雄，九天阊阖信潜通。
琼枝壁月吴侬曲，花影红楼水榭风。
古寺疏钟敲虎阜，孤篷残梦落梧宫。
市声远近闻庞杂，转眼兴亡一喟中。

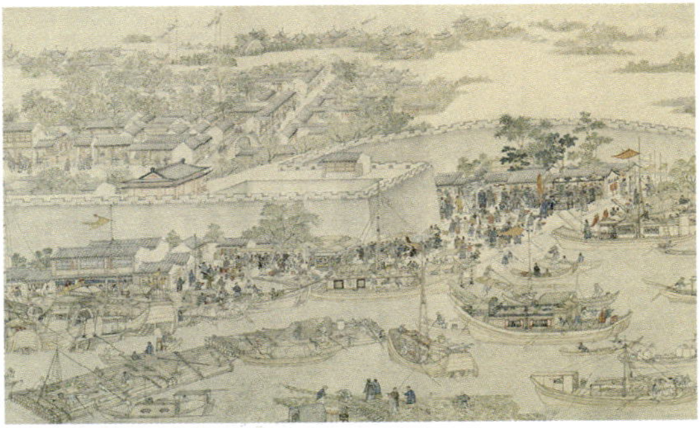

城墙·城门

春秋时期，中原文化和吴地文化高度的融合成就了苏州辉煌的历史文化。阖闾城的建造根据吴国的地理条件因地制宜，城墙突破古代建城规制，呈不规则长方形，在设计上具有较高的军事防守意识和水平。阖闾城有“陆门八，以象天之八风；水门八，以法地之八聪”，东为娄门、匠门，南为盘门（西南）、蛇门，西为胥门、阊门，北为平门、齐门，后增设葑门、赤门。古城八座城门都辟有水陆城门，从而成为闻名中外的建筑，在中国城墙建设史上有着独一无二的特殊地位。

秦代之后，城墙屡毁屡建。

破楚平齐只等闲

窈窕盘门西转路

秦始皇统一六国后，为了加强对人民的统治，采纳丞相李斯的建议，不仅拆除郡县城墙，还销毁民间兵器。苏州城墙遭到毁坏，直到汉代才得以重修。

隋开皇十一年（591），杨素把苏州城搬迁到城西横山东麓。唐武德七年（624），重新迁回旧城。至唐时，“二八城门开道路”（刘禹锡诗句），“共醉八门回画舸”（许浑诗句）。乾符二年（875），平定王郢之乱后，苏州刺史张抟主持重筑城墙，周长四十二里三十步，南北十二里，东西九里。

随着时代的发展，土城墙已经难以抵御敌人的进攻。于是，五代后梁龙德二年（922），吴越王钱镠四子钱元璙重修苏州城墙，改夯土为砖砌，厚二丈五尺，高二丈四尺，内外设护城濠。同时，还在苏州城墙部分区域筑了向外凸的部分，类似于“马面”，使得城墙凹凸有致，美观的同时更加牢固，各城门也更为壮观，城楼巍峨，极登临之胜。

南宋建炎四年（1130）金兵南侵，苏州城又遭破坏；城墙经数次修缮，直到南宋绍定二年（1229）郡守李寿朋重建，苏州城方才基本恢复，整个布局在宋《平江图》上有明确标注。宝祐二年（1254），苏州知府赵汝历在苏州城墙上增置女墙，与敌作战时以此掩护守城士兵。有的垛口上部还设置瞭望孔，以便观察敌情。德祐元年（1275）元军入侵，元军多为游牧之民，不喜筑城设防，故而下令拆除各地的城墙，苏州城墙因此再遭毁坏。元代至正十一年（1351），各地起兵反元，为抵抗起义军，官府重修城墙，同时加厚城墙、加深城濠。张士诚占据苏州，还在各城门外增置月城，即瓮城。瓮城是半圆形或方形的建筑，两侧与城墙连接，设有箭楼、门闸等设施。敌人一旦进入，城门和瓮城门闸一起放下，敌人就成瓮中之鳖。

明初，苏州城墙得以大规模修建，内外濠皆拓广至数丈，各门均设吊桥（地图唯阊门标注“钓桥”），以通出入。弘治十七年（1504），王鏊作《与秉之登郡城楼》：“城上高楼偶共过，吴王国里旧山河。一春风雨行游少，千古兴亡感慨多。远近人家烟欲暝，东西树影水微波。沧浪一曲人归去，落日牛羊上浅坡。”眺望吴中风光，追忆吴国兴亡，抚今怀昔，无限感慨。清初重修六门。康熙元年（1662），巡抚韩世琦改筑城垣，并拓女墙，在原有城墙的基础上筑高至二丈八尺，女墙高八尺。阊门、盘门、葑门、娄门、齐门各有水门，唯胥门仅有陆门；每门有楼，建官厅、军器库，并在城楼上悬匾，由顾嗣立题额：阊门为“气通阊阖”，盘门为“龙蟠水陆”，葑门为“溪流清映”，娄门为“江海扬华”，齐门为“臣心拱北”，胥门为“姑胥拥翠”。城楼巍峨，雉堞环列，女墙环绕，内有城濠，外有宽阔的护城河。咸丰十年（1860），太平军占据苏州后，六门都被改建。清军攻克后屡次修复，唯阊门月城未复旧制。

如今，苏州砖头城墙、城楼，除盘门完好外，阊门、胥门重整，仅有部分遗迹得以保存。

阊门峨峨璀璨夜

娄门

娄门在苏州古城东北，城门原址内即东北街，外接娄门大桥通往娄门路。娄门外有娄江，传说为大禹治水之江名，城门名由此而来。

娄门阖闾时建，本名疁门，其东南秦时有古疁县，至东汉王莽时改为娄县，故此门亦改称娄门。范成大《吴郡志》说：“娄门，秦娄县所直，又谓之疁，今谓之昆山。昆山县东北三里许，有村落名娄县，盖古县治所寓也。”并有《与至先兄游诸园看牡丹，三日行遍》诗：“拄杖无边处处过，粉围红绕奈春何。阊门昨日看不足，今日娄门花更多。”“蜂蝶萧骚草露漫，小家篱落闭荒寒。欲知国色天香句，须是倚阑烧烛看。”姚承绪《吴趋访古录》卷一《娄门》说：“以直秦娄县而名。《吴地记》：娄别作疁。《范志》：今昆山东北有聚落名娄县。”并有诗：“尚袭先秦赤县名，娄疁两字未分明。吾乡旧有城遗址，残碣咸通出故茔。”龚自珍也有《己亥杂诗》：“阻风无酒倍消魂，况是残秋岸柳髡。赖有阿咸情话好，一帆冷雨过娄门。”

娄门为水陆城门，陆门分外、中、内三重。三重城门之间有空地和闸门装置，十分坚固。水门也有三道闸门，堪称固若金汤。内城有城楼，南宋景定末年被台风所毁，咸淳初年修复，至清初又重建，门楼上有顾嗣立题“江海扬华”额。1948年起，外城、中城和内城门上的城楼陆续被拆除。1958年，内城门和水城门均被拆除。

飞檐凌空自巍峨

天容水色扬清华

相门

相门在苏州古城东，城门原址内接干将东路，外即相门桥，东通苏州工业园区。

相门旧名匠门，因工匠聚集而得名。相传阖闾曾命干将于此设炉铸剑，故又名干将门、将门。朱长文《吴郡图经续记》说："今谓之匠，声之变也。"卢熊《苏州府志》卷四说："匠门，东门也。《越绝书》《吴地记》：'又名干将门，水陆二路。'今陆门废，出海道，通大莱城，沿松江下沪渎。阖闾使干将于此置冶铸剑。门南有封门、赤门，门东南又有鱄鲟门，皆非八门之数。今外濠葑、娄之间犹有匠门塘，其傍有欧冶庙、干将墓，或云将门，声之讹也。"姚承绪《吴趋访古录》卷一《匠门》说："一名干将门，吴阖闾使干将铸剑于此。今葑、娄之间有匠门塘。相传干将铸剑不化，其妻莫邪断发剪爪投于炉，使童男童女鼓橐装炭，金铁乃濡，遂成二剑，阳曰干将，阴曰莫邪，阳作龟文，阴作缦理。"并有诗曰："神物化龙去，犹留古匠门。繄昔铸冶时，精气互吐吞。龟文与缦理，拂拭凌霜痕。迄今过其处，犹疑宝剑存。"干将匿其阳，而将阴献给阖闾。旧时又有莫

“钩邑相徽”城门新

霞光阑珊灯火明

城、剑城、莫邪大王庙，均为纪念莫邪而筑。

关于干将墓和欧冶庙，《吴趋访古录》卷三还说干将墓“在匠门外。吴王使铸二剑，干将匿其阳，献其阴，王杀之。后耕者尝见青蛇绕其冢上，逼视之，乃剑也”，并有诗曰：“匠门吊遗冢，我怀古剑师。干将与莫邪，两剑分雄雌。金铁炫奇宝，神物代护持。奈何匿其一，卒启吴王疑。怀璧贾罪戾，杀身亦何为。青蛇见形处，魂魄犹恋之。微闻阖闾墓，剑化成空池。”另据顾颉刚《苏州史志笔记》记录，1956年5月，顾颉刚与苏南文管会沈勤庐等人，雇船出娄门外至官渎、相门塘、干将泾等处探访“冶铁遗址”，在干将泾寻得铸剑名师欧冶之庙，并确定苏州娄门、匠门外乃旧时工业区。是年10月，沈勤庐独往相门外，寻得干将墓。

相门有水陆两路，水路通大海，沿松江，下沪渎，为水上交通要道，由城外望去，隔河城墙蜿蜒。城门则在北宋初年被填塞，至1934年重辟。1936年，因城外建造苏嘉铁路，此门开辟通行，城内外大河上建有一座水泥桥墩、木板铺面的大桥，名新华桥。1937年，桥被日军飞机炸毁，相门也随之封闭。1949年后，拆除城门。1993年拓宽干将路时，在相门外重建一座新型大桥，名相门桥，东西分别连接苏州工业园区与古城区。2012年新建城墙和城楼纪念性建筑，总投资1.3亿元人民币，总占地32200平方米，城墙长725.8米，城楼高23.6米，城楼高悬“钩邑相徽”四字额。南起相门桥，北至耦园，东沿护城河，河对岸是莫邪路，西接平江历史街区。全天向市民开放，已然成为观赏苏州城市景色的环城休闲步道之一段。

盘门

盘门，在苏州古城西南，城门内接东大街，外出通吴门桥，达盘门横街。1963年，被列入苏州市文物保护单位；1982年，被列入江苏省文物保护单位；2006年，被列入全国重点文物保护单位。为我国仅存的一座水陆并行城门，是苏州古城重要的代表性标志之一。

盘门阖闾时建，古称蟠门，当初有木刻蟠龙；又因水陆门并存，沿洄屈曲，故又叫盘门。北宋贺铸《吴门柳》有“窈窕盘门西转路，残阳映带青山暮”之咏。范成大《吴郡志》补注曰：“门有楼，宝庆三年秋大风雨，楼门俱坏。绍定二年冬，郡守李寿朋新作之，规制视旧有加。”并有《晚入盘门》诗：“人语嘲喧晚吹凉，万窗灯火转河塘。两行碧柳笼官渡，一簇红楼压女墙。何处采菱闻度曲，谁家拜月认飘香。轻裘骏马慵穿市，困倚蒲团入睡乡。”宋元时期，盘门内外人烟稠密，商肆林立，旧有城楼，史称“五楼门”，为诸城门中最宏丽者。

盘门陆门更是有内外两重，其间为瓮城，是元至正十六年（1356）张士诚增建的。四周城墙高耸，条石基上垒砌城砖，陡峭如井，斑驳苍劲，大有壁垒森严之势。城内有登城石板坡道，旧时供守城兵马、火炮、辎重上下。自古以来，盘门为古城西南屏障，向有驻军防守。元末以降，盘门人迹渐稀，市面萧条。虞堪《盘门》诗写道：“南禹庙前霜柏，阖庐城下寒潮。风雨扁舟经过，伤心无复吹箫。”袁学澜《续咏姑苏竹枝词》也说：“一树垂杨一画楼，盘门烟户本来稠。自从元末遭兵劫，寥落居民冷水流。”相传明将常遇春破张士诚时，兵从盘门入，一路杀戮焚毁，故而后来有“冷水盘门”一说。清初重又修缮，题“龙蟠水陆”额，城楼、瑞光塔和吴门桥，即“盘门三景”焕然一新，两层重檐歇山式城楼，飞檐翘角凌空拔起，登楼远眺，湖光山色尽收眼底。姚承绪《盘门》咏道：“曲径委蛇路百盘，天光云影落惊湍。蟠龙厌越浑闲事，直作蛇门一例看。”清光绪三十一年（1905），城头“杜”旗飘扬，“杜”指江苏督练公所兵备总办杜俞。当时官督商办的苏经丝厂、苏纶纱厂均已投入生产，在老照片中隐约可见。1937年，城楼又遭毁坏。

太湖之水由胥口鲇鱼口入，进城绕胥、盘、葑、娄、齐五门而流，纵横数道，护城若环，既深且广，不可逾越。古运河则自胥门外泰让桥南流，至盘门外吴门桥与大龙江交汇，水面开阔湍急，舟楫往来频繁。船行水上，抬头可望城内宝塔。1976到1981年，对年久失修的水陆两城门进行维修加固，并修复城台四周的女墙、垛口和登城楼坡道。1983年，整修东段城墙约300米。1985年，为纪念苏州建城2500年，再修城楼，在陆门城台原址重建歇山式两层三开间城楼，一如最盛时。西边题“吴中锁钥”额，对联：“水接帆樯，山分紫翠；桥通吴越，市列珠玑。”东面题“水陆萦回”额，对联：“古吴城阙川原壮；旧国干戈战伐多。”在此期间，苏州市政府专设机构，重整盘门古城墙、瑞光塔等，并进行开发建设，营造一池三山，修建四瑞堂、伍相祠、丽景楼、双亭廊桥、放

生池诸景。整个景区分为瑞光塔园、明清商肆、中央庭园、仿古居民区和城墙公园五大主题区域。盘门景区于1999年国庆节正式对外开放，令人流连忘返。

现存盘门水陆并立，总体格局保持元末明初旧观，呈现曲尺形。陆门有内外两重，其间为平面略呈方形的瓮城。外门在瓮城东北面，由三道纵联分节并列式石拱构成，左右城墙由花岗石砌成。内门偏于瓮城西南，以三道砖拱构成，其第二道砖拱转换90度角砌成，第一、第三两道砖拱各三层，采取二丁一顺砌法。门洞纵深13米，宽3.9米，第三道砖拱高5.45米。门外两侧加筑梯形

残阳映带青山暮

一树垂杨一画楼

护身墙，格外稳定牢固。第一道砖拱上开有品字形小“井”，这是对付入侵敌方火攻的灌水口。登城坡道在内门城墙北侧，可自东而西至城台。城门上设置女墙、绞关漫道等。内外城门之间，有约20米见方的空地，若诱敌至此，门上矢石俱下，可将敌歼灭。

水门由两重城门组成，两者相距4.6米，纵深24.5米。外门石拱券为分节并列式结构，金刚墙高达7.25米，墙角各立方柱，上架楣枋以承拱券。拱券矢高2.75米，开有闸槽。内门由三道纵联分节并列式石拱串联构成，三拱尺度不一，第三道拱最大，高9.7米，宽9.3米，深6米。内外两水门建筑结构不同，并非同一时代遗存，外门早于内门。内外水门之间，南北城墙下砌泊岸，东南隅城墙内辟有洞穴通道，可循石级登城台。

有道是“龙蟠水陆，盘门三景，物阜民丰中国梦；河绕城垣，灯火万窗，家殷人足小康年”。

蛇门

蛇门在苏州古城南，今已无存，位置大约在人民桥东500米处。阖闾时建。据赵晔《吴越春秋》记载，阖闾立蛇门以象地户，“欲东并大越，越在东南，故立蛇门以制敌国。……越在巳地，其位蛇也，故南大门上有木蛇，北向首内，示越属于吴也”。阖闾城南面的盘门、蛇门，用的是十二生肖的方位。越国处巳位，即蛇位，故阖闾筑蛇门，门上置一条象征越国的木蛇，蛇头向着西北，寓意为越国臣服并属于吴国。吴国处于辰位，故而在城南设蟠门，门上刻木蟠龙，面向越国，寓意为吴国必定征服越国。

陆广微《吴地记》说：“蛇门，南面有陆无水，春申君造以御越军。在巳地，以属蛇，因号蛇门。前汉梅福字子真，为南昌尉，避王莽乱政，称得仙，弃妻子，易姓名。有人见福隐市卒，即此门也。”卢熊《苏州府志》也说：“蛇门，东南门也。”姚承绪有《蛇门》诗：“吴剪上国犹长蛇，破齐覆楚成骄奢。岁行在巳越得岁，象形厌胜何其夸。吾闻郑门蛇斗兆争战，白蛇当道泣路赊。古来兵气甚蛇蝎，为虺弗摧计亦差。以吴并越本易事，会稽坐大徒生嗟。奈何阴柔召祸不转瞬，女戎流毒到馆娃。外蛇一入内蛇毙，越来兵甲纷如麻。木蛇昂首任南向，卒使苏台鹿走惊啼鸦。”

蛇门于宋初已闭塞，直至湮没。1940年，由江苏省建设厅技术室绘制的《吴县城厢图》上，标有“蛇门路”，其位置在蛇门城内，约今竹辉路一带。1949年后，有关蛇门的名称也废弃不用了。

蛇门的东面又有赤门，姚承绪《吴趋访古录》卷一《平门》说：“旧有赤门，以南方属火，故名。今盘葑二门间有赤门湾。”赤门的位置大约在今桂花公园东南，这里的河流曾叫赤水湾，或赤门湾。宣统《吴县志稿》说：“东吴下乡颜安里二十九三图，有赤门坛。”赤门之名由来有两种说法：一说此处有赤栏将军坟；另一说是因为方位，赤门位于古城南方，居午位，属火，火色赤，故名。卢熊《苏州府志》也说：“赤门，正南门也。”赤门，不在阖闾时建的八门之列。赤门初建无考，唐代皮日休有《赤门堰白莲花》咏道：“缟带与纶巾，轻舟漾赤门。千回紫萍岸，万顷白莲村。荷露倾衣袖，松风入髻根。潇疏今若此，争不尽余尊。”约在宋代初期闭塞，此后再未开启。

天光云影落惊湍

胥门

胥门在苏州古城西百花洲，2006年，被列为江苏省文物保护单位。

胥门，即姑胥门，因城外有姑胥山而得名。相传伍子胥宅院在此，且其亡后又被悬首于此门，故此门称胥门。卢熊《苏州府志》说：“胥门，西门也。在阊门南，一曰姑胥门。”姚承绪《吴趋访古录》卷一《胥门》说：“一名姑胥门，阖闾从此游姑胥台以望太湖，盖取姑胥山为名也；又子胥家于此，后抉目悬于门，故名。今门外有姑苏驿。”并有诗：“吹箫有客芦中芦，三日不食竟达吴。吴门市上剑气粗，奔涛千古怀灵胥。姑胥台，面太湖。姑胥门，臣所居。为王辛苦求专诸，霸吴复楚真良图。惜哉忠说卒见诬，抉睛未几越甲趋。越甲趋，吴王俘。宰木拱，伯嚭诛。素车白马来徐徐，犹延庙祀江之隅。”胥门原有水陆两城门，战国时春申君黄歇测知太湖地势高过古城，而太湖水又由胥门流入城内，为避免城中水涝，封闭胥门水城门，另增辟葑门水城门，引太湖水从此门而出。宋绍兴十四年（1144），郡守王唤在此筑姑苏馆，又

姑胥拥翠百花洲

筑姑苏台于城楼上，巍峨壮观，居三吴客馆之冠，专门接待金国来使。胥门陆城门，元至正十一年（1351），重建；十六年（1356），张士诚增建瓮城。明清时期又重修，清初修建后，门楼题“姑胥拥翠”额。

1938年，城楼拆除，城门因另辟新胥门而被封堵，却因此保存下来。现存门洞由三道砖砌拱券构成，第二道与第一道、第三道垂直相交，结构大致与盘门陆门相似。城门两边城墙高7.2米，拱门高4.65米，宽3.3米，纵深11.45米。东向城门尚存横额，惜原题字已毁，新补“胥门”二字，砖雕花边，甚是古朴雅致。1999年，结合百花洲地区街坊改造，对胥门进行全面考古调研，发现瓮城残基。瓮城门朝南，厚约5米，瓮城内南北宽约40米，东西进深20米。此后又对胥门及其两翼残存的380余米城墙进行维修加固。现已辟为伍子胥纪念园，园内有伍子胥像和纪功柱等。

有道是“震泽扬波，山明水秀，一对子、吴下贺岁；姑胥拥翠，人杰地灵，百花洲、上元看灯”。

阊门

阊门，在苏州古城西北，内接西中市、东中市，外过吊桥通石路。1998年，被列为苏州市文物保护单位。

阊门阖闾时建，旧名阊阖门，以通阊阖天风，是当时诸城门中最宏伟的一座。“立阊门者，以象天门，通阊阖风也。”“阖闾欲西破楚，楚在西北，故立阊门以通天气，因复名之破楚门。”（赵晔《吴越春秋》）“阊门，亦号破楚门，吴伐楚，大军从此门出。”（《吴地记》）可见，吴王破楚的决心之大。姚承绪《吴趋访古录》卷一《阊门》说：“象天门通阊阖气也，吴阖闾欲破楚，楚在西北，故立阊门以通天气，一名破楚门。”据《文选注》记载，俗传昔门为鲁班造，至唐犹存，宋时楼观极盛。元至正十一年（1351），重建后改为金昌门，筑金昌亭于门内。而吴人呼阊门已久，一时无法改口，故而依旧以阊门称之。至正十六年（1356），张士诚加筑瓮城，规制与其他城门不同，辟有三门，中门上吊桥越运河而达城外，南门通南码头，北门经探桥（外水关桥）至北码头。探桥东近水城门，其水入城即为第一横河。清初修建门楼，题

阊闾城碧铺秋草

“气通阊阖”额。城门为东西向，水陆并列，陆门城台上原有重檐歇山造两层三开间楼阁。

自从吴王阖闾建城以来，桃花坞的阊门内外，就是苏州最热闹的商业区，一直走在苏州经济发展的前列，晋代陆机《吴趋行》就有“吴趋自有始，请从阊门起。阊门何峨峨，飞阁跨通波”之咏。唐代白居易《登阊门闲望》也咏道：“阊门四望郁苍苍，始觉州雄土俗强。十万夫家供课税，五千子弟守封疆。阊闾城碧铺秋草，乌鹊桥红带夕阳。处处楼前飘管吹，家家门外泊舟航。云埋虎寺山藏色，月耀娃宫水放光。曾赏钱唐嫌茂苑，今来未敢苦夸张。”明代中期，在人文荟萃、社会稳定、街市繁荣的大背景下，阊门进入了全盛时期，明代唐寅《姑苏杂咏》其一咏道：“门称阊阖与天通，台号姑苏旧帝宫。银烛金钗楼上下，燕樯蜀柁水西东。万方珍货街充集，四牡皇华日会同。独怅要离一抔土，年年青草没城墉。”至清代，阊门的景象依然喜人。由于苏州控三江跨五湖而通海，所以地处水路要冲的阊门内外，居货山积，行人水流，列肆招牌，灿若云锦。关于阊门的记咏，最为人们所熟知的大概就是《红楼梦》第一回里的“最是红尘中一二等富贵风流之地”，说得一点也不夸张。

1927年，瓮城被拆毁。1928年开辟新阊门，因位置不当，城门过窄，遂于其北60米处重辟，对直南新桥，改称金门。1934年西中市大街拓宽，拆除城楼，将城门改建为三个拱门并列的罗马式建筑。中门高9米，宽9米，为车行道；两扇侧门高4米，宽2.5米，便于行人通行。1958年，陆门被拆除。1966年以后，附近城墙及水门拱券陆续被拆，仅存水门金刚墙和陆门南段城墙。2004年，在阊门遗址环境整治旧房拆迁工程中，瓮城遗址被发现，苏州博物馆展开考古勘探，并进行保护。2006年，新建阊门城门和城楼。

金门在苏州古城西，城内接景德路，城外连南新桥通金门路。处于阊门商业繁华之地，旧有金阊门之说，故名金门。1991年，被列为苏州市文物保护单位。

未辟金门之前，由城中去虎丘、枫桥都得从阊门进出。由于道路拥挤，车马相争事故屡屡发生，遂按《苏州工部计划设想》另辟金门。据说李根源、张一麐、张家瑞、费树蔚、沈飏民五老，为此事策划筹资。1931年元旦，金门竣工，上端雉堞仿欧洲古城堡，为罗马纳斯克式建筑，城门前后装有古铜灯四盏。城墙高10.2米，门洞纵深5.8米。城门分为三门：中门为车行道，高7.2米，宽7.4米；两侧为人行道，高3.7米，宽2.5米。中门拱券为花岗岩石纵联分节并列砌成，两边侧门以清水砖发券，墙体以清水砖一侧一丁式砌成，2.5米以下用花岗石勒脚。1947年维修，至今仍保持原来面貌。

有道是“盛汇金门，虎丘塔，留倩影，千人石上听曲；气通阊阖，南浩街，轧神仙，七里山塘放舟”。

另辟蹊径金阊门

平门

平门，在苏州古城之北，城门原址对着桃花坞。现城楼等建筑，内接人民路，外连梅村桥，正对苏州火车站。

平门为阖闾时建。吴国北面是齐国，所以在城北设齐门，含义是征服齐国。又在旁边设平门，表示平定齐国的意思。一说伍子胥平齐凯旋，大军从此门入，故称平门。又因近巫咸墓（在虞山西北岭的青龙岗），也称巫门。陆广微《吴地记》说："东北三里，有殷贤臣申公巫咸坟，亦号巫门。"元代高德基《平江记事》也说："吴城平门，旧名巫门。至大庚戌，古濠中得石扁，上有篆书'巫门'二字，故老云：巫咸，商大戊时贤臣也。其墓在门东北三里许，故以名门。"至北宋时废塞，城垣屡修而不辟其门。姚承绪《平门》诗曰："吴阊门外路萦弯，破楚平齐只等闲。古冢尚怀商耇远，雄图欲控赤门湾。气吞青社全军振，会长黄池万甲环。苦恨越溪兵已渡，胥江空复水潺潺。"城外一水从北而来，沿城垣东流，至齐门外通元和塘，可到常熟；至娄门外经娄江，可到昆山、太仓，在浏河口入长江，故此水上舟楫川流不息。平门废塞已久，因沪宁铁路

平门城外水潺潺

和苏州站在城北，有外濠阻隔，商旅往来必须绕道阊门或齐门，极其不便。1928年，为便利交通，在偏西之处新辟一门（今址），此门为两个并列的高大门洞，上有篆体“平门”横额一方，无城楼，无水门，也无内濠，北侧即为梅村桥。顾震涛《吴门表隐》说：“平门亦名巫门，自桃花坞直北，宋时塞。门外达平门塘，出毗陵。”据此可知，新辟之平门，位置也在故处。平门于1958年被拆除。2012年国庆前夕，新造的平门城楼和城墙正式对外开放。

齐门

齐门在苏州古城东北，城门原内接齐门路，外通齐门桥达东汇路、北环路。

齐门为阖闾时建，也叫望齐门。相传阖闾十年（前505），吴国攻打齐国，大获全胜。为使齐国不再攻打吴国，吴王阖闾长子终累娶齐王之女为妻，表面上是联姻，齐王之女实为人质，齐王自然悲伤不已，无奈兵败。终累早卒，齐女失去依靠，思乡之心更切，日夜号泣成疾。阖闾于城上筑九层飞阁，令齐女登顶望齐，以慰思乡之情，故此门名望齐门。朱长文《吴郡图经续记》说："北曰齐门者，齐景公女嫁吴世子者，登此以望齐也。"此等故事，总能引起诗人的强烈共鸣。元代顾德辉《发齐门》诗曰："东方晨星如月明，舟人捩舵听鸡鸣。自怜不合轻为客，莫厌秋风搅树声。"明代唐寅《散步》诗曰："吴王城里柳成畦，齐女门前水拍堤。卖酒当垆人袅娜，落花流水路东西。"清代姚承绪《齐门》诗曰："齐大恐非偶，郑忽卒见咎。吴强更弱齐，质女奉箕帚。盛衰世不同，敌国俨甥舅。涕泣女于吴，进退两掣肘。远嫁既失所，和亲复呈丑。峨峨望齐门，不堪重回首。扶病上层城，乡枌渺何有。载赋竹竿诗，空嗟远父母。南音非所操，北风亦徒吼。不如化哀蝉，离情或可剖。"

齐门有城郭，旧称城垛子，城郭之间有方角城墙。城门有三道，内

齐女门前水拍堤

城门西侧有水门，门上建两层城楼，俗称鼓楼，后毁。楼上悬“臣心拱北”额，反映了吴王内心的真实想法。城门内有内城河，外有外城河，城郭之间相距二三十米。因有三道门，故而道路曲折，交通不畅。20世纪50年代初，城门和城楼被拆毁。1978年建水闸时，水城门也被拆除。

葑门

葑门在苏州古城东南，城门原内接十全街，外通安利桥（原名安里桥）达葑门路。葑门不在阖闾时建的八门之列，那么始建于何时呢？据王謇《宋平江城坊考》引《史记正义·吴世家》记载，伍子胥托梦给越军，令从东南入。越军乃回向三江口岸，筑坛祭伍子胥，即从城东开门入吴。

葑门，旧作封门，相传以封、禺两山为名；因附近河中有鱄鲟（江豚）出没，称之鱄门、鲟门；又因周围多水塘，盛产茭白，遂改为葑门，吴人讹称富门。水生类植物的根茎残留甚密，称为葑，天长日久，浮于水面，形成可浮动的架田，割去其叶，便可耕治，俗称葑田。范成大有“不看茭青难护岸，小舟撑取葑田归”之句。宋初时期，葑门的陆门湮塞已久。北宋景祐间，郡守范仲淹重辟，行人往来称便。此后历代数次重建，清初又重建城楼，题“溪流清映”额，并增辟水城门。从葑门摇橹出城，眼前则是一派田园风光。曹基《葑门杂咏》云：“亚字城东路，幽栖步屧存。莺花喧市井，虾菜竞晨昏。局设遥闻织，舟停半在门。遣怀谁最胜，携杖过南园。”钱载《葑门口号》云：“灭渡桥回柳映塘，南风吹郭不胜香。湖田半种紫芒稻，麦笠时遮青苎娘。”潜庵《苏台竹枝词》云：“阿侬生小住葑门，轧轧兰桡漾水痕。恰是画楼灯影上，两行烟柳近黄昏。”

盘门、葑门一带，乾隆初年还人烟稀落，到乾隆末年，已经发展成为“万家烟火”的热闹地区。姚承绪有《葑门》诗：“十里葑溪路，垂杨罨画桥。草堂名自古（韩襄毅有葑溪草堂），茭土产犹饶。菱芡东南利，鳟鲟早晚潮。扁舟频过此，渔唱彻清宵。”近代工业发展改变

春秋一梦辟此门

了古城周边的面貌。盘门外至葑门外沿河一带的变化最大，烟囱高耸，厂房林立。青旸地日本租界内，筑有横贯东西的大道，又筑南北向小路与大道垂直，道路两侧遍植樱花，并建领事馆、警察署、小学、邮局、公寓等，酒家、茶楼适时开张，颇为繁荣。

1936年拆毁门楼，20世纪50年代初拆除城门，1978年拆掉水城门。有道是："南荡荷香，棹桨欸乃，赤脚采莲温旧梦；溪流清映，吴娃呢哝，翻天覆地建园区。"

万家烟树共碧水

右图：姑苏繁华图（局部）〔清〕徐扬

左图：虎丘前山图轴（局部）〔明〕钱榖

吴趋访古录·泰伯庙

姚承绪

泰伯让天下，宣圣有特识。当其窜南荒，岂期崇庙食。
孰知千载后，民皆称至德。勾蛮介僻远，本无文教泽。
自伯治端委，文身俗乃革。纲常手自持，启圣肇部室。
使季则友心，不以传序易。难弟联其踪，末孙踵厥辙。
宏开礼让风，历祚至周末。遂令江南北，质行比望国。
峨峨金阊门，堂皇起层叠。礼秩古诸侯，名留今轨则。
再拜让皇祠，顽廉更懦立。

泰伯墓

孔子说过："泰伯，其可谓至德也已矣。三以天下让，民无得而称焉。"清代吴鼎科辑《至德志》序中开头说："句吴于古渐荆蛮之俗，风教、语言不通于上国。至泰伯端委为治，文明日启，让德所被，垂休奕祀，何其隆哉。"这或许就是泰伯对于"荆蛮"最大的贡献。历代帝王对泰伯人品的颂扬以及对泰伯墓、庙的重视，可从《至德志》中了解一二。

关于泰伯墓，《至德志》卷一《恩表林墓》说："汉桓帝永兴二年四月，命吴郡守糜豹监修吴泰伯墓道茔域。宏以门庑，周以垣墉，祀以王爵。给五十户，守卫王墓。晋明帝大宁元年，御制'王德碑'于墓前。诏建祀殿于茔域南三十步，赐祭器、乐器一坛，命太守殷师领焉。宋太宗太平兴国三年三月，敕赐旁墓苗田二百二十三亩，俱令岁收供墓祭祀。符下府县官民，不许侵蚀。仁宗天圣中，敕赐绕墓田一百亩，仰华、真二户耕种，岁收并入墓仓贮用。"从中不难看出几代统治者对泰伯的崇敬之情。并《封爵谥号》："周武王追封为吴伯。晋明帝大宁元年，尊崇为三让王。宋哲宗元符三年，诏封号为至德侯。徽宗崇宁元年，进封王。明太祖洪武二年，敕封吴泰伯之神。”

泰伯墓在何处？众所周知泰伯墓在无锡，然而另据明崇祯《吴县志》卷二十八记载：“泰伯墓在灵岩山西北麓敕山坞，前代屡有敕赠，故名，又呼赤山。其地有三让原、至德乡。”《至德志》卷六《古迹遗像志》也说：“泰伯墓，一在吴县灵岩山之麓，一在无锡县东皇山。”又引《吴县志》：“灵岩山，在吴县西南三十里，其下有泰伯墓。”清代顾震涛《吴门表隐》卷三说：“泰伯墓在灵岩山西敕山坞，明万历四十二年，马之骏立碑，范允临书，赵宧光篆。”马之骏于明万历四十二年（1614）立《灵岩山赎山记》碑，碑文云：“山在坤维，不宜琢洩，伤川陆之灵。

灵岩山麓仰墓宇

吴之开国自泰伯

矧去灵岩数武，有芃然马鬣者，则泰伯氏所藏蜕也。畴易文身而衿裾，譬则河之星宿地脉伤震及躬矣。若辈无念其父若祖则已，念之而穷若祖之祖，以及入吴之初一人，又奚忍焉？”《灵岩山赎山记》收录于《至德志》卷八《古今艺文志》。据此可知，泰伯墓在灵岩山之说由来已久，并非空穴来风。据吴氏后裔介绍，泰伯墓一共造了十三座，苏州灵岩山和无锡鸿山是其中的两座。古代名人墓冢，或为防止盗墓，或为表达崇敬，一人多墓向来有之。马之骏，浒关督，河南新野人，却对苏州有着特别深厚的感情，不仅造泰伯墓，还出钱修复虎丘等地的景观。当他听说灵岩山奇石流失严重，便想出一个“捐俸赎山”的办法，就是自己掏钱使山归公，灵岩山变成国有资产，便可采取行政手段，他在灵岩山东坡石髻处“勒石永禁”。就这样，灵岩山上诸多奇石被智勇双全的马之骏保护了下来。然而，1943年国泰公墓职员沈子渔等人为了建造国泰公墓，拆毁了灵岩山麓的泰伯墓。如今细细寻觅，唯有遗址尚存。

泰伯是周太王古公亶父长子，仲雍、季历长兄。古公亶父欲传位于季历之子姬昌，泰伯与仲雍心领神会，便离开家园，千里迢迢、历经艰辛，避居江南，留驻梅里（今无锡梅村一带）。遵从并融入当地习俗，传授农耕纺织等技术，众心归之，建立勾吴国，泰伯为君长，并建泰伯城。据说，古公亶父病重时，泰伯还回去探视父亲，当时古公亶父还希望小儿子季历请兄长担任国君，又被泰伯拒绝，因此留下了三让天下的美名。泰伯无嗣，死后君位传给仲雍。姬昌终究未辜负伯伯们的美意，继位后建立了富强的周国，当时泰伯还特意赶回去拜会这位年轻有为的侄子。到了周武王灭殷统率天下后，追尊古公亶父为周太王，又派人寻找泰伯、仲雍后裔，封仲雍曾孙周章为诸侯，完成了周王朝正统的确认与沿袭。

泰伯让位避权，足以为后世楷模，德泽千古。以故先秦文献中均有相关记载，司马迁在《史记》中把吴泰伯作为诸侯世家的第一篇，足见泰伯德行在史家心中地位之高。西晋的文学家左思在《吴都赋》也说：“吴之开国也，造自泰伯，宣于延陵。”西晋文学家陆机也有“泰伯导仁风，仲雍扬其波”之咏。明代朱允炆（建文帝）《题泰伯墓东壁》咏道：“远隐停骖泰伯乡，仰瞻墓宇法先王。避荆不为君臣义，采药能全父子纲。八百周基无足贵，千秋俎豆有余香。深惭今日争天下，遗笑句吴至德邦。”泰伯三让王位的至德精神，显然为后世做出了表率。

泰伯庙

泰伯庙，又名至德庙，为奉祀古吴国始祖泰伯的祠庙，今在苏州阊门内下塘街252号。庙前的至德桥，俗称泰伯庙桥，梁式，桥墩仍为石砌，桥面已有改动。1982年，庙、桥均被列为苏州市文物保护单位。

泰伯庙，由桥、坊、享殿、东西两庑组成。庙前高高耸立着四柱三间冲天式石坊，柱端雕刻卷云纹，横额为“至德坊”，是清光绪二年（1876）巡抚吴元炳所书。仪门上悬“三吴首祠”匾额，楹柱上有联：“让三固是周天下；第一初开吴世家。”享殿（至德殿）正中供奉着泰伯像，左右各为仲雍、季札像。至德殿前两侧有东庑、西庑，分别陈列“吴国历代君主画像碑”“泰伯与《至德志》”“三让高踪”“至德高风”“吴国历史钩沉”等相关主题内容。至德殿前广场上筑有两座御碑亭，左为《汉桓帝敕封奉祀侯吴允承制》石碑，落款为“永兴二年十二月初五日”；右为《乾隆十六年皇上谕祭文》石碑。碑文字体均为隶书，细细品读，令人肃然生敬。另外，殿内还有清康熙二十四年（1685）《重建至德庙碑记》、

三吴首祠泰伯庙

二十五年（1686）《巡抚江南汤公长生碑》等石刻。

泰伯庙，始建于东汉桓帝永兴二年（154），为吴郡太守麋豹于阊门外建造。五代后梁乾化四年（914），吴越王为避兵乱移建于此。北宋元祐年间，赐庙额至德。南宋建炎四年（1130）庙毁；乾道元年（1165），知府沈度鸠工重建，又于庙前造至德桥。之后屡毁屡建，庙中有清康熙、光绪以及民国时重修记碑文可考。康熙四十四年（1705），清圣祖玄烨南巡时，为苏州泰伯庙钦赐御笔亲书“至德无名”。乾隆十六年（1751）二月，清高宗弘历南巡，在苏州泰伯庙御笔亲书“三让高踪”，该匾如今高悬于至德殿中。不仅如此，乾隆历次下江南均遣大臣祭祀苏州泰伯庙。20世纪50年代，泰伯庙一度散为民居，后为农贸市场。2009年，桃花坞地区改造，2011—2014年对泰伯庙进行修缮，终于恢复旧制，重建后总占地面积约7492平方米，尚存至德桥、至德坊、大殿三间、东西两庑各三间等清代建筑，恢宏壮观。2019年底，饱受白蚁侵蚀的泰伯庙又得到保护性修缮，于2021年4月30日再次对外开放。

苏州泰伯庙，是东汉时期在苏州建造的第一座祭祀泰伯的庙宇，也是江南地区最早奉祀吴地开发始祖泰伯的庙宇。吴如胜所修的吴氏开山族谱《世系》，以及后世十四次修谱中，均有相关记录。东汉吴郡太守麋豹于阊门外建庙，奏请朝廷访求吴姓后裔来管理庙祀，桓帝就命泰伯三十八世吴汉（字子颜，汉光武即位，拜大司马，封广燕侯。卒，谥曰忠侯）曾孙吴如胜（袭封灌阳侯。卒，谥曰孝宪）的次子吴允承（拜奉祀侯，奉敕主祀泰伯庙。卒，谥曰文孝）为奉祀侯，迁回苏州。此后，自汉代至宋元明清，历代皇帝官员都有至泰伯庙祭祀泰伯的习俗。吴地百姓感念泰伯在江南传播了先进文化和农耕技术，也景仰其三让王位的高风亮节，连同他的后嗣季札一起供奉祭祀，皆是崇其“让”。故而，在唐垂拱四年（688），河南道巡抚使狄仁杰奏焚吴楚祠庙1700余所，独留夏禹、吴泰伯、季札、伍员四祠，足以见得泰伯和苏州泰伯庙的历史地位和重大意义。

2021年4月2日，为庆祝中国共产党成立100周年，传承江南文脉，传播至德精神，弘扬中华文化，苏州市文联等多家单位与泰伯庙联合举办“2021年苏州市青少年清明主题教育活动”。苏州市泰伯文化研究会、苏州吴氏文化研究中心也参与其中，举行祭祀活动，献上花篮，诵读祭文，表达崇敬之情，以纪念泰伯公。

千秋俎豆有余香

仲雍墓

仲雍墓，位于常熟市虞山东岭，墓区总占地约2160平方米。1956年10月18日、1982年3月25日，先后两次被列为江苏省文物保护单位。

仲雍墓由墓道、墓坊、墓圹、拜台等组成，墓道从山脚直至山腰上的墓冢，沿山道缓缓而行，静谧祥和。一路有三道冲天石牌坊：第一道墓门牌坊，在虞山麓北门大街；第二道牌坊在山坡上，两面分别刻有“南国友恭”“让国同心”额；第三道牌坊在山腰间，正面有“先贤虞仲墓”额，背面刻“至德齐光”额。两侧石柱有联曰“一时逊国难为弟；千载名山还属虞”——均为乾隆年间旧物。墓圹高出地面，封土平面呈圆形，坐西朝东，四周巨石环抱，古柏林立，庄严肃穆，气势磅礴。墓前有四块墓碑，右边两块书“先贤虞仲周公墓”，左边二块书“商逸民虞仲周公墓”。

千载名山还属虞

让国同心至德风

仲雍墓，《至德志》卷一《恩表林墓》写道："晋明帝大宁元年，敕建祀殿于茔城南五十步，御制'王德碑'于庙前。垣周五百步，守卫一百户，命尉奚澄领之。宋武帝御赞亭，在殿前二十三步。唐太宗贞观十五年，重辟山路，以广门境。作二石柱于祀殿门外，复大书榜揭墓道。建收贮御赐金香炉、花瓶、香盒、祭器一坛，库在御赞殿之西。添赐四时享奠户百家，亦附墓居住。宋太宗太平兴国三年，赐傍墓苗田，得一百七十五亩，岁收供赡王墓，符禁如之。仁宗天圣中，七十七代孙吴感南还，增置田二百五十亩，在墓南坡山港侧，亦令洒扫户曹百七等耕种，岁收并入庙仓。"又《封爵谥号》："晋明帝大宁元年，尊崇为恭孝王。明太祖洪武二年，敕封吴仲雍之神。"

仲雍，又名虞仲，是周太王古公亶父次子。跟随长兄泰伯同避江南，建立勾吴国。泰伯无子，仲雍继位，成为吴君，殁后葬于今常熟。

关于虞山名称的由来，姚承绪《吴趋访古录》卷五《虞山》说："在县治西北，吴之乌目山也。晋太康中改为海隅。《吴郡志》曰海虞；《续志》云海巫。海虞以虞仲得名，海巫以巫咸得名。又孙吴置虞农都尉，因以名山。"并有《虞山》诗："虞山冠全吴，独出一峰秀。乌目本山经，海隅仍晋旧。或以虞农名，或以巫咸寿。岂知采药行，曾此寄僻陋。文身化句蛮，千古式俎豆。生则君其乡，端委治功懋。死则葬此麓，山丘暝昏昼。累累古冢傍，岩花络云岫。后人览图经，于此正厥谬。卒之至德风，仍不以名售。"又有《仲雍墓》诗："泰伯窜勾蛮，难弟挈虞仲。卓哉古逸民，名并让皇重。放废东海滨，断发岂违众。国俗尚文身，端委有妙用。至德共配食，太弟卒嗣统。吾吴文教开，惟君俾易种。峨峨虞山阳，风雨冷残梦。埋骨几千年，凭吊有余痛。"

虞山上除了仲雍墓，又有巫咸、言偃、周章、齐女等墓。另外，常熟还有石城、九里城、鹿园、莫城等春秋时期的文化遗存。

周章墓

周章墓在常熟市虞山东岭，坐西朝东，位于仲雍墓南侧。陆广微《吴地记》说，常熟“县北二里有海虞山，仲雍、周章并葬山东岭上”。1982年12月，被列为常熟县（市）文物保护单位，碑后刻有周章墓志。

周章墓，于1984年重新修缮，现有墓门、墓道、墓圹、拜台等。墓门冲天石牌坊上有“吴国第一君”额，

另一面有“吴王周章墓坊”，墓碑上刻“古吴王周章陵墓”。墓圹位于半山坡，占地面积约为295平方米，封土平面呈圆形，高出地面。墓后有乾隆二十九年（1764），其裔孙周士烈、周祖烈等所立“古吴王周章陵墓”碑一方，并重修陵墓。

周章，“生于殷帝乙二十二年辛卯”（据《锡谱》记录），仲雍曾孙，叔达长子，勾吴第五代君主，在位22年。《春秋》《左传》均称其为“吴子”，在勾吴国的发展史上占有重要地位，具有里程碑意义。当时武王已建立周王朝，周初实行分封制，封周王亲族、灭商功臣，历代先圣后裔到各地做诸侯。周王朝又派人到江南寻找泰伯、

吴子周章魂归处

仲雍后裔欲封诸侯，因周章已君吴，遂封他为周朝诸侯吴国第五任国君，始以国为姓，从此吴国被列入周朝版图。再封周章弟仲于周之北故夏虚，是为虞仲，与其先祖仲雍同号，列为诸侯，建立虞国，其后人以虞为姓。周章卒，子熊遂继位。这里还有个小插曲。1954年，江苏省丹徒烟墩山出土了西周“宜侯夨簋”，簋上铭文大意是说，周康王姬钊将虞侯夨改封于宜，称虞侯夨为宜侯，并赐与土地和奴隶。据郭沫若考证，“侯夨”就是熊遂。

与仲雍、周章等墓相近的还有齐女墓。当年，齐景公因慑于吴国的强大，与吴联姻，忍痛将爱女嫁给吴王阖闾长子、夫差兄终累。齐女嫁到吴国后，终日思乡，丧夫后忧伤成疾，不久亡故。临终时，齐女请求葬于虞山之巅，以望齐国。吴王如其所愿，将她送葬虞山。后人将其所葬处称为齐女墓。据陆广微《吴地记》载，“葬毕，化白龙冲天而去，今号为母冢坟”。据明代姚宗仪《常熟县私志》说，齐女墓也称马婆墩，在乾元宫前，旧建望湖亭，后改建达观亭。清代前后，虞山东有齐女庙，姚承绪有《齐女庙》诗。清代至民国年间，有人将虞山最高峰望海墩认作齐女所葬之处。民国时，常熟整理名胜机构曾拟在望海墩上立齐女墓碑，后因邑中学者金鹤冲等人竭力反对而放弃；已刻石碑，遂弃于拂水岩长寿桥下，今尚在。

寿梦墓

苏州城西北郊的浒墅关镇和通安镇之间，有一座看上去十分普通的小山头，因为山的形状像极古代一种叫瓦甑的陶器，故而俗称为甑山。后因苏州方言“甑”“真”不分，遂成真山，为阳山的北脉。据道光《浒墅关志》说，甑山山巅有七穴，如瓦甑，故名。由于太湖边水汽重，每逢阴雨天，遇冷热空气交替变化，山中云雾缭绕，仿佛用陶甑烹煮东西时袅袅升起蒸汽。相传，寿梦墓就在这里。

真山，呈西北、东南走向，长约 1000 米，宽约 600 米。据民国《吴县志》记载，甑山，在阳山北，山有三峰。中间主峰，海拔 76.9 米，与西面的小丘合称大真山；东南面小丘称小真山，海拔 32.8 米；山体由火山岩构成。1992 年 11 月 9 日，真山采矿二厂在小真山开山采石中挖出古墓，致使古墓主室基本毁坏，苏州市文管会考古队进行抢救性发掘。此墓凿山为穴，主室墓口长约 9 米、宽约 7.4 米，墓室深约 6.6 米，墓道长约 20 米、宽约 3.7 米，在墓道封门处两侧墓壁上，各靠两把青铜戈。这是当时苏州考古发掘中发现的最大墓葬。随即考古队对整座真山做了全面考古调查，共发现 57 座土墩，其中 51 座在大真山，6 座在小真山。并对 7 座古墓进行抢救性发掘，出土青铜剑、青铜戈、青铜印、青铜灯、玉扳指、玉印等一批春秋战国至汉初的珍贵文物，其中猴头钮提梁壶为十分罕见的宝物。考古工作从 1992 年一直持续到 1994 年，在真山分期分批清理发掘各类古墓 12 座，其中两座东周大型墓最受瞩目。据当时的考古报告显示，D9M1 墓出于真山主峰顶部，其余 4 座东周墓有 1 座编号为 D1M1 的大墓出于小真山（真山第二高峰）顶部，另 3 座则分别出于上述两座大墓近侧。虽然历史上曾多次遭遇盗墓，但仍然从中出土了一万多件珍贵文物，其中有瑗、罩、琀、戈、钩等饰件，原始瓷盖碗、罐，印纹硬陶瓮、罐，夹砂褐陶三足器以及贝壳与绿松石贝形饰物等。

位于大真山主峰的真山大墓，由于依托整个山峰，其封土堆积高 6.5 米（一说土地墩封土高 15 米，直径 50 米），气势雄伟壮观。封土分内外两重，均经反复夯打，封土含春秋中晚期的陶瓷残片一批。封土下

真山顶上谒寿梦

为深入山顶岩层 1.8 米的长方形岩坑墓，墓室仅见用泥石混筑（高仅 0.2 米）的棺床位于墓室西半部，约占整个墓室三分之一面积。墓早年被盗，盗沟上口长达 18 米，宽 3 米，显然是大规模的有组织的盗挖。因此墓室内除四周边沿外，中央部位随葬品均被严重盗扰，有的随葬品可能早已散佚。再加上 2000 多年的自然侵蚀，墓内结构不均衡沉降，更促使随葬品移位与受损。墓内棺椁腐朽无存，墓主尸骨未见，仅存残漆皮，有些漆皮互相叠压达数十层。上述情况，未见明确结论，故予以存疑。

大真山顶的大墓封土高厚，墓室宽大，葬具有七棺二椁，并由玉面饰、珠襦、玉甲饰和阳具饰组成玉殓葬。据《礼记·礼器》记载，如此规格的墓葬，当是春秋中后期诸侯王墓冢。《左传》记："秋，吴子寿梦卒。临于周庙，礼也。"再据苏州博物馆《真山东周墓地》推断，该墓墓主应是寿梦，从而可以进一步确定寿梦已徙都今苏州。但是，这只是根据掌握的现有资料做的一种推断。真山吴楚贵族墓藏群，已于 2002 年 10 月列为苏州市文物保护单位。

寿梦（前 620—前 561），于公元前 585 至公元前 561 年在位。在位期间，他走出国门，考察中原诸侯国的礼乐制度和风土人情，加强吴国和中原地区的文化交流，励精图治，奠定了吴国强盛的基础。今藏于故宫博物院的吴王寿梦戈，为寿梦自用，形似手枪，内部呈镂空的宽体飞龙造型，精美绝伦，至今锋利如初，当时工艺水平之高可见一斑。

姬僚墓

狮子山，又称岝㟧山、苲雄山、岝岭山、鹤阜山等，在苏州城西，今属虎丘区枫桥街道。陆广微《吴地记》说："在吴县西十二里，吴王僚葬此中。有寺号思益，梁天监二年置。"因山形如狮子，故名。

周敬王五年（前515），吴王僚在位13年，阖闾使专诸刺杀吴王僚，篡得王位。相传僚便葬于狮子山中，而阖闾死后葬于虎丘剑池之下。吴谚有"狮子回头望虎丘"，古今多少事，都付诸笑谈中，这一望就是2000多年，遗恨绵绵无绝期，个中况味，难以尽言。

狮子山的来历充满了传奇色彩。据《水经注·沔水》说："太湖之东，吴国西十八里，有岝岭山。俗说此山本在太湖中，禹治水，移进近吴。又东及西南有两小山，皆有石如卷笮，俗云禹所用牵山也。太湖中有浅地，长老云是笮岭山跖，自此以东差深，言是牵山之沟。此山去太湖三十余里。"相传山本在湖中，名柯山，大禹治水，令童男童女将柯山牵引移置，到了鹤邑墟的地方，再不肯向前移动了，故又称鹤阜山。那两座牵引竹缆的小

狮子回头望虎丘

山，后人称索山和铃山，皆因狮子山得名。“鹤阜山，亦名岝崿山。世传禹治水时，令童男童女入太湖，引出此山欲以填水。至鹤邑墟，不肯进，因此以名，或云即师子山也。”（范成大《吴郡志》）另据民国《吴县志》记载，山南顶上有两块巨石，传为狮子的两只耳朵。自元以来，凿石殆尽。附近有小山二座，在左（东面）的叫索山，在右（南侧）的叫铃山，相传为狮子所戏的两只绣球。

索山，俗称笠帽山，海拔25米，花岗岩构成，岩石间有黑水晶。1956年，苏州建筑公司在山上采石，其后由乡、村开采。山体大部分已被采，现存残丘建为索山公园。1973年3月，枫桥林场在狮子山东麓发现西晋墓群，1973年、1979年，吴县文管会先后两次发掘，共清理西晋砖室墓4座，出土随葬品126件，主要有簋、扁壶、兔形水注等青瓷器，灯座、鼎等铜器，铁剑和钗环、线戒等金器。根据砖铭考证，墓主可能属于西晋中晚期傅氏家族。东麓还有清赐怀远将军祝大椿墓，1995年10月建苏州乐园瀑布景点时迁移。东南坡又有清祝兰舫墓，1997年造苏州乐园时迁移。

狮子山雄峙平畴，从古城望去，以郡西延绵的远山为背景，不失巍然壮观。登狮子山绝顶环视，四周景致一览无余，可谓神清气爽。狮子山之东，本为田野沃土，如今已成为一座现代化的新城。狮子山东南为横塘，是自古以来的交通枢纽，舟楫车马，不绝于道。狮子山西南是古镇木渎，商贾云集，以繁华著称。狮子山之西是天平山、天池山、支硎山、金山、寒山，绵延起伏。

阖闾墓

阖闾墓在虎丘剑池下，即虎丘寺法堂基。虎丘又名海涌山，距古城西北七里。吴王阖闾在此建行宫。阖闾歿，相传夫差以十万人治冢，以扁诸、鱼肠等剑三千柄为殉。经葬三日，有白虎踞其上，故名虎丘。

袁康《越绝书》说：“阖庐冢，在阊门外，名虎丘。”又说“千万人筑

云埋虎寺山藏色

治之。取土临湖口，筑三日。而白虎居上，故号为虎丘”，在吴县西北九里二百步。陆广微《吴地记》说：“阖闾葬此山中，发五郡之人作冢，铜椁三重，水银灌体，金银为坑。”引《史记》说：“阖闾冢在吴县阊门外，以十万人治冢，取土临湖。葬经三日，白虎踞其上，故名虎丘山。”又引《吴越春秋》说：“阖闾葬虎丘，十万人治。葬经三日，金精化为白虎，蹲其上，因号‘虎丘’。”

阖闾的剑相当有名，后世的帝王哪个不想占为己有？这不，秦始皇东巡至虎丘，欲求吴王宝剑。见有虎当坟而踞，始皇以剑击之不及，误中于石（即虎丘试剑石，一说秦始皇所为，一说吴王所为）。虎西走二十五里忽失，其地于是称虎疁，唐讳虎，钱氏讳疁，改为浒墅。这便是浒墅地名的由来。而虎丘剑池的形成，据说也跟此事有关。剑池两崖划开、中涵石泉、清音幽韵的景观，传说是秦始皇凿石求剑时形成的，求剑无所得，其凿处乃陷成池，古号“剑池”。故此李岘《剑池》咏道：“阖闾葬日劳人力，嬴政穿来役鬼工。澄碧尚疑神物在，等闲雷雨起潭中。”剑池旁有石，可坐千人，号千人石。

任昉《述异记》卷上说阖闾墓中有石铭：“吴王之夜室也。呜呼！平吾君王，弃吾之邦，迁于重岗，维岗之阳，吾王之邦。”姚承绪《阖闾墓》叹道：“三千神剑十万卒，下殉君王葬灵窟。金精上焰虎气腾，终古青山埋朽骨。生前图霸死鬼雄，隧道偏遭祖龙掘。鱼肠何处化清风，涧底泉鸣深不测。法堂基下闷幽宫，一盏禅灯光指月。”吴国在争霸时，阖闾功勋最大，与齐桓公、晋文公、楚庄王以及后来的勾践并列为“春秋五霸”。

东晋时，司徒王珣、司空王珉兄弟于此建别墅，后

下殉君王葬灵窟

舍山为东西两寺，成为东南一大名刹。寺侧又有贞（真）娘墓，贞娘是唐代出名的吴国佳丽，行客才子，多题诗墓上。白居易为苏州刺史，开河筑堤，并植桃柳两千株。后又绕山凿溪，引水环山，清波萦绕，意境幽远。山中飞阁临崖，浮图当空，古木葱茏，亭台错落，加之历代名士品题唱咏，遂成为“吴中第一名胜”。一时间，塔坟寺院，绣陌芳堤，车马辐辏，箫鼓画舫，游人如织。

明正德六年（1511），王鏊携弟子门生游虎丘剑池，忽见“终年池水清冽，虽经旱不少减”的剑池，水涸池干，石阙中空，不知何故。他在《吊阖庐赋》中有“岁正德之协洽兮，剑池忽焉其枯涸”之句。1955年，相关部门疏浚剑池，洗刷苔藓时，在东岩壁发现王鏊、唐寅等人的记事石刻两方，记录明正德七年剑池水干、池底显现阖闾墓门之事。

夫差墓

相传吴越两国相邻，本来相安无事，只因在吴楚战争中越王允常站在楚国一边，从而越国成了吴国的敌人，吴越首战终于在十多年后爆发。吴王阖闾乘越王允常病故，子勾践刚接位之际，兴师伐越，但这场战争以阖闾身负重伤不治而亡告终。吴国当然不能接受这个事实，阖闾之子夫差继位后，为了替父报仇，日夜练兵，伺机复仇。周敬王二十六年（前494），吴国出兵讨伐越国，将越军团团包围在会稽山，断其粮草。越王勾践无奈乞和，吴王夫差不听伍子胥乘胜灭越之计而许和。勾践、范蠡等入吴为人质，吴王将其囚禁。为了得到夫差的信任早日回国，勾践表面上为夫差喂马驾车，鞍前马后百般讨好，甚至亲尝其大便，以辨病症。此举果然使吴王放松警惕，甚至感动，三年期满后，他释放了勾践，赐还国土。由此可见，吴王夫差心本善良，不记前仇。谁知回到越国的勾践，立即暴露本性，谋求复国，加紧实施文种所献“灭吴九术”。周元王三年（前473），越国对吴国发动总攻，大军从槜李北进，至南太湖白洋湾，疏通越来溪。措手不及的夫差逃至秦余杭山（今浒墅关阳山），伏剑自刎，吴国就此灭亡。

阳山，古名秦余杭山，在虎丘区浒墅关镇西南，“高八百五十余丈，逶迤二十余里，以其背阴面阳故曰阳。亦云四飞，以四面视之，势若飞动也。大峰一十五，而箭缺为绝顶”（王鏊《姑苏志》）。阳山的古迹很多，“夏驾大冢者，越王不寿古冢也”，“吴王夫差义阡冢，十八所。相传在山南二里，今失所在”，“吴太宰嚭冢，在卑犹山”（《阳山志》）。赵晔《吴越春秋》说夫差既伏剑，“越王乃葬吴王以礼于秦余杭山卑犹”，又称“宰嚭亦葬卑犹之旁”。姚承绪《吴趋访古录》卷三《夫差墓》说：“《越绝书》云在犹亭西卑犹，位近太湖，越王令干戈人以一墣土葬之。一云葬之秦余杭山，宰嚭亦葬其旁。”并有诗：“犹亭风雨吊游魂，墣土蓬蒿忍再论。金虎气消三尺剑，水犀潮落一军屯。荒原鹿走枯秋草，故国乌啼掩墓门。不信佞夫偏得祔，属镂空赐楚王孙。”“又闻卑犹之山旧是夫差冢，生俘会稽死故乡。不及阖庐之墓结虎气，星精上撼抽鱼肠。”道光《浒墅关志》则说“琼姬墓与夫差墓相近，夫差女也”，另有一说夫差墓和琼姬墓在阳山附近的白豸山。道光《浒墅关志》与民国《吴县志》都称徐侯山在阳山西北，一名卑犹、徐枕，越王葬夫差处。

犹亭风雨吊游魂

李根源《吴郡西山访古记》说，土人呼为瓦山、华山或小花山，问以徐侯卑犹之名均不知。阳山之高之大，历经数千年的沧桑巨变，小小的墓冢自是难以寻觅了。阳山顶有箭阙，相传秦始皇曾射于此，阙为箭镞所穿，下为射渎。顶有浴日亭，每年九月晦日，郡人登此观日月同升。又有半山寺，传为公孙圣死于此，民间有三呼三应的传说。

夫差庙，实际是早年的地方神庙，旧时苏浙一带有多座，位于姑苏山东北麓的那座较为著名。陆广微《吴地记》中说，郭西二里有夫差庙，拆姑苏台造。唐代皎然《姑苏行》咏道："古台不见秋草衰，却忆吴王全盛时。千年月照秋草上，吴王在时几回望。至今月出君不还，世人空对姑苏山。山中精灵安可睹，辙迹人踪麋鹿聚。婵娟西子倾国容，化作寒陵一堆土。"陈羽《夫差庙》也有"姑苏台畔千年木，刻作夫差庙里碑"之句。庙至民国初尚存，李根源《吴郡西山访古记》卷一说"渡河左岸，有姑苏庙，在田沟村东端，殿宇卑陋，塑神像奇诞不经，非夫差像"，此姑苏庙即夫差庙。

言偃墓·言子旧宅

言偃墓，在常熟市虞山东岭，与仲雍墓相邻。1956年10月18日、1982年3月25日，先后两次被列为江苏省文物保护单位。

据言氏谱牒记载，西汉武帝时，十七世裔孙言成大始修祖墓，南宋端平三年（1236），常熟县令王爚明令对墓道实施保护，其后代屡有修缮。现存墓上设施均为明清重建时的旧物。自北门大街通往墓地

文开吴会圣人徒

的墓道上，依次为清乾隆年间造“言子墓道”“道启东南”“南方夫子”冲天式石牌坊。第一道牌坊两边石柱上刻有楹联：“旧庐墨井文孙守；高垅虞峰古树森。”坊后有影娥池、文学桥（原本在子游巷口，旧名言偃桥，又称醋库桥。宋庆历中，录事夏秀建）。半山墓道有重檐歇山顶石亭一座，上有清康熙四十四年（1705）御书“文开吴会”石匾。两侧各有一石亭，内置谕祭碑。墓圹在第三道石牌坊后面，高出地面，封土平面呈圆形，“先贤子游言公墓”“先贤言子之墓”两块墓碑竖立在墓圹后面。墓周围尚有龙头石、言子飨堂、墨池、石墨、先贤吴公修建祠墓记略、重修先贤言子林墓记等石刻以及古迹。

言偃（前506—？），字子游，春秋时吴国人。孔子七十二贤弟子中唯一的南方弟子，在孔门四科（德行、言语、政事、文学）中列文学科之首。随孔子学习期间十分勤奋，遇到疑难问题常向孔子请教。孔子也视言偃为得意门生，曾向言偃描绘心中大同社会的理想美境，给言偃留下了深刻印象。后来言偃在鲁国武城任宰相时，谨遵师训，以礼乐教民，孔子过武城，闻弦歌之声，大加赞许。言偃学成返回故里，道启东南，将儒学传入南方，吴人闻

道启东南封吴公

之纷纷向学。从而实现了孔子“吾门有偃，吾道其南”的愿望，被后世尊称为“南方夫子”，为南方文化发展做出重大贡献。言偃文学作品大多散佚，由后裔、清代言如泗搜讨遗逸，编纂成《文学录》三卷，有木刻本流传于世。

唐开元八年（720），言偃名列十哲附祀孔庙；二十七年（739），被追封吴侯；宋咸平三年（1000），又被追封吴公。之后的历朝历代，封号累世不绝，继泰伯、仲雍之后，言偃作为对江南文化具有开拓之功的文化始祖，同样受到后世敬仰和崇拜。

言子旧宅，原名“言子故居及墨井”，后改今名，在常熟城区东言子巷13—17号，1982年11月被公布为常熟县（市）文物保护单位。

陆广微《吴地记》说，常熟县“北一百九十步有孔子弟子言偃宅，中有圣井，阔三尺，深十丈，傍有盟（即坛也）。盟北百步有浣纱石，可方四丈”。关于子游宅墨井，姚承绪《吴趋访古录》卷五说：“在县西，今称言公巷。井旁有洗衣石，为太守萧正德携去。”并有诗：“古有文学科，不及翰墨事。言公圣人徒，岂止尚文字。后人傅会之，一井表厥异。分取墨池名，张皇列乘志。岂知遗迹留，未容凿空例。旧井虽无禽，寻源自洙泗。沾溉及武城，于此卜利济。南学开精华，斯文统攸寄。东吴遍津逮，汲古功非细。不似操觚家，墨守在文艺。”

言子旧宅为清代建筑，坐北朝南，现存东西二路平房。东路为17号，有四进，头进与第二进为三开间，第三进厅面阔5间17.5米，进深9架梁8.8米，厅后天井东侧有言子墨井，第四进在天井围墙之外。西路为15号，仅存第三进后堂。靠东路陪弄内，有清乾隆四十七年（1782）兵部侍郎珂兴阿所立御祭碑一方。堂后天井围墙上嵌有乾隆、光绪年间镌刻的碑三方，分别为《一松山房四止图》《言子墓图》《言子像》等。

另外，苏州古城有言桥，旧名阎桥。今跨干将河，南北连接两侧干将东路，南堍与五卅路相直，北对玄妙新天地建筑。阖闾建城时造，宋、明、清代的文献中均作阎桥。王謇《宋平江城坊考》引《氏族门》说：“阎氏，姬姓，武王封泰伯曾孙仲奕于阎乡，因以为氏。又云，王少子生而有文在手，曰‘阎’。康王封于阎城。今苏州有阎桥。”桥于南宋开禧元年（1205）三月重修。元延祐二年（1315）重建。清代因桥西有言子庙，故改今名。1954年改建，保留原石基，两侧加钢筋混凝土板梁，长6.1米，宽12米，跨径4米。1994年干将路改造时重建，为单孔钢筋混凝土拱桥，长8米，宽19米，跨径6米，拱顶底标3.33米。重力式桥台，花岗石桥栏，望柱上雕有石狮，桥名为瓦翁书写。

南方夫子美名传

胥王庙

伍子胥（？一前484），出身楚国世代忠良之家，其祖父曾辅佐楚庄王“一鸣惊人”，成为一代霸主。只因遭奸臣陷害，伍子胥被迫一路亡命奔吴而来，结交公子光。公子光即位后任命他为行人，一起谋划国事。至夫差即位，伍子胥仍忠贞不贰地辅佐国君，岂料忠言逆耳，最终落得自刎的结局。

伍子胥的墓里并无棺椁，他的尸首置之革囊，所谓鸱夷，然而也有安葬之地，即“鸱夷藏处”。《元丰九域志》卷五中平江府古迹就有“伍子胥墓”的记载。陆广微《吴地记》引《太平御览》卷七十四、《太平寰宇记》卷九十一说：“坛塘，一名陌城。夫差十二年，既杀子胥，后悔之，与群臣临江作塘，创设祭奠，百姓因以（缘为）立庙。”又引陈厚耀《春秋战国异辞》说：“子胥死，浮尸于江，夫差悔焉，与群臣于江设祭置坛，国人因为立庙。”伍子胥对于苏州的建设可谓功不可没，故人们建庙以祭。胥王庙，又称伍员庙、胥王祠，始建无考，自汉以来皆祭子胥于此。南朝宋元嘉二年（425），吴令谢询移庙城中，岁久不知故处何在，乾道间复建胥山之庙，后历代屡修。陈瑚《吴相伍公庙碑记》说："今去郡西三十里，地入太湖，名胥口者，即其处。祠尚存，而祠前古墓，松桧参差，相传以为公葬其下。"清初，吴伟业来游，有《胥王庙》诗曰："伍相丹青像，须眉见老臣。三江筹楚越，一剑答君亲。云蹙埋忠愤，风涛诉苦辛。平生家国恨，偏遇故乡人。"清雍正六年（1728），吴县知县蔡益仁重修胥王庙，同时缮葺了庙中的伍子胥墓。乾隆中里人张绍能重修，咸丰十年（1860）毁于太平军战火，同治间里人张达言募资重建。1926年，李根源考察苏州西郊文物，在《吴郡西山访古记》卷二说："达胥口，渡河谒胥王庙。殿悬江苏巡抚刚毅额。碑六……"

从20世纪50年代拍摄的一张照片中可以看出，胥王庙殿门上有"福庇三吴"额，殿前为伍子胥墓，乱石垒堆而成，呈八角形，前有石碑，墓上有两株梓树，一株上挂着一口钟，据说是子胥遗言，"必树吾墓以梓，令可以为器"（《史记》）。又有一说，"树吾墓檟，檟可材也"（《左传》）。庙为四合院式，大门朝北，伍子胥墓位于中央，北为胥王殿，西为观音殿，东为大王殿，庙的后门外，有一株高3米多、需四五人合抱的古银杏树。20世纪60年代末，胥山上的庙和墓尽毁，古树被砍伐殆尽。1985年，为配合纪念苏州建城2500年活动，由吴县文管会拨款，在胥口乡香山嘴东侧另建伍子胥墓，墓碑由胥口乡政府和吴县文管会立，上书"吴故伍相国员鸱夷藏处"。1995年，胥口民众自发集资，于故址重建胥王庙。屋仅一间，立伍子胥等塑像，香火旺盛，成为胥口一带的民间神庙。

2005年，胥口镇政府筹资3000万元建胥王园，占地51亩，建筑面积2650平方米，有伍子胥功绩碑、胥王庙、申胥阁、吴越史馆、悒江楼、伍子胥墓等建筑错落有致地点缀其间。园内小桥流水、曲廊假山、花草树木、台榭荷塘交相辉映。这里分墓区、祠区、园区、园外园四个部分。四区中墓区为重点，透过"伍子胥墓"石牌坊，可以看到墓前设有祭台，

胥王独立故江边

由花岗岩砌成上下两层，底层面积169平方米，上层面积75.6平方米。四方各有三级踏步、四角缀以望柱。拾级而上，方能看清墓碑上刻篆书“古吴伍员鸱夷藏处”，为石灰石和花岗石镶嵌而成，由伍氏宗亲敬立。墓周以不规则石块镶边，墓上外围植一圈矮松，中部绿草茵茵。现在偌大的胥王园内仅存一截石碑，据说为明代旧物，除此再无古迹可寻。

伍子胥的事迹在民间流传，有着广泛的社会基础。伍子胥自刎后，被盛以鸱夷，浮之江中，以这样的方式告别人世是悲惨的。但正由于他的尸首浮之于水，成就了他作为潮神、涛神的神格。民间祭祀，主要是祈求太湖水域的风平浪静。就道统而言，伍子胥被历代所推崇，并被列入国家祀典。

孙武墓·要离墓

孙武，字长卿，早年因战乱隐居吴国，写下著名的《兵法》十三篇。孙武墓本是传说，至清代孙星衍始建墓，原在苏州相城区元和镇虎啸村。2014年12月，在相城区文灵路开工建设孙武纪念园（孙武墓迁此时间不详），2016年对外开放。纪念园占地面积约85000平方米，建筑面积约4000平方米，园内设孙武文化区、纪念广场区、滨河漫步区、市民健身区、湿地栈道区等。

吴王客齐孙武冢

阖闾的得力助手，除了足智多谋的伍子胥外，便是军事奇才孙武了。孙武乃齐国将门之后，本在齐国为官，大概未得重用，约于周敬王八年（前512），他已来到吴国谋求发展。经伍子胥举荐，在一番对话后，阖闾对孙武的兵法很感兴趣，请他小试于宫女，因此发生了“教战斩姬”的故事。阖闾不料孙武假戏真做，杀了自己两名宠姬，当下很是不快，但过后想想，宠姬易得，人才难得，正因如此知其能用兵。经伍子胥再三举荐，孙武被拜为将，率领吴国军队大破楚军，占领楚国郢都。这期间，阖闾命伍子胥开凿胥溪，这条运河自吴都通太湖，又经今宜兴、溧阳、高淳到安徽芜湖，达长江。

在后来的十余年间，阖闾在伍子胥、孙武辅佐下数次攻楚，终于成为南方之霸。伍子胥、伯嚭报了家仇，只是立有大功的孙武从此失踪，不过其最后归宿在袁康《越绝书》有记载，“巫门外大冢，吴王客齐孙武冢也”。孙武留下的《孙子兵法》，是流传至今最早的军事著作，被誉为“兵学圣典”，已译成多国文字，成为世界共同拥有的文化瑰宝。

要离墓，相传在泰伯庙南。卢熊洪武《苏州府志》卷四十四说：“吴要离墓，在县西四里阊门南城内。《吴地记》曰：在泰伯庙南三百五十步。相传在今梵门桥西城下马婆墩，旧有炮座基。嘉定十六年，提刑司被旨修城此地，多得古冢，皆莫详其姓氏。”又说：“《汉书注》：要离冢在吴西，伯鸾墓在其此（北）。”姚承绪《要离墓》云：“金阊亭外古碑荒，千载犹留死骨香。义愤风云同变色，谋倾妻子枉罹殃。揕胸未了英雄恨，喋血空怀侠烈肠。豫让桥头水呜咽，孤坟草绿下牛羊。”

春秋时期，专诸刺死姬僚后，正在卫国的姬僚儿子庆忌发誓要报仇。因此，伍子胥于第二年推荐勇士要离前往谋刺庆忌。要离为取信庆忌，“乃诈得罪，出奔。吴王乃取其妻子，焚弃于市”（赵晔《吴越春秋》）。就这样，要离用苦肉计骗得庆忌信任，就在庆忌渡江伐吴的船上，乘其不备，一剑将其刺死。庆忌感佩要离的忠诚和勇气，临死前交代手下勿杀要离，让他回吴以旌其忠。要离羞愧难当，至江陵伏剑以报。

诸稽郢墓

诸稽郢墓，在苏州洞庭西山（今金庭镇）秉汇村诸家河头，1986年被列为吴县文物保护单位，后升为苏州市文物保护单位。

诸稽郢墓坐北朝南，占地约184平方米，有青石墓碑一块，居中隶书“越大夫诸稽郢之墓”，右刻楷书“大清光绪十一年仲冬月”，左刻楷书“德清俞樾书”，为甪头巡检司暴式昭重修时所刻。当年墓周青松翠柏环绕，并有数株古树名木，今已不存。墓地尚有银杏三株，夏季来临，墓掩映于翠绿的树冠之下，极其静谧美好。初冬时节，满目金黄，杏叶随风徐徐飘落，金灿灿的一地。此时，青山绿水之间，一片祥和安宁。

那么，越国的大夫如何葬在吴国的土地上呢？原来，周敬王二十六年（前494），吴王夫差为报先王阖闾槜李之战兵败之仇，倾兵伐越。勾践率师迎战于夫椒，兵败困守在会稽山上。勾践便派诸稽郢前往吴营谈判求和，获得成功。可想而知，此人极善言辞。越灭吴后，勾践开始杀功臣，《史记》记范蠡遗书文种：“蜚鸟尽，良弓藏。狡兔死，走狗烹。越王为人长颈鸟喙，可与共患难，不可与共乐，子何不去？”或许诸稽郢就是在这样的情况下避居西山，今秉汇至消夏湾诸家河一带的诸姓居民，相传都是诸稽郢的后裔。

王维德《林屋民风》卷八说：“渔人诸姓居同里，失其先世谱牒，询诸父老，则云其来尚矣，相传春秋时居此。”明末诸生秦嘉铨一日营建别业，沿山凿池时发现一石碣，上刻“越大夫诸稽郢之墓”，字迹苍古，似秦汉人所书。他随即告知诸姓族属俾守祀之，封土竖碣，复植松柏，并作墓志铭。每逢清明、冬至，乡里诸姓村民均前往祭祀。可以见得，百姓多么希望过上和平安定的生活。

吴妃祠

吴妃祠在三山岛。三山岛在西太湖烟波浩渺之中，“白波四合，三点黛色”，依稀海上神山，故有“小蓬莱”之誉。因山有三峰且地相连接，故名三山岛，今属东山镇。

关于三山之名由来，有数种。一种称之大雷、小雷和三山，称这一水域为三山湖；一种三山、泽山和厥山。今以三山、泽山、厥山称之，后二山均无人居住，地属三山行政村。远远望去，三山、泽山、厥山坐落在东、西两山之西南，距东山长圻、西山石公均约三里，仿佛是两山的门户，故前人称之“三山口”或“三山峡”。释皎然《古别离（代人答阎士和）》咏道：“太湖三山口，吴王在时道。寂寞千载心，无人见春草。谁识缄怨者，持此伤怀抱。孤舟畏狂风，一夜宿烟岛。”

三山本岛面积约1.8平方千米，北高南低，有大山、行山、小姑山三座峰头，绵延连缀，蜿蜒起伏，下有小姑湾、下黄湾等。大山又称北山，今称北峰，海拔83.5米，为三山最高峰，有金鸡石、补天石、马蹄石等石景。行山今称中峰，海拔75.4米，山上遍植橘树，处处陡壁悬崖、奇岩怪石，有板壁峰、叠石、一线天、天门等石景，其余脉断山，最宜观日落景象。行山之南有吴妃祠，俗称娘娘庙，也叫吴妃娘娘行宫。民间对此说法不一，乾隆《吴县志》卷八十二说：“吴妃庙，在东洞庭之三山，《吴郡续志》有吴太

湖上三山神女家

姥，疑即是其神。”或说吴妃乃姊妹三人，各居一峰，殊有灵异，山人立祠祀之。“海中三岛神仙宅，湖上三山神女家。姊妹晨妆明绿水，往来峰顶弄烟霞”（《具区志》卷九引明人谢晋诗）。或说吴妃是一人，即西施。清代徐崧、张大纯编纂的《百城烟水》载：“（三山有吴妃祠，或云即西施也）三山岚影泛波光，石屋烟鬟韶女妆。莫是西施仙去后，芳魂犹在水云乡。”或说是阖闾之母或夫差之母，故以太姥相称。行山之南的小姑山，相传阖闾小女胜玉即所谓“小姑”。

小姑山在西南端，今称南峰，海拔43.4米，有十二生肖石、白猫石、牛背石等石景。距小姑山百米之外的湖面上有一土墩，面积约600平方米，地面低平，高出湖面不足1米，芦苇丛生，四周用青石条（一说石灰岩条石）砌筑。古老传说，胜玉不愿远嫁鲁国，于此投湖自尽，百姓在墩上筑墓，种植柳树，称水葬台，又称梳妆台、姑亭、琴台，今称孤亭，相传虽大水而不淹。有人说，从水葬台的位置和结构来看，很有可能是古人采石使用的装运平台。

三山岛的落日是美丽的，尤其是在行驶的船上，飘飘然如遗世独立。1936年，叶圣陶陪王统照游西山，顺便去了三山岛，归时已晚，他在《记游洞庭西山》中说：“黄水染上淡红，使人起苍茫之感。湖面渐渐升起烟雾……”而历史的有些真相，如同被重重烟雾包裹着，一时又怎能看得真切呢？

春申君庙

春申君庙，原在吴子城内西南一隅，唐天宝十载（751）重修。明洪武四年（1371）移建至金门内王洗马巷16号，即今所在地。清乾隆四年（1739）六月重建大殿；咸丰十年（1860）毁于兵燹；同治五年（1866）重修。2003年，被列为苏州市控制保护建筑。

春申君即黄歇（？一前238），战国时楚国大臣，与信陵君魏无忌、孟尝君田文、平原君赵胜合称“四君子”。据《史记》记载，黄歇“游学博闻，事楚顷襄王”。楚国顷襄王时，黄歇出使秦国，上书昭王，说退秦兵。又施以巧计骗秦王，使身为人质的太子完脱险归楚。顷襄王死后，太子完继位，为考烈王，黄歇受封为义相，赐淮北十二县。又请封于江东，以吴为都邑，门下有食客三千。考烈王死，黄歇在内讧中被杀。

春申君在吴期间做出了杰出贡献，尤其是兴修水利，其成绩在苏州水利史上非常突出。楚考烈王十五年（前248），治水松江，导流入海，即开凿黄浦；同年将太湖来水方向的胥门水门封闭，增辟城东的葑门水城门，使胥江水沿护城河绕道出城，减轻城内洪水压力；又在城内开凿了许多纵横交错的河道，初步形成了水网系统，当时河道为“四纵五横”。春申君除重视大型水利工程外，同样注重农田水利建设。袁康《越绝书》说“无锡湖者，春申君治以为陂，凿语昭渎以东到大田；田名胥卑。凿胥卑下以南注太湖，以写西野”。这一记载说明，无锡湖是经春申君整治而成为湖塘的，并开凿语昭渎，经胥卑往南注入太湖，从而灌溉苏州西郊的农田。

义相恩泽如雨霈

正因如此，民间流传一首脍炙人口的儿歌：“唧唧唧，唧唧唧，爷娘去开黄浦江，而后再开春申塘。领头的大爷叫春申君，住在伲村黄泥浜。”上海人念他的好，把黄浦江（即春申江）称为母亲河，将上海叫作“申”。苏州也有黄埭镇、黄埭塘、春申路、春申湖等。吴人为了纪念春申君，建造春申君庙，世代以祭，表达对他的感激和尊重。

春申君庙为道教场所，1949年后一度散为民居。1990年，庙归还道教，由苏州市道教协会重新修复。原来的春申君和其夫人像以及三十六天将神像、庙门口的石狮子等，均毁于20世纪60年代。现存庙门、戏楼、大殿、二殿、厢房、道舍等建筑。庙前有照壁墙，两株二百年以上的古银杏左右耸立。庙门三开间，门楣有“春申君庙”四字。朱漆大门，显得格外庄严肃穆。庙门上层即为戏楼。戏台朝北伸出，宽4.85米，深5.5米，高2.97米。下承方石柱，上覆歇山顶，双戗飞翘，雕梁画栋，十分壮美。八角形藻井天花板上，一条神采飘逸的彩绘盘龙。檐下置牌科，配牡丹纹花板，额枋雕云龙纹饰。两侧有看楼，东楼已毁。大殿面阔三间，宽16米，进深12米。殿脊上书“风调雨顺国泰民安”，饰有鹤、鹿、云彩等吉祥图案。殿内奉春申君和其夫人像。东厢房为天师殿，供道教创始人张道陵和吕洞宾像。西厢房供慈航道人，两侧金童玉女侍立。东廊墙面嵌有石碑，记载庙的沿革。

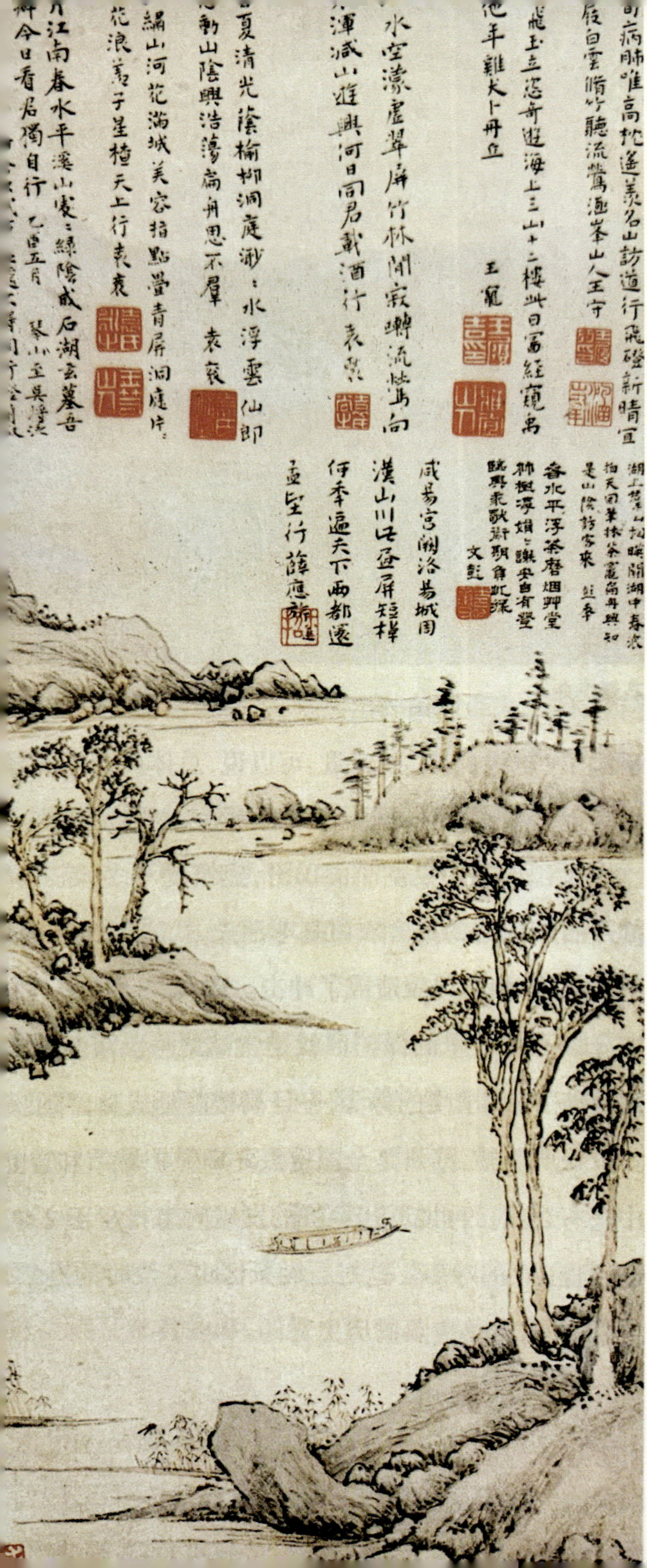

右图：横塘图页（局部）〔明〕文徵明

左图：石湖小景图轴（局部）〔明〕文嘉

吴趋访古录·横山

姚承绪

湖上青山贮白云，荒墩旧说是藏军。
九龙风雨排空出，十道关河设险闻。
黛泼千岩青四面，烟霏百草绿孤坟。
玉鱼金碗前朝赐，曾勒穹碑荐福文。

吴山

吴山，也作吴山岭，本是古代对吴地山丘的总称，但是苏州早在五代之前就把石湖西南的一座山叫作吴山。

后晋天福六年（941），山上建吴山院，是座佛寺，因吴山而得名。据范成大《吴郡志》卷三十三记载，吴山院到北宋治平年间改称寿圣院，“在吴县西南二十里。晋天福五年，吴越国中吴军节度使、威显公文奉创建，以奉其父广陵王元璙墓祀，初名吴山院。至本朝治平中，改赐今额”。吴山院在宋天圣年间三移其址，最后迁至吴山宋坞，赐额为寿圣广福禅寺。寺院于明洪武、永乐年间重修，成化间吴江史鉴来游，作《登吴山绝顶》，有“古庙经年久，荒台落叶深”之句，说明当时古庙还在，自然风光依旧十分秀丽。莫震纂、莫旦增修《石湖志》卷二说：“吴山岭，横山之支陇，在上方之西南，自陈湾村有砖街历级而上，约半里许有渐佳亭，又半里许方至岭上。亦名分水岭。有施水坊，树林阴翳，泉石清幽，洒然一佳境也。”

吴山，海拔158.5米，最高峰称大尖墩，又叫大炮墩，岭南端称吴山嘴，由横山东岭逦迤而南，将尽入吴江界，复开障面东南。姚承绪《吴山》咏道："终古吴山胜，高峰住白云。湖光浮杳霭，岚气入氤氲。生计鱼虾具，孤心猿鹤群。江东归思发，莫便勒移文。"吴山东临越来溪、石湖，山色湖光交相辉映，尽收眼底。历代多有名人别墅建于山下湖边，著名的如宋卢瑢的南村、元卢廷瑞的求志居（又称卢氏山居）、明吕纯如的梅隐、清张大纯的泛月楼等。明代王宠的越溪庄因紧邻吴山，故而文徵明、唐寅等圈中好友常常相聚于此，登吴山、游石湖、放舟荷花荡，留下许多赞美的诗篇。其中王宠《登吴山作》咏道："丛篁古桧阴凄凄，斗然一道青云梯。太湖杯倾两山小，一水线曲千峰齐。林端风色怯虎豹，石上泉声逢鹿麛。诛茅绝壁吾有意，聊与山翁时祝鸡。"

柳商贤纂《横金志》卷一说，吴山"每岁重九日，吴人登高于此"。重阳登高的风俗，大概在汉代已经形成，至魏晋南北朝风行。那么，重阳登

湖光塔影浮杳霭

高为何选择吴山呢？一是吴山岭高低适中，且铺有砖道，上下方便。二是吴山依傍石湖，游山玩水一举两得。三是吴山岭上有机王殿，明清时期苏州织造业发达，重阳这天城内外的织机户借登高之际，祭祀机王。

明万历年间，袁宏道任吴县令，说“苏人三件大奇事，六月荷花二十四。中秋无月虎丘山，重阳有雨治平寺”。重阳这天若是有雨，大家都往治平寺而去。清代沈朝初《忆江南》曰：“苏州好，冒雨赏重阳。别墅登高寻说虎，吴山脱帽戏牵羊。新酿酒城香。”并注：“吴山九日登高，牵羊戏博，俗呼扑羊。”说虎，为猜谜语，牵羊，就是斗羊，为重九当日的游戏。牵羊戏博，因羊性好斗，即以斗羊为博。范广宪有《石湖棹歌》说：“茶屿山低似几平，风传铃语杂钟声。游人争向治平寺，赌采牵羊别有情。”斗羊之俗历史悠久，唐代张说《进嶲州斗羊表》称：“臣闻勇士冠鸡，武夫戴鹖，推情举类，获此斗羊，远生越嶲，蓄性刚决，敌不避强，战不顾死，虽为微物，志不可挫。”斗羊都取公羊，两只公羊入圈相角斗，抵撞一次为一回合，如此反复，直到其中一羊战败怯阵为止，便有银钱输赢了。惠周惕《九日吴山即事》有“斜阳细草吴山路，低帽簪花看赌羊”之咏。那为何非要斗羊呢？因为取“重阳”的谐音，两羊相斗，含有“重阳（羊）”的意思，这些都是民间“牵羊赌彩”的生动写照。

越公井亦吴朝井

另外，治平寺前有一口八角井，相传开凿于吴王夫差时代，俗称“吴朝大井”，雅称“吴井洌泉”，在隋前已堙塞。杨素进驻佛寺将其作为帅府后，命人疏浚，井泉复涌，后称“越公井”“杨素井”。大业七年（611），邑人王以成建石栏。近年，井上又建六角亭加以保护。

夷陵山·草鞋山遗址

夷陵山，又叫唯亭山、夷亭山、夷昧陵，在工业园区唯亭街道。因吴语“夷”“馀”音近，馀昧又叫夷末，故而相传此处为吴王馀昧墓所在。

周景王十四年（前531），馀祭被看守船只的越国战俘刺杀。馀昧继位，他在位年数很短，四年后就去世了。馀昧在位时，曾派狐庸到晋国通好。赵文子问狐庸，是不是延陵季子终于做国君了？可见季札做国君是众望所归。因此馀昧临终时重申父王遗命，要传位给季札。但是季札再次推辞。按理应该诸樊长子姬光继位，然而“吴人立馀昧子州于”（赵晔《吴越春秋》）。州于是姬光的堂弟姬僚，其时，僚的两位弟弟掩馀、烛庸掌握重兵，他们按父死子承的规矩拥立兄长。季札表示认可，姬光无可奈何。转眼到了周敬王四年（前516）冬天，楚平王死。来年春天吴王僚派掩馀、烛庸率军攻楚国潜邑（今安徽霍山）。因攻人之丧违背礼制，故吴王僚又派季札赴晋观察诸侯反应。不料吴军刚到潜地，就被楚左尹郤宛等四支军队断了后路。掩馀、烛庸回不来了，于是就发生了专诸刺王僚的事件。

夷陵山北面有著名的草鞋山遗址，在1956年文物普查中被首次发现。1972年、1973年中国考古队对遗址进行发掘，发现有原始人类居住的遗迹、墓葬和大量遗物。2013年，遗址成为第七批全国重点文物

文化序列一层层

保护单位。遗址总面积约为44000平方米，文化层堆积厚约11米，分为10层，分属于不同的文化时期，第8—10层为马家浜文化层，第5—7层为崧泽文化层，第2—4层为良渚文化层，直至进入春秋时代的吴国文化层。各层各有不同年代的遗迹、遗物，在最底层还发现了纺织品、稻谷、罗纹葛织物残片以及陶制纺轮、骨制梭形器、木制绞纱棒等纺织和缝纫工具等。其中，罗纹葛织物残片或许可以支持苏州是“吴罗”的起源地之说。

中国考古界认为，草鞋山遗址的文化价值仅次于西安兵马俑，将其称为“江南史前文化标尺”。其独特的考古学意义在于，它是江南地区迄今为止所发现的文化发展序列保存最完整的遗址。从新石器时代较早阶段的马家浜文化开始到太湖地区早期的繁荣阶段，几乎跨越了长江中下游先秦历史的全部编年。

越城遗址

越城，又称越王城、勾践城，在越来溪东。“或曰越王城亦在焉，盖此地吴越之所控守也。”（朱长文《吴郡图经续记》卷下）至南宋时，雉堞宛然，范成大《吴郡志》说：“越城，在胥门外。越伐吴，吴王在姑苏，越筑此城以逼之。城堞仿佛具在，高者犹丈余，阔亦三丈，而幅员不甚广。《史记正义》‘吴东门’解引《吴俗传》云：‘子胥亡后，越从松江北开渠至横山东北，筑城伐吴。’据此文，即今越城，正是旧迹。”当年勾践攻至石湖，濒溪筑城屯兵，与吴人隔水相峙，以逼吴城。而吴王夫差的姑苏台，就在西面绵延的山峦间，隐隐可见，故有“吴台其阴，越城其阳”之说。高文度有《越城桥》诗：“古意犹堪吊，南湖不惮遥。阖闾开国地，勾践进兵桥。城郭高低黍，英灵旦暮潮。苍茫遗独立，斜日下渔樵。”

越城遗址于1936年发掘，是苏州发现最早的一处新石器时代遗址。考古学家卫聚贤对越城遗址做专门调查，并采集到石斧、鹿角等物，且有论著发表。1953年，考古工作者对此进行测量和调查发掘。1960年5月至7

万窗灯火照越城

月，江苏省文物工作队苏州分队对遗址进行正式发掘，地点在遗址东北部土墩高处和斜坡上，开挖探点4个，发掘面积98平方米。文化层堆积最厚处达8.21米，共分4层。遗址下层的马家浜文化距今6000年左右，黑灰松软土质，出土有夹砂红陶和泥质红陶，多为残器，有宽檐釜、带把壶形器和豆等。遗址中层的良渚文化距今5500年左右，黄土质松软，出土的生产工具，磨得相当精细的有肩穿孔石斧、有段石锛、耕田器和石镰等，陶器有鱼鳍形足罐形鼎、宽流阔把杯、贯耳壶、竹节形豆把、折腹罐等，这些遗物具有崧泽文化时期向典型良渚文化时期过渡的特征。遗址上层出土的是西周到春秋时代的遗物，有几何印纹硬陶、泥质陶和釉陶片，器形有罐、瓿、豆等，还有陶拍、青铜镞等。

越城遗址，面积约18万平方米，南北长约450米，东西长约400米，周长约1000米，整个平面呈椭圆形，现高出地面1.5米左右。残存的城墙，南段宽二三十米，高三四米；北段宽三四十米，高四五米。土城地底下大量新石器时代的文化遗存，是越城遗址的主要文化内涵。北段均为黄土，可以看出堆夯的剖面，夯土层次不明显。越城遗址，是研究苏州地区新石器时代文化和吴越文化的重要遗迹，1956年10月18日，正式被列为江苏省文物保护单位。

虎山遗址

光福，素有“一塔两山五桥洞，深不可测独石井”之谚，其中虎山、虎山桥、独石井均在虎山遗址（虎山），而光福塔就在虎山桥南边的龟山（也作龟峰）上，龟山南坡有光福寺，以有铜像观音屡著灵应而闻名遐迩。虎山并不高，也不甚广，传说却很多：如山名因春秋时期吴王养虎而得；山上东岳庙（岱真道院）曾是吴王御苑所在，吴王墓也在这里等。虎山遗址于1957年8月30日被列为江苏省文物保护单位。

至今仍流传着一则吴王观虎斗的故事，这出戏是由伍子胥精心策划、一手导演的。当时正值吴越争霸时期，在一次交战中，吴国取得小小的胜利，吴王欲乘胜追击，然伍子胥担心吴国兵力刚刚恢复元气，此时再战并没有十分把握。可是光靠几句话是说服不了吴王的，于是他想出了一条妙计。这天伍子胥请吴王到虎山观虎斗，斗虎场里有一只母虎懒洋洋地晒着太阳，伍子胥命人放进两只公虎，一白一黑，白虎潇洒，黑虎粗犷。两只公虎见到美丽的母虎四目放光，眉目传情。这时，场地里放入一只绵羊，两只公虎顿时兴奋起来，一场血战不可避免地发生了。在雄健的两只公虎面前，那只弱小的羊早已吓得瘫倒在地。几个回合下来，黑虎取得胜利。吴王一声令下，将奄奄一息的白虎赏给士兵宰杀吃肉。几个士兵一拥而上，哪知垂死的白虎奋起一口，将冲在最前面的士兵一条胳膊硬生生咬下。剧情发展到此，“导演”开口了，他对吴王说，老虎毕竟是老虎，看似将死，不过想置它于死地时，那反咬一口的威力还是非常可怕的。越国

旧碑无语立斜阳

虽说战败，但他们的实力可不能低估，此时切莫轻举妄动。吴王听了，连连点头。

虎山不仅被传是吴王养虎的地方，还被传为吴王墓冢所在。据当地老人说，数十年前当地居民建房，都在东岳庙西边取土石，挖着挖着出现一条长长的类似墓道的甬道。此事惊动了相关文物部门，后来南京的考古专家专程到现场考察，据说发现了春秋时期的古墓，当时就把墓道口给砌了起来。此事大概发生在1994年。至今，古墓仍然保持原样。

虎山顶有平原，旧时山南麓有揽胜亭，以供游人挹览湖山之胜。至清顺治十二年（1655），改亭为阁，上奉观音大士，下供汉寿亭侯，“升阁四眺，前则西崦浩渺，光福居民参差迤逦；后则平畴远布，虎山近倚，天然位置；右则铜井、玄墓，高插云际；左则支硎隐隐波外，春花盛放，寒香数里。夏暑方酷，凉风四集，秋月冬雪，万瓦妍皎，孤篷荡漾万顷中，游人多踞桥颠而席地，此亦最胜之数也”（明代薛寀《擅胜阁记》）。虎山、西崦湖一带，曾经出土过新石器时期的石钵、石斧等文物，光福的历史文化底蕴之深厚不言而喻。

虎山上的东岳庙，也称岱真道院，相传本是吴王御苑所在，不知始建何时。赵孟頫曾题额“天齐仁智帝殿”。清康熙十年（1671）重修，殿宇四十余间，其中斗姥阁为重楼五楹，于此凭栏眺望，水云山色，远树平畴，都在眉睫之间。庙前有独石井，以一石凿成，故又名一石泉，深不可测，旱不涸竭。现在虎山上依旧有东岳庙，虽然有宋徽宗御书“虎山福地”碑立于庙门前，但老建筑已荡然无存，均为2020年新建。

虎山石础应卧古

安山

安山，在光福镇西北，因山势如匍伏的神犬，民间视之为守护神，得名安山。山不高，海拔仅103米，山体占地只有0.5平方千米，山长却有1100米，登顶可望见三洋、新城、洗马、银沙、秀峰、姚冈诸屿。可千万别小看了这座小小的安山，它的历史底蕴相当深厚，这里曾是吴国的要塞，不大的山脊上分布了数十座春秋时期的土墩石室，至20世纪80年代还有16座。据当地村民说，旧时，人们认为山上的土墩是镇风水的，都称它们为“风水墩”。上山劳作时遇雨，就在土墩石室中避雨。安山村民，以钱姓居多，据徐傅编撰的《光福志》记载，他们都是吴越王钱镠的后裔，故而安山有钱武肃王庙，子孙世守其祀。

安山原本四面环水，现在仍是三面临水的半岛。明代娄坚有《从青芝泛湖到安山作》诗：“中林楼阁带岩阿，甃石长通溅沫过。欲共扁舟凌浩渺，为怜深树更婆娑。连村桑柘炊烟合，狎浪帆樯渔网多。斜日背山山色紫，采樵人散满劳歌。”因坐落在太湖边，外侧即是太湖五湖之一的游湖。太湖包围光福西境，铜坑口即为之锁钥，历来为兵家必争之地，有铜坑桥横跨其上，西受太湖水，过西崦分流。桥侧旧有“东吴名相”顾雍庙，民国年间还在，据说铜坑村就是顾氏聚居地。乾隆《吴县志》卷二十八说：“顾氏，本越王勾践七代孙封于顾余（顾城在濮州范阳）。汉初居会稽，以邑为氏。韦夏卿撰《顾少连碑》谓顾氏复徙吴会，自晋司空和洎梁给事中耀，至少连十三代矣。”光福顾氏，或以顾雍为先祖，或以顾野王为先祖，铜坑是重要的一支，南宋以后，各地的不少顾氏支脉，都由此分出。

20世纪80年代，上海电视台李兴昌编导要到吴县拍摄《邓尉探梅》。因为涉及香雪海、司徒庙、石嵝、石壁、圣恩寺等文物点，时任吴县文管委主任的张志新等人陪同拍摄。在这期间，张志新发现光福地区的主要山脉上共有土墩260多个，墩有大有小，内部都有块石砌筑的石室。他在弹山上还意外发现，几座这样的墩之间有石块垒筑的墙体连接，很像古代的城墙。这种墩都顺山脊排布，内陆的山上较稀，沿太湖的山头比较高大密集。就在真山之南、阳山主峰以及太湖东北岸沿湖丘陵地带，山势起伏连绵，蜿蜒数十里，各山山巅和山脊上多有吴越地区特有的土墩石室遗迹，从环太湖各山头一直延伸至苏浙皖交界处，累累若城堡一般，其中杂有吴越时期的古墓。如旺山、何山等地就曾发现春秋、战国时期的大墓。不久之后，张志新和南京博物院邹厚本老师组成联合发掘组，进驻安山。他们选了未经扰乱过的大、中、小3座墩同时作业。清理封土后发现，墩顶都覆有很难抬动的大石块，墩内的出土物以原始青瓷和几何印纹硬陶盛器居多，还有不少碎片，均可判定为春秋中晚期遗物。

类似安山的土墩石室五峰山也有许多，据专家推断，构筑的年代大致为西周至春秋时期。根据“风水墩”的谐音，他们将这类墩定名为“烽燧墩”，其性质确定为古代的军事设施。这些墩，从单个看是“藏兵洞”“烽燧墩”；从整体来看，应该是孙武《孙子兵法》在江南水乡战守中的具体实践，是太湖地区人们因地制宜打造的“长城”。

土石累累若城堡

酒城·鱼城

至迟春秋后期，吴国就已开始酿酒。任昉《述异记》卷上说吴王造姑苏台，“上别立春宵宫，为长夜之饮，造千石酒钟”。曹邺有“吴宫酒未消，又宴姑苏台”，白居易有“吴酒一杯春竹叶，吴娃双舞醉芙蓉”，刘禹锡有“酒法众传吴米好，舞衣偏尚越罗轻”等诗句。吴地米好水好，酿的酒自然有天然优势，为此，吴王在吴城西南特意辟出一块地方专事酿酒，这便是苦酒城的由来。范成大《吴郡志》卷八引《吴地记》说：“苦酒城，在鱼城之西南，有故城。长老云筑以酿酒，今俗人呼为苦酒城。”苦酒城或称古酒城，高启有《古酒城》：“酒城应与酒泉通，长夜君王在醉中。兵入馆娃犹未醒，越人宜赏骥夫功。”

吴王酿酒的苦酒城，就在鱼城的西南，靠近吴山下面的越来溪、上方山一带。徐鸣时《横溪录》卷四说：“鱼城西南有酒城，亦吴王酿酒之地，俗呼苦酒城。”关于酒城、鱼城，志中多有记载。杨循吉《吴邑志》卷十三：“吴王鱼城，在横山下。吴王游姑苏台，筑此城以养鱼。今田间多高阜，或断或续，是其遗迹。吴王酒城，在鱼城西南。夫差筑以酿酒。此城周二千举武，今犹存西边一堞，高可二丈，广四丈，长三十许丈，俗呼为城头。”莫震纂、莫旦增修《石湖志》卷二：“鱼城，在酒城北，越来溪上。相传吴王养鱼处。今田间多有高阜，或断或续，是其遗迹也。……周益公《南归录》云：

‘鱼城在田间，基厚而方，其高二丈，博倍之，为田百二十亩。’”然而，朱长文《吴郡图经续记》卷下说“鱼城在吴县西横山下，遗址尚存，盖吴王控越之地，宜为吴城，谓之鱼城，误也”，认为鱼城乃吴城之讹。

吴城在越来溪西、横山下，依山而筑，与石湖之东的越城隔水相持。吴城之绵长当横亘横山至茶磨屿南北，今仅存茶磨屿一段，夯土城墙残存高四米余，绵延三百多米，面积约二万平方米，部分夯实在山凹中，夯层、夯窝仍然清晰。然而因其平面呈鱼形，讹作吴王养鱼之城。姚承绪《吴趋访古录》卷二《苦酒城》则说：“在鱼城西南，吴王筑以酿酒。又有酒城在坛塘边，名坛城，夫差祭子胥处，又名陌城。”

另据清代朱霞《酒城议》：“苦酒城之筑，应在黄池争长之前。”“黄池争长”指公元前482年，夫差率大军到黄池与晋定公争霸，越王勾践乘机发兵攻吴，焚掠姑苏台而去。公元前475年，勾践再次攻吴，围城两年后灭吴。那时两军相持之地在今石湖一带，苦酒城就在其间，大约毁于此时。今石湖景区西南部有个叫“渔城”的景点，即苦酒城遗址。苦酒，大概是醋，甜中带点酸又带点苦，别具风味。苦酒城虽然消失了，但苏州传统的酿酒业却并未停止，靠壁清、三白酒、十月白、桂花白等层出不穷。范广宪《石湖棹歌》咏道：“吴王酿酒旧知名，此地犹呼苦酒城。赚得渔家常小住，一春烂醉未忘情。”“酒压村墟不用酤，鸟啼春日劝提壶。南来北往船如织，吴下石湖天下无。”

一春烂醉未忘情

无论如何，一切都已淹没于历史的长河中，就如陆嘉淑《姑苏怀古》所云：“离离春草射台迷，苦酒城荒旧筑低。一夜虎丘山下雨，万株杨柳绿初齐。”

香山

香山，在灵岩山西南，与胥山隔胥口对峙，气脉相连。在春秋时，香山也属于吴宫范围之内，因吴王在此种香而得名。

香山的形胜独特，岩峦秀丽，悦目怡人，自古以来，因为有西施留下的故事传说，引起了很多游人的兴趣。顾闻《香山怀古》咏道：“吴王昔游日，歌舞艳山川。径草承雕辇，林花避翠钿。春风开锦队，暮雨接珍筵。自爱离宫揭，俄悲战垒迁。金庭成寂寞，玉筒罢婵娟。麋鹿荒台上，松萝峭壁悬。恨留双佩月，愁入五湖天。千载升沉地，惟看牧竖眠。”香山寄托了夫差的绮丽梦境，又是吴国灭亡的见证，人们凭吊之余，感慨万千。

香山并不高，海拔96.1米，石齿嶙峋，南濒太湖，北与穹窿山相连。山下川原平衍，丘壑无多，田埂交错，村落万家，纵横十余里。据张郁文《木渎小志》记载，“香山，与穹窿毗连，南址近太湖为胥口。昔吴王种香草于此，遣西施及美人采之，故名。下有采香泾通灵岩山。其山麓有南宫，山北地有大园、小园者，皆吴王艺花处也”。吴王种香草的地方，在香山北麓的大宴岭（也叫大苑岭、上园、大园）和小宴岭（也叫小苑岭、下园、小园），想当年，“上下园花开满蹊，采香春女被花迷。花飞遍绕香山路，花落还流香水溪”（袁学澜《姑苏竹枝词》）。香草含有香草

花飞遍绕香山路

醛，也叫香兰素，在古代是纯正的绿色美容护肤产品。

香山曾是吴王与西施歌舞升平、谈情说爱的地方，却又眼看着吴王国破身亡，个中滋味，耐人寻味。香山山麓的南宫，据传就是吴王离宫所在，张郁文《木渎小志》卷一就说，香山山麓有南宫，“亦吴王离宫也，在小园岭下，尚有两石门臼，宛然相对”。20世纪70至80年代，苏州周边乡镇村民掀起改平房为楼房的热潮，出于市场需求，香山也被开山采石，大的黄石用作楼房基石，小石头被轧成砂石，直到20世纪90年代初才停止开采。现在站在横跨采香泾的任何一座桥上，都可以清楚地看到香山被开采后留下的裸露山体，山下也不再是阡陌的田野，而是纵横交错的宽阔马路，“采香径里木兰舟，嚼蕊吹芳烂漫游。落日青山都好在，桑间荞麦满芳洲”的意境，只能从范成大《香山》诗中回味了。

胥山·胥口

胥山，在胥口之上，与香山对峙。《史记》说伍子胥死后，吴王夫差盛之以革囊，弃之于江水，吴人心生怜悯，于胥江边的山上立祠以示纪念，那个地方后来就被称为胥山。其实胥山最早得名与伍子胥并无关系，因为“阖庐之时大霸，筑吴越城，城中有小城二，徙治胥山”（袁康《越绝书》）。显然，阖闾时就有胥山了。朱长文《吴郡图经续记》卷中则说：“胥山，在吴县西四十里。《寰宇记》云：‘吴王杀子胥，投之于江。吴人立祠江上，因名胥山。’”张守节《史记正义》卷六十六也说：“《吴地记》云：‘胥山，太湖边胥湖东岸山，西临胥湖，山有古丞胥二王庙。’按其庙不干子胥事，太史误矣，张注又非。”由于《史记》影响深远，后人都将胥山名称的由来与伍子胥联系在一起。自汉代以后，皆祭子胥于此，或称伍公庙，或称胥王祠，现在的胥王庙（园）在胥山西南山下，为清明山的西南坡。清明山因山上有清明寺而得名，山西北走向，长约3000米，东部宽而西北部窄，最宽处约1500米，山体为石英砂岩结构，主峰海拔约

198.8米。

胥口因胥山得名，范成大《吴郡志》卷十八说："胥口，在木渎西十里，出太湖之口也，上有胥山。"卷四十八又说："胥山，在太湖口，上有伍子胥庙，舟行自此入太湖，故名胥口。或曰吴王既杀子胥，盛以鸱夷，投诸江。《史记》谓吴人为立祠于江上，号曰胥山。"就地理形势来说，东边的胥山与西边的穹窿山余脉香山，在太湖之滨形成一个豁口，这个豁口就叫胥口，那是出入西太湖的主要水上门户。

郡西诸山，以胥口最为险要，吴越争霸以此为门户，故而旧时无事则设泛稽查，有事必驻兵扼守。因胥江是自西太湖进入郡城的捷径，胥口的地理位置也就显得十分重要，历史上成为兵家必争之地。例如嘉靖三十四年（1555）五月，倭寇进犯，焚劫木渎等处，兵备副使任环等提兵至木渎，追至胥口，倭寇逃入太湖，焚劫洞庭西山，十数日后又从胥口入，由胥江而至郡城，绕阊门、齐门外，至常熟官塘而去。故郑若曾《江南经略》卷二"胥口险要说"："胥口者，胥门往太湖莫厘（即洞庭东山）、包山（即洞庭西山）之渡口也。太湖东壖，两山对峙，南曰胥山，北曰香山，胥口介于其中。湖寇若从此入，则或由木渎东行而犯胥门，或由木渎西北逾灵岩、支硎而掠枫桥，犯阊门。故吴县之险，太湖为最；太湖设险，胥口为最。"由此可见，胥口是古城门户之一。

承平时的胥口，因地缘太湖，波光映照，绿树浓郁，水路四通八达；又有竹林茅店，小帘遥招，可供吃茶休憩，就如皮日休的六言诗《胥口即事六言二首》所咏："波光杳杳不极，霁景澹澹初斜。黑蛱蝶粘莲蕊，红

莫道蠡湖胜胥口

蜻蜓袅菱花。”“鸳鸯一处两处，舴艋三家五家。会把酒船偎荻，共君作个生涯。”陆龟蒙有和诗写道：“雨后山容若动，天寒树色如消。目送回汀隐隐，心随挂鹿摇摇。”“白蒋知秋露裛，青枫欲暮烟饶。莫问吴趋行乐，酒旗竿倚河桥。”天风落帆，夕阳篷背，或风篷鸣雨，水槛出烟，都让人有遐远之思。此处令旧时文人着迷，在鼎鼎大名的人物眼中，是如此的诗情画意，可以见得当时的胥口，酒旗飘摇，画舫聚集，麦地桑田，一碧无际，百般景物堪称图画。由胥口而入太湖，景象则更为壮丽，舟出胥口，则水光接天，景物胜绝。

五峰山

五峰山，古称小白阳山、伏龙山、清流山等，因山有五峰，后称五峰山。在穹窿山东北，天池山西南，东与大焦山、灵岩山相邻，今属吴中区木渎镇。

五峰山呈东北、西南走向，山体由砂页岩和花岗岩构成。主峰五峰山海拔101米；东北1000米处是次峰仙人山，海拔120.1米；西北700米处是次峰银顶山，海拔113.5米；西南900米处是次峰大山头，海拔108.5米。山上林木郁郁葱葱，明代陈道复隐逸并归葬于此。西南的西山坞还有金圣叹墓，为苏州市文物保护单位，民国时吴荫培立“文学家金人瑞墓”碑，一度保存于吴中区林场。其北为金井坞，1958年在银顶山和金井坞山谷间建白象湾水库，坝长140米，坝高6米，顶宽4米，蓄水容积8万立方米，灌溉面积可达200多亩，现已改建成白象湾景区。

近些年，木渎、五峰山一带有春秋大城遗址的说法一直存在，说遗址呈现不规则形状，就在灵岩山、大焦山、天平山、天池山、五峰山、砚石山、穹窿山、香山、胥山、尧峰山、七子山等山脉所围成的盆地内，经考古发掘有南北两处城墙、南北两处水门遗址、部分城内外水系、小城、土墩，以及多处商周时期遗址。这座大城总面积约24平方千米，并且在城址外，分布着众多不同规模的聚落和不同等级的墓葬。

城墙大致沿盆地边缘分布，南北两道城墙相距约6728米，城墙外侧均有城濠，经由水门连通城内外水道。除了南城墙水门遗迹外，在北城墙的两处豁口还发现古河道遗迹，河道入城后，均沿原有方向继续延伸。南城墙在今胥口新峰村一带，坐落在胥山和尧峰山之间山口的北侧。城墙总体呈东西走向，总长约560米，现存墙体宽15—45米。西侧有一豁口，两侧城墙分别向南延展，城墙北侧有城濠，总长约855米。城濠西侧部分呈南北走向，据猜测或许向南通往太湖。河道内堆积层

离离荒草春秋迷

中出土的印纹陶片、瓦片、铜镞、原始瓷碗、陶钵、木构件等，使用年代均为春秋后期，初步推测此处为古水门遗迹。在新峰段城墙东南还发现大片自然水面，北侧与城墙平齐，南侧或通往太湖。北城墙就在五峰山、大焦山之间的山坳里。城墙呈曲尺形，东南侧起自狮子口山下，向西略偏北方向延伸，又折向西，一直伸向五峰山，总长约1150米，宽在20—26米，高于地面0.5—3米。城墙外侧，即北侧和东侧，分布着一周城濠，城濠与城墙走向一致，总长约1050米，平均宽约15米。在城墙堆筑层中出土的陶片、石器等，最晚属战国时期。在城墙叠压的地层中出土了云雷印纹陶片，表明这段城墙的建造年代不会早于春秋晚期。

另外，五峰、新峰、廖里、合丰等地还发现土墩遗址235处，土墩形状、高度不一。在不少土墩堆积层中采集到春秋后期至战国的几何印纹陶片、原始瓷片等。其中五峰山山脊处就有25座，外形呈椭圆馒头状，土墩石室之间隔20—100米不等。1954年，江苏省文管会清理3座，出土印纹陶器和原始瓷器等。1983年9月，南京博物院、吴县文管会和中山大学联合发掘17座土墩石室。据推断，这些土墩石室的构筑年代大致为西周到春秋时期。2011至2014年，中国社会科学院考古研究所、苏州市考古研究所组成联合考古队，继续对五峰山一带进行考古和调查。

历史和未来，有太多的未知，值得我们共同期待和探索。

教场山·舟山

香山街道分布着众多春秋遗迹，如教场山、小横山、蒋墩山、舟山等。

教场山，据说此山本无定名，因吴语“教场”“小娘”音近，古人又有“此山形如裸女”之说，故而教场山也叫小娘山，并有形象生动的比喻：巅平坦衺为其胸腹；气墩高耸为其双乳；两臂一伸向蒋墩，一伸向唐墓；其西两股，一伸向姚社，一伸向唐涧（门），实相寺在其胯下；寺后有坟，低凹处为其阴；王家磡为其首——不足之处在于山不相连，看似身首断开。此说虽为戏言，然这里的历史文化遗存，却传神地展示在我们面前。教场山较为平坦，西临太湖之滨，孙武教女军、斩爱妃的故事就发生在这里。当时吴王欲试其才，让孙武训练宫女，然而宫女怎么也不听孙武的指令，嘻嘻哈哈以为闹着玩儿。在三令五申无果的情况下，为严肃纪律，孙武不顾吴王说情，将他两位宠妃队长给斩了。由此军纪严明，这群宫女居然被训练成一支能够作战的女兵队伍。

后来，教场山附近的小横山就有了二妃庙，又称吴王庙、爱姬祠，据说就是祭祀吴宫教战时孙武所斩的两位吴王宠姬的。乾隆《吴县志》卷八十二说：“吴王庙在香山南址，庙貌有二妃侍，相传即孙武所诛二队长也。又曰爱姬祠，今为土神。”徐翥先《香山小志》说，二妃庙塑二妃像，“神珠冠霞帔，姿媚照人”，但“时为祟于乡里，益以村巫邪说。乡人苦之，就寝楼下塑孙武子像以镇之”。村民们想当然，以为塑孙武像便可镇住二妃。

教场山北是蒋墩山，相传为吴王拜孙武为将的拜将台。

舟山，旧时也称周山，地处太湖之北，东离穹窿山里许，中隔南宫塘，西北有吕山、玄墓山，渔洋山则坐落在西南一隅。相传，舟山是吴王造战舰、练水师的地方。虽然吴越争霸吴国未能赢得最终胜利，但舟山这个充满传奇故事的地名，一直沿用至今。

舟山山势平圆四垂，旧时，居民植桑其上，垦成层级，远远望之如笠形，故又名箬帽墩。这里湖光山色秀丽，文化底蕴深厚，传统工艺更是种类繁多。蜿蜒十里的南宫塘流经此处，潇潇洒洒地折西拐了个弯，又温温柔柔地将孤零零的舟山拥入怀中，本就人杰地灵的山村，就越发钟灵毓秀起来，梓人、墁人、髹工等能工巧匠不断涌现，故而工匠制作特别兴盛。廖文锦《香山杂咏》有曰：“学得攻坚亦大难，不居奇货不求官。昨宵结伴湖南去，细嘱家人拜鲁般。”村口石牌坊上镌刻的对联，简单明了地道出舟山的前世今生：“千秋教场，名满古今，且听造舟史话；百代营匠，技闻天下，还看雕核传奇。”

千秋教场听史话

箭浮山·葑山

洞庭东山，古称胥毋山。袁康《越绝书》称吴王“旦食于纽山，昼游于胥毋”。“毋”是“母”的今字，于省吾《双剑誃诸子新证》就说：“金文‘毋’字均作‘母’，此犹存古字。”故也作胥母山，但仍读作“毋”音，俗传伍子胥迎母于此，实则非也。因山在洞庭山之东，故称东洞庭山，简称东山。东山的山水之间，多有春秋时期文化遗存，如胥母庙、娘娘庙、虎山、鸡山、箭浮山、葑山等。

箭浮山，相传为春秋时期吴国军队在此练箭而得名。原名箭壶山，在太湖东部，分南箭浮山和北箭浮山两个岛，今均属东山镇陆巷村。南箭浮山，也叫作东尖、南箭湖，海拔8.2米，南北长300米，东西最宽处为250米，面积450平方米。北部为台地，南部为低平草地。红黄土，以杂草为植被，植有橘树。北箭浮山，也称西尖、北箭湖，海拔13.7米，距东山陆巷村北太湖岸250米，距陆巷渡口750米，面积200平方米。东南部为平地，西北部为小丘。红黄土，种有果树。1994年，电影《摇啊摇，摇到外婆桥》在岛上拍摄，剧中演员有巩俐等，从此当

湖中箭浮分南北

葑山香气凌岚烟

地人便称之为巩俐岛。岛上保留了电影中的场景，现是一个旅游景点。

葑山，在东山甘（干）山岭之南，俗呼大龟山、龙头山。朱润生《湖山诗影录》说："此龙头山乃指葑山也（非西山之龙头山），面临南湖，上有真武行宫，为明嘉靖年间所建立。旁有伍大夫祠，又有路公祠，祀明末路文贞公振飞。祠前有诉月楼，夏日芰荷数十里，一望无涯，风景殊佳，则为同治七年同知唐翰所增建者。"伍大夫祠，即为纪念伍子胥所建，苏州历代有多座与伍子胥相关的祠堂庙宇。葑山芰荷或葑山荷舫为东山十景之一，葑山向是赏荷胜地。释宗渭《翁季霖招同金亦陶葑山观荷》写道："扁舟载酒溯轻潮，十里溪山兴自饶。松叶凉生丹峤寺，藕花香静绿杨桥。一砰寒玉风还竞，万顷晴湖暑半消。徐转归桡看落日，远峰数点碧迢迢。"陈文述《洞庭揽胜画册诗》咏道："葑山恰无葑，颇多红荷花。风裳与水佩，香气凌朝霞。月中闻棹歌，采莲双吴娃。"

林屋洞

林屋洞在洞庭西山（今为金庭镇）东南部的镇夏村，是道家第九洞天，可以用幽邃奇绝来形容。“林屋晚烟”为西山八景之一，当傍晚近处的村落炊烟四起，萦绕山谷，人间烟火与神仙世界也就难分彼此了。林屋洞为江苏省文物保护单位。

林屋洞原本有三洞门，雨洞、丙洞、旸谷洞，三洞门同会一穴，洞中有洞，洞洞相连。洞内立石如林，顶平如屋，广如大厦，有石室、银房、龙床、金庭、玉柱、石钟、石鼓、白芝、金沙、龙盆、隔凡、石燕、隐泉、鱼乳泉诸景。而林屋洞的出奇之处，远不止这些。《太平御览》卷四十六引《吴地记》说：“包山在县西一百三十里，中有洞庭，深远，世莫能测。吴王使灵威丈人入洞穴，十七日不能尽。因得玉叶，上刻《灵宝经》二卷，使示，孔子云：‘禹之书也。’”朱长文《吴郡图经续记》卷中说：“旧传禹治水过会稽，梦人衣玄纁，告治水法并不死方在此山石函中，既得之，以藏包山石室。吴人得之，不晓，以问孔子，孔子曰：‘此禹石函文。’所谓《灵宝经》三卷，

盖即此也。吴先主时，使人行洞中二十余里，上闻波浪声，有大蝙蝠拂杀火。观皮陆诗，信然也。”

清代黄安涛《吴下寻山记》说：“林屋与王屋、峨嵋、岱岳、罗浮各处相通，洞有三门，一雨洞、一旸谷、一丙洞。兹所留题处面西，王文恪题‘天下第九洞天’，所谓雨洞是也，俗称龙洞。循洞而南，石壁耸峭，上有‘伟观’二大字，亦文恪所题，则丙洞也。旸谷在山上面东，洞势低洼，瞰之若弄，莫测深浅。皮袭美有《入林屋洞》诗，盖即雨洞。若丙洞旸谷，虽有门可窥，固无路得入也。”可见当时林屋洞的情况。历代入洞探胜者不少，皮日休就有《入林屋洞》，他行至洞之深处，往前望去，仍看不到尽头，唯不能再进，仿佛与尘世相隔，故此称作“隔凡”。明代天顺年间，徐有贞秉烛入洞，至此题“隔凡”便返。后人见字，以为徐有贞首次发现此处，其实南宋时就已有此说了。道家书籍中说，林屋洞是十

林屋香雪隔凡尘

大洞天之第九洞，一名左神幽虚之天。洞有三门同会一穴，洞中之石绿色如刻，有金庭、玉柱，灵迹异状不可言说。向东百步，有石鼓、石钟，击之声清远。又十步有石半掩，称之隔凡，至此侧身可入，但人不敢往。洞侧有神景宫及毛公坛，汉刘根于此学道。

民国时期洞口淤塞，20世纪60年代开山采石。至1980年进行清理，挖进500多米时，发现梁天监二年（503）石碑一方，碑文记载了20名道士在洞中生活的情况。还挖出唐、宋祭祀用的金龙和青铜鎏金龙7条，现藏于苏州博物馆。1984年10月对外开放，洞内游程1200多米。今存雨洞和旸谷洞两洞口。

另外，洞口有多方历代摩崖石刻，曲岩和山顶奇石鳞次栉比，嵌空玲珑。山上有驾浮阁，八面三级，重檐攒尖，琉璃覆顶。早春来此，凭栏眺望，阁下山麓漫山遍野的梅花，弥望不绝。

包山

洞庭者，即洞穴石室。前人以包山为洞庭山，其东有莫厘山，大约在元末明初，两山以东西洞庭称之，包山为西洞庭，简称西山。因其四面被湖水包围，故称包山，也写作苞山；还因山上有林屋洞，而称之林屋山。范成大《吴郡志》卷十五引《郡国志》说："洞庭山有宫五门，东通林屋，西达峨眉，南接罗浮，北连岱岳。"又引《玄中记》说："吴国西有具区，泽中包山有洞庭，入地下潜行，通琅邪东武。"

历史上曾经在太湖中发生一场著名的夫椒之战，这场战争，决定了吴国和越国最终的命运。夫差继位后，一心想报杀父之仇，积极备战，勤勉政事，打造兵器，积蓄钱粮，充实国力。同时伍子胥等加强军队训练，在吴国前沿的西山、马迹一线部署大量训练有素、装备精良的水军舟师。周敬王二十六年（前494），夫差率大军伐越，勾践率兵三万迎战，战场即夫椒。未等越国水师深入，吴国水师从西山、马迹等处迅速合围，把越国水师围了个水泄不通。伍子胥又采取"夜举火击鼓，昼陈诈兵”计策，弄得越军晕头转向，不知到底有多少吴军，个个惶恐不安。这种情况下，勾践只得下令全军撤退。吴军乘胜追击，越军几近全军覆没，最后退到会稽山下。大夫文种献计乞和。诸稽郢受命去吴军大营谈判求和，他能言善道，说得吴王心花怒放。尽管伍子胥等大臣竭力反对，但伯嚭已被收买，此刻忠言格外逆耳，夫差不仅答应求和，并且在诸稽郢的巧舌如簧下，就连按惯例两国举行的盟誓仪式也答应取消了，只达成口头协议。本来夫椒之战是吴灭越的最好时机，而灭越也是阖闾多年来的战略目标。但是，夫差听信谗言，自掘坟墓，为吴国最终灭亡埋下祸根。之后，便有了勾践卧薪尝胆的故事。

然而夫椒之战发生的具体地点一直存有争议，郦道元《水经注》卷二十九：“《吴记》曰：‘太湖有苞山，

震泽烟树拥包山

在国西百余里，居者数百家，出弓弩材。旁有小山，山有石穴，南通洞庭，深远莫知所极。’”又说：“湖有苞山，《春秋》谓之夫椒山，有洞室入地潜行，北通琅邪东武县，俗谓之洞庭。”夫椒究竟在哪？朱长文《吴郡图经续记》卷中说：“鲁哀公元年，夫差败越于夫椒，盖即此山也。或曰太湖中别有夫椒山，盖与此山不远，可以通称。”王维德《林屋民风》卷十二也说：“鲁哀公元年，吴王夫差起师伐越，越王勾践迎之江至于五湖，吴人大败之于夫椒。”台北故宫博物院藏明代唐寅《震泽烟树图》有云：“大江之东水为国，其间巨浸称震泽。泽中有山七十二，夫椒最大居其一。夫椒山人耿敬斋，与我十年为雅识。书耕夜读古人书，青天仰面无愁色。令我图画所居景，烟树茫茫泽水墨。我也综就名利人，老来静扫尘埃迹。相期与君老湖上，秀餐鱼羹首同白。”诗中所说夫椒山为太湖七十二峰最大的山，应该就是包山无疑。2007年10月，经专家反复论证后，西山岛建立“夫椒之战”纪念性建筑，夫椒位置之争终于尘埃落定。

相传范蠡宅在太湖包山，任昉《述异记》说，洞庭湖有钓洲，范蠡乘舟遇风止，钓于上，刻字记之。一说范蠡宅在杜圻洲马迹山南，多桑苎，有海杏大如拳；一说范蠡宅在东山翠峰寺。

金铎山·横山

金铎山，即金铎岭，在西山岛北端，为西洞庭山支脉，今属金庭镇东河社区。乾隆《吴县志》卷二十二说：“金铎山，在凤凰山东三里。《洞庭记》云，吴王藏金铎于此。大历中，有人于山上得九石铎，因立九坛。晋王嘉《拾遗记》云，洞庭山下金堂数百间，仙女居之，有金石丝竹之音，彻于山顶。”

金铎山，海拔108米，临近山顶处有法华寺，列西山十八寺之首，风景最为幽绝。王鏊《题法华寺》云：“法华我重来，丹崖纵飞步。长松担青天，修竹乱无数。北岗瞰空阔，风帆在其下。阴横绍干山，历历皆可见。蓬莱亦咫尺，神仙在何处。安得乘飞云，飘然从此渡。”据说王鏊在正德四年（1509）所书重游法华寺诗碑一度散于村中，现藏于苏州大学博物馆。法华寺始建于南梁大同年间，宋末毁。明正统三年（1438）僧慧昙重建，崇祯年间重修，清顺治十五年（1658）再修。寺旁原有惠泉、箬叶泉，连同寺院均毁于20世纪60年代后期。

金铎山北麓有保存较好的六座著名太湖奇石“十二生肖石”，被称作太湖花石的活标本。生肖石上方有一大片松树，当地以此为景修建过一座观光生态园，名为“金铎松篁”，可惜，因山体滑坡等原因，已关闭数年。登顶北眺太湖，横山群岛尽收眼底，风平浪静时，一座座小岛宛如一只只蚕

长桥卧波山水绿

宝宝，静静地眠于烟波浩瀚中；碧浪轻拍间，又恰似一叶叶扁舟，荡漾在云雾缭绕里。就如王鏊《坐法华寺后望横山因怀王元德》所记："午烟孤起碧山崖，屋瓦参差影日斜。只隔盈盈衣带水，不知何处是君家。"

横山，因山石裸露如鳞甲，又称甲山，今称横山岛。山为丘陵地形，南高而北低，最高点海拔86.6米，面积约0.8平方千米。1984年建横山大堤连接西山岛东村。堤长900米，宽9米，为路堤合一公路，高出湖面3米。岛上有支罗湾、北罗湾、南孙湾和蛇口湾4个自然村，常住居民180多户，清代时有300多户。

据说旧时岛上曾经有十港、十庙、十村、十景等。三国时期，东吴太子太傅阚泽建别业于此，后舍宅为寺，即山上的盘龙寺，俗称横山寺，又称看经院，占地10多亩。如今仅存清代时建造的山门、偏殿和僧房数间，作为村里的仓库和教室，另有四方残碑。值得一说的是，明代中期，盘龙寺前有吴氏的醒酣亭，王鏊为之作《醒酣亭记》，又作《饮横山吴氏醒酣亭》诗："孤云落日鱼龙界，横山又在孤云外。一朝坐我横山中，回头翻觉人寰隘。就中最爱吴家亭，浪花堆里一点青。千山在南绍山北，亭山正值中间停。天风飘飘吹吾袂，自觉蓬瀛不难至。安得刘伶李白共此举，瑶觞百川吸尽无由醉。"诗中将吴氏醒酣亭四周的自然胜景描绘得淋漓尽致。吴氏醒酣亭能得明代宰相如此之高的评价，想来必定非同寻常。

白豸山·华山·阳抱山

白豸山，今属虎丘区浒墅关镇。袁康《越绝书》说：“白石山，故为胥女山。春申君初封吴，过，更名为白石。”姚承绪《白石山》诗曰：“皑皑白石隐仙寰，岭复冈重相对闲。硌确一群羊变化，苍茫千仞鹤飞还。云迷北墅春申浦，月掩南荒胥女山。好客只今谁继起，夕阳古冢泪潸潸。”

白豸山，山体由石英斑岩构成，经多年开采，残存山体高仅为40米。原有吴王（名字不详）冢和夫差女琼姬墓、李晋王庙、白鹰（豸）山园、春申君庙，山麓千步泾原有白石山庄，今均不存。清代邵源《白豸山谒李晋王庙》云：“英雄一日竟谁论，河朔之间威令申。已割中原分晋土，犹存年号表唐臣。黑鸦自昔军声壮，白豸于今庙貌新。岁岁吴侬奉香火，黄袍欲幸未加身。”吴铠《白鹰（豸）山园》云：“数椽老屋枕溪湾，几许林泉只等闲。应恐愁多诗力减，天教日看对门山。雨过云影落平畴，宿麦新秧一望收。休怪峰多巧障日，我来更上一层楼。”张元益《白石山》云：“偶来浒墅北，散步过溪桥。山色随

云变，人声隔岸招。村墟环水渚，稼穑杂渔樵。一往穷幽胜，余杭去未遥。”可见，浒墅关也是一处风水宝地，山水之间的小桥、流水、人家、村墟一派祥和景象。

华山，在白豸山南，东汉至明代称小蜀山，民国前后称瓦山、小华山、小烛山等。在通安镇东北部，浒墅关镇西北，与白豸山隔河相对；南与真山隔312国道。今属虎丘区通安镇。

华山为东西走向，长1000米，宽300米。主峰华山海拔46米，西北约300米处为次峰许林顶，海拔37.5米；西北500米为次峰钻孔山头，海拔40.2米，曾被开采。李根源《吴郡西山访古记》说：“瓦山北者三峰疑为小蜀山，南者四峰疑即徐侯山。小蜀西面田间大古冢三，卫公子冢或在其间。”相传，这就是春申君门客卫公子墓冢。徐侯山，传为越王葬夫差处。华山西南部有华山遗址，为商周时期文化遗存，面积约0.7万平方米，文化层厚1.5—2米，1956年在省文物普查中被发现，采集到穿孔石斧、石钺等石器和原始瓷钵、硬陶罐片等。华山遗址，为苏州市文物保护单位。

阳抱山，又称阳宝山、阳耙山、南山。在阳山西侧，东渚镇东北部

岭复冈重相对闲

（原南山、宝山两村交界处），科研路北、苏绍高速公路以东，今属虎丘区东渚街道。山南麓有宝山遗址，为苏州市文物保护单位。长200米，宽10米，文化层厚约80厘米，考古工作者采集到磨光石锛、斜面石钺等石器和夹砂红陶罐以及原始瓷等陶瓷的碎片。北麓南山村有春秋战国时期的獾墩大墓，尚未被发掘。

阳抱山，南北走向，长795米，海拔78.7米。山体由石英斑岩构成，并有花岗斑岩岩脉穿插其中。山有萤石矿，被开采后形成一个湖泊。山顶有土墩石室，南北长10米多，底部宽1米，南北两个出口，有大石覆盖其上，与安山上的极为相似。1991年7月，开山采石时发现山西南麓三梓堂有东晋古墓，为青砖砌成。吴县文管会从中发掘出玉器、青瓷器、铜器、石器等22件文物。

这一带有众多商周、春秋、战国时期的历史文化遗存，如彭山南麓发现商周文化遗址，严山出土春秋时期吴国王室玉器，鸡笼山顶石室土墩为春秋时期吴国墓葬等。另外，虎丘区浒墅关镇、枫桥街道和木渎镇藏书社区交界处的鹿山，相传为吴王养鹿处，山麓有兰风寺。

右图：姑苏繁华图（局部）〔清〕徐扬

左图：泛太湖图轴（局部）〔明〕文伯仁

吴趋访古录·明月湾

姚承绪

五湖深处尽勾留，清绝双湾古渡头。
两界青山波上下，一泓明镜夜沈浮。
峰回九曲云移树，棹转三湘月挂钩。
迎得锦帆江上去，多应更作采莲游。

太湖

太湖，又称震泽、具区、笠泽、洞庭、五湖等。旧传五湖之名各不同，通常认为五湖是指太湖的五个水域。张守节《史记正义》卷二说："五湖者，菱湖、游湖、莫湖、贡湖、胥湖，皆太湖东岸，五湾为五湖，盖古时应别，今并相连。"

乐史《太平寰宇记》卷九十四说："具区薮，太湖也。泽纵广二百八十三里，周回三万七千顷，连接四郡界，入于海，盖水之所都也。"北宋时环太湖四郡为苏州、秀州、湖州、常州。至明清时，襟带两省三府十州县，太湖水域之广，仅次于鄱阳湖和洞庭湖，属中国第三大淡水湖。湖中多岛屿，如点点青螺，散落在浩瀚无垠的碧波之上，或为山峰，或为洲渚矾浮。金友理《太湖备考》卷一说："太湖跨苏、常、湖三郡，广三万六千顷，周回五百里，东南二百里，南北一百二十余里，中有七十二山。东南之泽，此为最大。"陈基《分题赋得太湖送郑同夫》曰："朝饮太湖水，暮咏太湖秋。太湖三万六千顷，七十二峰居上头。"太湖的无边风光，给诗人以震撼和遐思，甚至愿意醉死在这三万六千顷碧波之中。孙原湘《登六浮阁》曰："安得太湖三万六千顷，化为一碧葡萄浆。供我大醉三万六千场，醉死便葬梅花旁。"

太湖历史上由苏浙两省共同管辖。清雍正二年（1724）之后，太湖在江苏分属苏州府吴县、吴江县、震泽县，常州府无锡县、阳湖县、宜兴县；太湖在浙江分属湖州府长兴县、乌程县。自20世纪50年代初起，太湖水域均归江苏管辖，分属苏州、无锡、常州三市，在苏州市分属吴县、吴江县。今太湖苏州水域分属吴中、吴江、虎丘、相城四区。

由于自20世纪60年代始围湖造田约139平方千米，太湖实际面积约2338.1平方千米，其中72%在苏州，吴中区占1486平方千米，为总面积的63.56%。太湖湖岸线

浸月冷波千顷练

在苏州连绵约250千米，通过堤路结合，现已基本实现贯通。借由太湖山水的美丽风光，一座座民宿、一家家咖啡店如雨后春笋，成为当今网红打卡胜地，这里是人们梦寐以求的创业、旅游、生活之地。而如今的吴中区，没有辜负这片人文沃土，正全新打造“山水苏州，人文吴中”的城市品牌，实施“做强经济开发区，做美太湖山水，做靓吴中新城，做好新农村建设”四大工程，并基本形成四大特色产业群。“国家级卫生城市”“生态示范区”“太湖生态岛”“文化先进区”等荣誉，令太湖一带成为名副其实的“真山真水园中城”。为了更好地保护太湖水资源，2020年10月1日起在太湖水域的渔业生产者全部停止捕捞作业，太湖进入10年退捕期。有人为此有感而发：“渔船静静云低首，芦苇青青水鸟停。七十二峰吹不断，阖闾城外百花馨。”

太湖的山和水，由于它们自身的大小、高低、远近、前后、疏密、重叠等形态，呈现出山外有山、湖中有湖，山重水复的独特景观。沿湖的一个个山嘴和一座座半岛伸入湖中，构成数十道水湾，增添了许多游湖的乐趣。“有浪即山高，无风还练静”，不同的季节太湖有着不同的表情。风和日丽，则波光粼粼，山辉水媚；风雨交加，则白浪滚滚，汹涌澎湃；薄雾轻霭，则烟云莫测，扑朔迷离；晨曦暮晖，则彩霞万丈，金光灿烂；湖上明月，则水月荡漾，山色朦胧……

环城河

环城河在古城外围，相对城内的内城河而言，又称外城河。阖闾建城时，在城外挖濠，依土筑城墙形成外河，在防御上也起到了很好的作用，可谓一举两得。隋代开江南运河，与苏州环城河接通，且环城河本就与内城河相连，由此疏通城内外水道，既利于交通运输，又利于防洪泄洪。

现环城河全长约15.3千米，上游来水河道均在城东和东南部，自南向北有大龙港、江南运河苏嘉段、葑门塘、相门塘、娄江等。河面宽30—100米不等，河底宽15—40米。枯水时水深约2.5米，平均水深约2.8米。近百年来最高水位约4.43米（1999年7月1日），最低水位约为1.89米（1934年8月27日）。流速在0.1米/秒以下，部分河段常年处于停滞状态。胥江水量约占总进水量的66%，江南运河苏嘉段水量约占总排水量的60%。

跨环城河上的桥梁有灭渡桥、吴门桥、泰让桥、姑胥桥、万年桥、吊桥等著名桥梁，现已成为苏州环城河上古老的风景带，串起水上游览的14个景区和环古城的

48个景点，为外地游客和本市居民提供了赏心悦目和全民健身的优美环境。

晚上乘画舫夜游苏州护城河吧！当然，现在的画舫夜游与明清时盛行的有着天壤之别，如今虽不见了“隔窗蛾眉秋水活，翡翠冠高罗袖阔。楚舞吴歌劝郎酌，紫竹瑶丝相间作”，但也另具一番风情。夜幕低垂，华灯初

隔窗蛾眉秋水活

上，游船从一座座光与影交错后勾画出形态的桥洞下穿过，船上游客如同看一个童话故事，经历一段美丽传奇。两岸迷离的灯，一盏盏连成一线，似古城闪烁的明眸，她嫣然一浅笑，说不尽的轻灵妩媚，温柔婉约，化开了古运河的百转柔肠。还有，随着波浪起伏飘散在水面上空的吴语昆曲，说不清的清丽，在运河轻浪浅波中荡漾，在心窝里旋来转去。就是那么小小的一方水土，令游客在里面犯晕，沿途的古城墙、水陆城门、古塔、古寺以及各式各样不同年代的石桥，还有与京杭大运河交汇的刹那，更令游客晕上加晕，一个半小时夜游半个苏州城被读成穿越了整个世界也不为过。当你的目光凝聚在苏州护城河的夜空中，凝聚在影影绰绰的河灯花荫下，凝聚在深深浅浅的波峰浪花上，凝聚在浪漫的游船画舫里，凝聚在温婉的江南小调中的时候，那梦一般的感觉已经袭上你的心头。你沉迷了，依稀间，仿佛回到了明清时期，乘上苏州载粮运绸的船顺着京杭大运河一直驶向京城的通州码头。只见岸边站满了等待的宫女和富贵官宦之家的侍女们。船未靠稳，她们便蜂拥而上，争买随船苏州女子的服饰。想当初，苏州女子的服饰引领着全国时尚潮流，就连一向自命不凡的宫里人也竞相效仿。这就是独一无二的苏州，令人无法抗拒的苏州魅力。

金鸡湖

金鸡湖，一名金泾渰，又名金镜湖，是万顷太湖的一个支脉，经过沧海桑田，围拢成湖，南为独墅湖，偏西与朝天湖相接。李超琼《岁暮巡乡舟中杂诗》写道：“金鸡湖上晓晴开，解缆今朝向北来。澂绝沙河风浪静，波痕绿到唯亭回。”全湖分西渰、东渰、麇渍、龙漤四个水域，东渰水尤为浩瀚，与澄湖相为吞吐。

旧时，东出老城，原本是一片水乡泽国，如今渐渐被

一幢幢高高低低的楼房填满。苏州工业园区，以繁华都市的面貌打破了苏州粉墙黛瓦、小桥流水的传统格局，令人惊诧。这里似乎是另外一个城市，高楼林立，马路宽敞而整洁，随处可见的街心公园和绿化带，颇具现代气息。1994年5月，中国和新加坡两国政府间重要的合作项目正式启动，苏州工业园区的建设从此围绕金鸡湖展开。随着园区环金鸡湖中央商务区、独墅湖科教创新区、圆融时代广场、苏州中心广场等标志性建筑先后落成，苏州工业园区综合发展指数连续多年在国家级开发区中名列前茅，被称为“中国最大的城市公园”等。

大约是看多了古城区小桥流水的婉约细腻，一大片开阔的水域让人豁然开朗起来。城里那些细流弱水，好像用尽全身力气在经历无数次蜿蜒曲折后，悄然汇聚于此，终于充盈起比西湖大三分之一的湖面。对于许多城市来说，这真是一个奢侈的梦。可是这梦，在苏州工业园区的金鸡湖畔触手可及，掬捧由人。

吹着温湿的风，从湖滨大道走上湖中的李公堤，几里

金鸡湖上晓晴开

长的堤岸把湖面分成两半。阳光洒在平静的湖面上，倒映着湖边高楼的影。长堤上，灰、白、黑色调的建筑错落有致，桥和树点缀其间。那些房子多半是酒吧和餐厅，中式、西式的招牌混在一起，有种混搭的美。已经完全陷入现代丛林中的金鸡湖，依然保持着不变的恬淡，莫非已经看惯了这里的繁华？是的，考古学家曾在附近发现了五千年前的古井与村落。

真是无法想象，今天的苏州工业园区早在春秋时期便是吴国的“工业区”。当时的金鸡湖边，大大小小的作坊绵延十余里，各路匠人数以千计，据说一把产自金鸡湖的短剑在遥远的楚国价值连城。原来在那悠远的时代，它的繁盛的基础早已奠定。真实与虚幻，曾经与当下，谁能说得清这历史的机缘巧合。

夜幕下的金鸡湖是美丽的，大型音乐喷泉表演19时正式开始。随着水光渐渐亮起，斑斓的光影谱写出一首叫《忆江南》的词，这是所有中国文人吟咏和向往的梦境。一阵风吹来，水幕电影的图像变得不完整起来，却也愈发如梦似幻，一股股水流在光与声的变化中摇曳生姿，被风吹散的水雾打湿了观众的衣服。这就真的像进到了一个梦里——属于金鸡湖的梦。

光影斑斓忆江南

澹台湖

澹台湖，距苏州古城十里，因澹台灭明得名。司马贞《史记索隐》说："今吴国东南有澹台湖，即其遗迹所在。"

澹台灭明，字子羽，春秋鲁国武城人，孔子弟子，为孔门七十二贤人之一，官至鲁国大夫。"状貌甚恶，欲事孔子，孔子以为材薄。既已受业，退而修行，行不由径，非公事不见卿大夫。南游至江，从弟子三百人，设取予去就，名施乎诸侯。"（《史记》）孔子知道后，感叹道："吾以言取人，失之宰予；以貌取人，失之子羽。"澹台灭明，一心将儒学传播到江南，他因为"貌恶"而被孔子冷遇，却以行为端正，不拍马奉承，品性耿直得到言偃的赏识。后来，受言偃人格魅力的感召，澹台灭明来到太湖之滨讲学授业，弟子达三百余人。陆广微《吴地记》说："宅陷为湖，湖侧有坟。"姚承绪《吴趋访古录》卷三《尹山》说："在宝带桥东南六里，周大夫尹吉居此，实一土阜耳。梁建崇福寺，明洪武间，圣僧永隆运巨木重建，今木池尚存。旧有澹台灭明书院，尹和靖慕其风曾侨寓焉。"并有《澹台湖》诗：

“欲访南游路，明湖对夕阳。云沈遗宅古，风溯昔贤长。津逮沿东土，源流自北方。不因吴境近，谁趣武城装。”

澹台湖也是太湖水口，水自西而来，至此形成湖面。吴曾《湖程纪略》说：“鲇鱼口水，一派直进五龙桥，达盘门运河，绕城至娄门，东下至和塘；一派在五龙桥外折而东，入澹台湖，经宝带桥而下吴淞江，皆洪流也。太湖之尾闾，其在此乎？”澹台湖东水口与运河交汇，有宝带桥跨其上，长桥如带，轻束碧水，那一连串数不清的桥孔，不知引起多少人情不自禁地感叹。宝带桥，唐元和年间始建，传为唐苏州刺史王仲舒为筹建桥资金，带头捐出自己的玉带，故得名宝带桥。桥全长316.8米，宽4.1米，桥身有53个半圆形拱券，环环相依，是现存最长的多孔薄墩联拱石桥，为全国重点文物保护单位。

至明清时期，农历八月十八澹台湖看宝带桥串月（后为石湖行春桥串月），是一年一度群众参与度极高的风俗活动。那么，看串月是怎样的体验呢？据徐鸣时《横溪录》卷六引徐波诗注说：“吴中数十年来盛传楞伽山八月十八夜一串月，余年三十七矣，未尝一见。侪辈商度，或云从宝带桥双出数遂有七十二，此横说也；或云葑溪外极饶溪港，仲秋此夜，月月相传，照如塔灯，此竖说也。然亦意如阿閦佛国才一现耳。今岁丙寅秋，宇澄霁适嘉定季长蘅、松陵周安期来，遂蓄意而往，薄暮登山。

是夜，月出较迟，列坐灵官殿庭，远水纵横，昏昏莫辨，更余孤魄。乍升，从溪港一一现形，分身无数，始大异之。总之，玉塔者近，是二更后益奇向，所谓横竖俱不足以尽之，游人匆遽而返，亦未穷其变也。”

届时，于楞伽山顶的望月亭向东望宝带桥，当月光与桥洞达到某个角度时，就会出现串月现象。串月的形成应与光学、气象学等诸多学科有关联，恰当的时间、相宜的角度、适合的风力、水面的高低等诸多不确定因素综合起来，即所谓的天时、地利、人和，方能成就大自然赐予的这出完美大戏。正因“霎时即过”，所以能观之者寥寥无几。

湖上双桥落彩虹

漕湖

漕湖，又称古蠡湖，在相城区和无锡市交界处，湖之北为相城区北桥街道，湖之南为漕湖街道，湖之西为无锡市锡山区后宅镇。漕湖大部分水域属于苏州。

漕湖东西平均长5.9千米，南北最宽处2.1千米，水域面积9.1平方千米。2.9米水位时，平均水深2.2米，最深处3.4米，容积0.2亿立方米。经由此处进出的河港共22条，太湖水经望虞河入漕湖，再由东面三茅浜流入元和塘、阳澄湖，由北面葑塘泾流入鹅真荡，并与东永昌泾、黄埭荡、冶长泾诸水互流。民国二十三年（1934），三分之二湖床干涸。1954年，又洪水漫溢，湖边农田水深数寸至尺许。湖中水生植物丰富，1958年养鱼后日渐减少。2007年4到11月，清淤630万立方米，在湖中堆筑成4个岛，沿岛建造浆砌块石驳岸6562米。2008年11月，沿湖建设大堤、驳岸、桥梁、湿地等工程，建成5.24千米环湖路和5座桥梁。2009年4月，建漕湖大桥连通4座人工岛屿；5月，建南码头，码头栈道长194米；9月，造北码头，占地面积2.37公顷，码头栈道长219米。

水光潋滟晴方好

漕湖相传与范蠡伐吴，开蠡渎以通道有关，民国《吴县志》说："范蠡伐吴造此渎……或云以通漕运，故名。"漕运之运河，又称漕河，在古城西，其水自吴江来，北流入无锡界。范成大《吴郡志》也说，夏驾湖"在吴县西城下，吴王寿梦避暑驾游于此，故名。今城下但存外濠，即漕河也。河西悉为民田，不复有湖。"另据史料记载，"吴城邦（邗）沟，通江淮，盖吴王夫差北伐齐时所开，出师由此河以通江北也。世远湮塞，至隋炀帝大业六年敕开江南河，自京口至余杭郡八百余里，面阔十余丈，拟通龙舟巡会稽即此河。自阊门北马（码）头抵胥门馆驿，长五六里，东西两岸居民栉比，而西岸尤盛，中途有一大湾，水尤深广，昔尝连西岸为湖，亦名曰夏驾湾，传云吴王避暑处。凡此河中荆襄川蜀大船多于东泊，盐艘商贾则于西泊，官舲钲鼓昼夜不绝，绮罗箫管游泛无禁，盖西阊之盛，自唐以来为然，刺史白公之诗言之详矣。至冬尤多白鸥群飞水面，雪意阴风，江乡妙境也。自此过钓桥水北流，由南濠至枫桥将十里，人烟相续，而枫桥为盛。凡上江江北所到菽麦棉花大贸易咸聚焉，此皆属吴县界也。凡水皆自太湖流出，自盘门至枫桥大小凡十一处，今列于左”。这段话信息量很大，从中可以一窥当年运河及两岸的热闹景象。隋唐时期的古运河称为漕运河，以运送漕粮为主，流经苏州，从枫桥沿上津河，过渡僧桥转折向南，穿过南星桥、万年桥，再绕城墙向东南而去。明末清初，苏州城西河段更是万商云集，千帆竞发，水上交通运输十分繁忙。

至今漕湖一带还流传着一则美丽的传说。相传西施为托珠而生，因而平素极爱珍珠，在汲取水月精华后，落得沉鱼落雁之容。就在越灭吴后，西施随范蠡乔装改扮为渔家夫妇，租来一条渔船，出齐门，经陆慕、蠡口、渭泾塘、黄埭，归隐漕湖。途经渭泾塘时，西施看见远岸有一女子在河塘浣纱，顿时触景生情，泪洒珠散。从此，民间便称此湖为珍珠湖。漕湖附近又有省滩荡，相传西施自沉此湖，范蠡闻之发出三声叹息，故而明清时称三叹荡，后讹为省滩荡。

越来溪

美丽的越来溪，是吴越争霸最后的见证。夫椒之战，越国大败，作为吴王俘虏的越王，三年后被赦免回国。吴王怎么也想不到这是放虎归山。勾践乘夫差带兵北上争霸之机，即发兵攻击吴国，夫差回兵不及，只能求和，勾践见好就收。周元王三年（前473），越国对吴国发动总攻，大军从槜李北进，至南太湖白洋湾，疏通一条河道直达石湖，打通了越军主力兵临吴城的通道，这条河因此被称作越来溪。措手不及的夫差逃至秦余杭山（今浒墅关阳山），伏剑自刎，吴国就此灭亡。姚承绪《白洋湾》云："两界湖山万顷流，五湖曾此泛扁舟。功成越国飞鸿影，梦冷吴江落叶秋。香径尘深荒草蔓，屧廊人去暮烟愁。铸金永息藏弓恨，云水依稀古渡头。"又有《越来溪》云："湖上青山溪上兵，豢吴终得沼吴名。霸才无主空倾国，流水何心更溃盟。雉堞已迷荒草渡，渔灯犹照越王城。银涛白马长遗恨，潮入胥江作怒声。"

关于越来溪，朱长文《吴郡图经续记》说："越来溪，在吴县之境，自太湖过横山，至于郡城之西。盖越王由此水至于吴，故得此名。"周必大《乾道壬辰南归录》也说："前越王勾践由此攻吴，今号越来溪，溪上筑城，与吴夫差夹溪相持。"范成大《吴郡志》说："越来溪，在横山下，与石湖连。相传越兵入吴时自此来，故名溪。上有越城，雉堞宛然。”并引《史记正义》：“越自松江北开渠至横山东北入吴，即此溪。来，读曰厘，吴音也。”越来溪在越城，东南与石湖通，溪贯行春、越城二桥，以入横塘，清澈可鉴。行春、越城二桥联袂而立，横卧石湖北。石湖之南，接通白洋湾的部分，称南越来溪；北出行春桥而流入横塘、胥江的部分，为北越来溪。越兵濒溪筑城，称之越城，与吴城隔水相峙。相传范蠡功成身退，于此遁入五湖。

石湖处于南北越来溪中，相传也是越人开凿的，杨万里《寄题石湖先生范至能参政石湖精舍》有“万顷平湖石硺成，尚存越垒对吴城”之句。越来溪以其悲壮的故事令无数文人为之感慨，元代高文度诗云：“黄池盟会井蛙尊，同列诸侯气已吞。忽报邻兵捣空穴，已随溪水入吴门。”明代章诏诗云：“于越张乌喙，勾吴失水犀。十年翻作沼，千载尚成溪。震泽波犹撼，横塘棹不迷。至今五叉口，前后草萋萋。”民国范广宪《竹枝词》注说：“越来溪一名溪港，又名溪上，俗谚七里石湖八里溪。住民分大小两村，约二三百步，西向吴山，东对蠡市，四面皆水也。”

越来溪北端与胥江交汇处，为石湖景区水陆交通的主入口，此处越来溪一段现已成为改道的大运河。被称为“十里石湖八里溪”的越来溪，溪水清波荡漾，两岸桑树叠翠，犹如一条碧玉项链，围绕在新郭古老的土地上。

一水线曲千峰齐

木渎

木渎，相传得名于春秋时期。阖闾伐楚归来，在姑苏山兴建姑苏台，台下辟百花洲、长洲苑，还造了通向吴都胥门的九曲路，又在石城（后称灵岩山）筑乐宫。后来夫差开通胥江东段，以及扩建姑苏台和兴建馆娃宫。由此，胥江舟楫往来频繁，两山宫苑南北呼应，木渎兴盛指日可待。周灵王十二年（前560），吴王诸樊迁都姑苏，吴国重心移到太湖东部地区。当时吴都向外有两条交通要道：一条是陆路，西达太湖；一条是水路，北通泰伯渎到无锡。早先的陆路，是出胥门向何山，经过白马涧到高景山，再绕过阳山即至太湖。自从吴王下令开凿胥江（又名胥溪、胥浦）后，水陆交通道路发生了改变。胥江，以太湖为中心分东西两段，东段又称胥口塘，自胥口经木渎、横塘，到吴都外城河。西段经宜兴、溧阳到定埠，再从高淳到安徽芜湖，通长江。这是吴国开凿的第二条运河（第一条为泰伯渎），全长约225千米。

当然，东西两段胥江并非同时开凿的。敬王十四年，吴王阖闾伐楚，开堰渎运粮，东通太湖，西入长江。敬王二十五年，吴行人伍员凿河，自长泖，接界泾而东，纳尽惠高、彭巷、处士、沥渎诸水，后人名其河曰胥浦。从吴都到太湖，最短距离是走西南方向，木渎正好在东段这条线路上。东段开凿后的是年，夫差率水师通过这条河攻入越境，取

吴王梦落洞庭烟

得胜利，俘获了越王勾践。自此，这条贯穿东西的水上交通线成为吴都到太湖的必经之路。

据张郁文《木渎小志》记载，大约周敬王三十二年（前488）起，越国向吴国进贡大量木料，这些木料都是粗长的原木，通过南太湖源源不断地运到胥口，再经胥江运到这里。相传由于“聚材三年”，把这一带的沟河都塞满了，积木“连沟塞渎”，故而便称此地为木渎。越国无偿供应木材，还派建筑工匠，表面上看，是支援吴国建设，是战败国主动做补偿的行为，其实目的在于让吴国大造宫馆楼台而劳民伤财。据赵晔《吴越春秋》记载，伍子胥一眼就识破了勾践的祸心，谏言“王勿受也”，但是“吴王不听”。随后，越国又送上了美女。晋王嘉《拾遗记》卷三说：“又有美女二人，一名夷光，一名修明（南朝梁萧绮注：即西施、郑旦之别名），以贡于吴。吴处以椒华之房，贯细珠为帘幌，朝下以蔽景，夕卷以待月。二人当轩并坐，理镜靓妆于珠幌之内。窃窥者莫不动心惊魂，谓之神人。”

唐代陆龟蒙《和袭美馆娃宫怀古五绝》有“犹有八人皆二八，独教西子占亡吴”之叹，由此看来，越国至少送来了九名佳丽。为安置美人，夫差大兴土木，扩建姑苏台，兴建馆娃宫。后来的后来，就像姚承绪《木渎》写的那样：“小市通湖口，青山水底天。云迷光福岭，梦落洞庭烟。古戍春无主，空廊月不圆。采香何处是，一径入斜川。”

胥江

胥江，也称胥溪、胥塘，西起胥口。全长16.6千米，江底宽10—12米，河底高程0.5米。1959年，在木渎镇以南700米木东公路处建造船闸，并开挖长2.41千米的月牙形新河绕过镇区，新河底宽20米。新闸今已废。

太湖水自胥口而入，经木渎、西跨塘、横塘，沿枣市街在泰让桥与环城河汇合，与运河相通，胥江是太湖东泄重要水口之一，也是旧时苏州古城通往太湖的唯一水道。钱公辅称胥江为伍子胥开凿的运河，张国维《吴中水利全书》说："公辅以为伍堰者，自春秋时吴王阖闾用伍子胥之谋伐楚，始创此河以为漕运，春冬载二百石舟。"韩邦宪《广通坝考》也说："春秋时吴王阖闾伐楚，用伍员计，开河以运粮，今尚名胥溪河，及旁有伍牙山云。"

胥江，一路与诸水沟通，"胥口塘，太湖之滨，两山对峙，南曰胥山，北曰香山，中界一水，为胥口。西引湖水，东北流经木渎镇，香水溪在焉。自香水溪分派，绕西山而东为上沙泾，其北落星泾、东沙泾，又东过跨塘与越来溪水会，曰横塘。由跨塘折南为走狗塘，自胥口东出胥门永安桥，通谓之胥塘”。“吴相国开苏州胥口塘、柳胥港，泄太湖积水，开溧阳银林河，以通伐楚饷道。”（张内蕴等《三吴水考》卷三）

至唐代，因水利灌溉需要，于河上筑五道堤堰，即银林堰、分水堰、苦李堰、何家堰、余家堰。姚承绪《吴趋访古录》卷二《胥江》说：“即胥门外濠，姑苏驿临其前，对岸为大日晖桥，一名怀胥桥。”并有诗：“吴王玉辇姑苏游，云堋阁道胥城楼。下俯江流照歌舞，孤臣血泪纷难收。银涛白马江干去，属镂之赐来何遽。抉目遥看越甲鸣，捧心即是魂归处。秋风萧瑟水西濆，仿佛云旗卷暮曛。谁遣风波兴故国，空留忠说鉴吾君。吹箫颇忆芦中客，渔父当时夸特识。一剑终收复楚功，廿年苦为亡吴惜。春潮曾送越溪船，一棹鸱皮绝可怜。莫道蠡湖胜胥口，危祠独倚故江边。”

春潮曾送越溪船

旧时游历郡西山水，坐船最宜，通往胥口的胥江，是从苏州古城去西太湖的主要水道。在没有高楼大厦的过去，在城中西眺，诸山只是淡淡一抹。当行船经山入湖，则山夷水旷，自然可亲，风日也似乎更为清朗。文徵明《自胥口入太湖》咏道：“蒹葭缭绕带胥塘，百里沿洄笠泽长。新水浮天舟浩荡，远山沉日树苍凉。风烟西去堪乘兴，鸡犬中流别有乡。咏得鲈肥人脍玉，自敲渔榜答沧浪。”坐画舫郊游，始于清明，画舫在前，酒船在后，篙橹相应，放乎中流，船娘多娇，传餐有声，炊烟渐上，飘摇柳外，欸乃一声，春情俱荡。诚如白居易《宿湖中》所咏：“水天向晚碧沉沉，树影霞光重叠深。浸月冷波千顷练，苞霜新橘万株金。幸无案牍何妨醉，纵有笙歌不废吟。十只画船何处宿，洞庭山脚太湖心。”

画舫尤其适合吴中秀丽的山水。可以想象，船缓缓而行，舱内花酒箫鼓，诗词联句，红袖添香，秀色可餐；窗外碧水逶迤，水明如镜，临水轩屋，架水石梁，如画风光，不时变换，真仿佛梦境一般。雨晴晨昏，水月镜花，人间天上，令人飘然欲仙。不一会，水面渐阔，视野豁然开朗，绿树浓郁，清水映照，竹林茅店，小帘低掩，酒旗飘摇，画舫聚集，原来是胥口到了。

晚近以来，还可乘坐小火轮，从阊门或胥门码头上船，沿胥江而西，薄暮时分到太湖口岸。这一路风景，似乎也唯有这样才能细细领略。尘世一日，就这样慢慢悠悠、惬惬意意地度过了。

香水溪·采香泾

香水溪，也叫香溪，俗称脂粉塘，一说是灵岩山上的溪涧，“香水溪，在吴故宫中。俗云西施浴处，人呼为脂粉塘。吴王宫人濯妆于此溪上源，至今馨香。古诗云：‘安得香水泉，濯郎衣上尘’”（范成大《吴郡志》卷八）。元末周南老《香水溪》诗也有“暖波浮涨腻，晴渚泛红芳。美人曾此浴，魂消水犹香”之说。另一说是山下的河，它的水流从太湖过光福塘经灵岩山南麓，在今斜桥注入胥江。其实，两种说法同时存在，因西施和宫女在山上苑池内用奇异的花粉沐浴，混合着她们的体香和花粉香的水，随山溪流入湍急清澄的山塘河中，至斜桥口与舒缓浑厚的胥江交汇。一路奔腾，芬芳两岸，久而久之，山塘河便成了香溪河。从此，西施这个名字，与氤氲于芬芳中的这片土地，结下了不解之缘。香溪，也成为木渎的雅称。王汝玉《香溪杂咏》诗曰：“依然雉堞瞰河滨，小小严关御敌人。今日烽烟久消散，夕阳芳草对残春。”

直至明清时期，包括木渎山塘河，统称香溪，有“香溪九里十三桥”之谚。姚承绪《香水溪用高青丘韵》咏道：“温泉水滑光溶溶，美人赐浴吴王宫。玉质娇憨扶不起，粉香欲褪千花红。花枝绰约谁曾见，慵髻低眉才半面。芙蓉潋滟洗残妆，小宴华清开别殿。殿前歌舞妒宫腰，峡雨巫云梦昨宵。太息胭脂流祸水，屧廊香径久烟消。”自斜桥西北行有虹桥、王家桥、方家桥、胡家桥、石马桐桥、庙桥、长史桥、高木桥、塘沥桥、福寿桥、鸾和桥、汇源桥，前人有“十三桥畔柳，犹自舞春风”之咏。香溪河两旁婆娑的烟柳，恰似一帘幽梦，见证了吴国的兴亡。

采香泾，也称采香径，北起灵岩山前的木光河，南至香山嘴河，于津桥附近流入胥江。长4.41千米，河底宽8米，河面宽15米。据杨循吉《吴邑志》卷十三记载：“采香径，在砚石山前。吴王种香于香山，使美人泛舟于溪

花落还流香水溪

以采香，故名之也。”采香泾，南受太湖之水，北流至灵岩山前。范成大《吴郡志》卷八说：“采香径，在香山之傍，小溪也。吴王种香于香山，使美人泛舟于溪以采香。今自灵岩山望之，一水直如矢，故俗又名箭泾。”姚承绪《采香径》云：“不断生香古渡头，美人曾系木兰舟。芙蓉平槛奁开镜，风月凝眸水绘秋。尽有奇芬夸别种，更无曲港潴安流。搴芳顿触蘼芜恨，春草年年绿未休。”

关于箭泾，民间还流传一则故事。据说当年西施为了辟一条回越国的捷径，一日在馆娃宫对吴王说，最好修一条可以直达香山采香的河。对美人百依百顺的夫差马上叫人拿来弓箭，对准香山就是一箭，并命令手下召集百姓日夜不停依箭的走向凿河。不久小河挖成，果然泾直如箭，故俗名箭泾，从此成了美人采香的专用水道。明人高启有《采香径（在香山之旁）》诗：“晨妆出采芳，零露湿红裳。种徙山中品，熏传海外方。抱筐归蕙径，焚鼎荐兰堂。未足娱君寝，西施体自香。”

旧时游人往游西郊，或天平、灵岩、穹窿、玄墓山脉，或自灵岩出胥口，沿湖滨数里达香山，其名山古寺，形胜独特，岩峦秀丽，悦目怡人，特别是西施留下的艳迹甚多，游人兴趣大都在此。

南宫塘

南宫塘泄太湖之水以灌输香山腹地田亩，沿穹窿山西蜿蜒十余里，首东南而尾西北，自太湖入香山门户，于舟山东面西折，出吕浦桥入太湖。其支流，由郁社、姚社等处以达蒋墩，旱涝有备，舟楫可通。可见南宫塘实在是一条十分重要的水上通道。港汊则渔帆、墅巷、梅社、花泾、唐墓门等，疏泄太湖之水以济内地，深处为南宫塘灌输不到的地方，居民常于农闲时疏浚，不使之淤塞。

2015年之前，南宫塘上横跨十几座桥梁，自入口处起，依次为外塘桥、兴福桥、乐善桥、中和桥、渔帆桥、水桥、方家桥、三节桥、后塘桥、西沚桥、钱忠桥、舟山桥、吕浦桥。塘上之桥，不仅多而密，并且形制各异，或精致典雅，或伟岸恢宏，或玲珑小巧，或石阶连云，它们为南宫塘增添了亮丽的风景。而每座桥梁的建造，几乎都得到过好心人的捐助。就这样，随着一座座桥梁的诞生、修缮、重建，同时上演着一幕幕感人至深、发人深省的慈善故事。

1992年成立太湖度假区，香山开始大规模地开发建

蜿蜒十里入太湖

设。南宫塘上还保留后塘桥（1986年被公布为苏州市文物保护单位）、西沚桥（具体情况不详）、吕浦桥（2008年全国文物普查登记在册石桥）以及郁社浜港头的鸳鸯桥（2008年全国文物普查登记在册石桥）等，目前基本完好。

曾几何时，南宫塘风景如画，水桥至后塘桥这一段作为中心地段，更是每天上演热热闹闹的水村集市，与有着山村集市之称的塘村，一南一北，一水一山，相得益彰。如今美丽的水村已换了都市风貌。

菱湖

菱湖，乃五湖之一，指东山的太湖水域，相传因吴王夫差在此种菱而得名。翁澍《菱湖秋月》咏道："吴宫消歇后，凄断采麦讴。此夕一轮月，照人千古愁。沙明龙女庙，云净葛洪洲。耿耿清光里，弥深泽国秋。""菱湖秋月"，为东山十景之一。

菱湖嘴在古横泾荡西侧，原先菱湖嘴与近处的余山相连，是太湖中胥湖水域和菱湖水域的分界线。据《震泽编》《太湖备考》记载，清初菱湖东西九里，南北五里，东、西、南三面有沙岸连接，东面与南面相接处即菱湖嘴与余山相连的田地。直到清代中期，冲出了十多公里阔的泄水口，才将原本为半岛的余山分离成湖中小岛，同时在渡村西南方形成伸入湖中四米多的菱湖嘴，其却意外成了人们游湖赏景的佳处。清代金祥麟《菱湖》咏道："菱湖嘴畔水连天，渔父张罾夜不眠。网得鱼虾入城去，明朝买米不愁钱。"吴庄也有《菱湖》咏道："浪打菱湖拍岸过，桑田几许委洪波。只今种水愁无地，谁唱吴宫竞采歌。"可见，当时乡民主要靠捕鱼为生。

清康熙三十八年（1699）四月，圣祖玄烨南巡，当地百姓告御状，“开船到余山面上，有水东百姓告菱湖嘴坍田赔粮，收纸付宋抚院办理”。宋抚院即江苏巡抚宋荦，告御状的百姓代表为吴舍沈义文，因“菱湖嘴坍埂，湖水浸田，稻麦歉收”，百姓要求予以蠲免赋税。据金友理《太湖备考》卷首说：“康熙三十八年，恭逢圣祖仁皇帝南巡淮甸，阅视河工，遂历江浙，咨诹水利，太湖亦蒙临幸，驻跸东山，恩蠲菱湖坍荒粮额。湖山承宠，童叟腾欢，诚千古未有之遭逢也。”事情圆满解决。据说此次免征田赋数千户，达三十年。光绪八年（1882），吴舍举人柳商贤等乡贤陈乞当局建菱湖嘴石塘，以防止坍岸。光绪九年（1883）开始兴建仿陂陀形石堤，翌年竣工，全长1608.6丈，以减缓太湖风浪侵田。1950年之后，几经修筑加固，建成水泥浆砌块石护坡、路堤合一的高标准防洪大堤。

菱湖所在区域，被纳入2004年2月2日至2012年行政区域临湖镇。镇区区域几经调整，至2012年，面积约54.7平方千米，辖渡村、联盟2个社区，以及12个村。

菱湖嘴畔水连天

明月湾

明月湾，在洞庭西山（今金庭镇）石公村。姚承绪《吴趋访古录》卷二说，明月湾在石山西二里，有大明湾、小明湾，吴王玩月于此。或以湖堤环抱如月，故名。沙洲芦花，映月发光，且此处受月早，月亮格外明亮。相传某一年的夏天，夫差携西施湖上游玩，船行到此靠了岸，湖湾倒映的那弯明月，闪闪发光却又如梦似幻。西施一下子喜欢上了这里。那一夜，夫差给美人喜欢的地方取了个好听的名字——明月湾。其实，西施何尝不是吴王心中的那一弯明月呢？村后石排山上，依旧有西施当年洗妆的画眉泉遗址。

若问明月湾有何特别之处，且看皮日休《明月湾》：“试问最幽处，号为明月湾。半岩翡翠巢，望见不可攀。柳弱下丝网，藤深垂花鬘。松瘿忽似狖，石文或如虥。钓坛两三处，苔老腥斑斑。沙雨几处霁，水禽相向闲。野人波涛上，白屋幽深间。晓培橘栽去，暮作鱼梁还。清泉出石砌，好树临柴关。”湾中，居民背山临湖而居，粉垣碧瓦与丹葩绿叶相映如绣。雨后天霁，则另有一番诗情画意在其中，“雨小减，呼舟过明月湾，则已霁，垂杨覆岸，见千家在白云黄叶中，爱之，舍舟徒步”（李维桢《太湖两洞庭游记》）。爱这里的还有汪道昆，他在《游洞庭山记》中说：“舟行自如，东过明月湾，视环中异，山横九里，如月始弦，林木蔽亏，当其隙乃见居室，亦异境也。”相传明月湾有一巨石，状如石板，形同阶梯，在石板上观望周围，仿佛三面云气蒸腾，如入仙境一般。王鏊有《明月湾石板》诗云：“巨石陂陀板样平，三山当面看云生。何当子夜重来此，濯足沧浪对月明。”

明月湾的湖岸线约1200米长，明月湾古村坐落其旁。古村面积约9公顷，三面环山，四季郁郁葱葱。明月湾村前有清代砌筑的古码头，长约58米，宽4.6米，由256块金山花岗条石平铺而成。村口港汊处，有一棵高25米、合围2米多的古香樟。古树不远处又有一座清代建造的明月桥，它们相守相伴，一年又一年。跨过石桥，进入村里，脚下是一条石板长街，现存石板街总长约1140米，由4560块花岗岩条石平铺而成，两边辅以大小不等的排水沟，故有“明湾石板街，雨后着绣鞋”之说。

明月湾的古建筑也相当出名，有“花墙头，百子格，前门后门砂条石，洞庭西山第一家”的民谣。如吴家祠堂、黄家宗祠、邓家宗祠、敦伦堂、礼和堂、裕耕堂、明月寺等。明月湾现为中国历史文化名村、全国农业旅游示范点，漫步其间，有种穿越时空的错觉，正如葛芝《包山游记》所说："是日放舟明月湾，由明月湾而上，舍舟从陆。居民面湖负山，铺石为阶，屋宇整好。湖滨多橘柚之杪。杂树蔽亏，从苍翠中时见湖光渺然。"

据吴氏后裔所撰家谱记载，南宋初名将、泰伯八十三世孙吴玠、吴璘兄弟的祖先世居于此，为明月湾吴氏一脉。至吴玠、吴璘，已定居四川，先后任四川宣抚使等，屡败金兵，保全蜀地，战功赫赫。

濯足沧浪对月明

消夏湾

消夏湾，一作销夏湾，一说消暑湾，在明月湾西，相传是吴王携西施避暑消夏的地方，故名。“销夏渔歌”为西山八景之一，这里为渔舟停泊之处，夜来渔火点点，渔歌互答，那是渔民辛苦一天的娱乐活动。

西洞庭为湖中之山，而消夏湾为山中之湖，其北临缥缈峰，梭山、龙头山分抱左右，三面峰环，一门水汇，深九里，阔三里，古人称其为“聚天下之所无，奇之又奇”。奇之又奇之事莫过于吴王携西施在此避暑了，对此历代多有诗咏，如明代王鏊《消夏湾二首》：“四山环列抱中虚，一碧玻璃十顷余。不独清凉可消夏，秋来玩月定何如？”“画船棹破水晶盘，面面芙蓉正好看。信是人间无暑地，我来消夏又消闲。”清代顾文彬《竹枝词》：“锦帆泾里碧波长，消夏湾头水亦香。醉倒荷花三十里，不知尘世有炎凉。”

消夏湾里多荷花、菱芡、蒹葭，夏末舒华，灿若锦绣，风动绿云，蒹葭荫水，芙蕖翻风，清香弥湾，顿生清凉之意。周瘦鹃《杨梅时节到西山》说：“俗称当年山上

还有吴王的避暑宫，下筑地道，可以把船只拖上山去，可是年代久远，宫和地道早就没有，据说前几年曾有人发现宫的遗迹，有砖石的残壁，存在丛丛荆棘中，这究竟是不是避暑宫的所在，也不可考了。不过宋明人的诗中，已有此说，如宋范成大诗云：‘蓼矶枫渚故离宫，一曲清涟九里风。纵有暑光无着处，青山环水水浮空。’又明高启诗云：‘凉生白苎水云空，湖上曾闻避暑宫。清簟疏帘人去后，渔舟占尽柳阴风。’以吴王之善享清福，那么既有消夏湾，当然还有避暑宫，这是不足为奇的。”

消夏湾的荷花有红、白、黄多种，洞庭东、西山人善植荷，夏末秋初，一望数十里不绝，为水乡胜景。农历六月二十四日相传为荷花生日，旧时苏州有赏荷习俗，最著

消夏湾头水亦香

面面芙蓉正好看

名的赏荷胜地，近处有葑门外的荷花荡，远处就是西山的消夏湾。沈朝初《忆江南》咏道："苏州好，消夏五湖湾。荷静水光临晓镜，雨余山翠湿烟鬟。七十二峰间。"游人放棹纳凉，花香云影，皓月澄波，往往留梦湾中，越宿而归。

消夏湾原是西山最大的湖湾。1956年，围筑消夏湾大圩，面积2360亩。20世纪70年代初，消夏湾围垦为大寨圩。湾外有6座小岛散布湖面，湾内瓦山（众安洲）上原有水平王庙、霖泉、西施井等古迹。其中，水平王庙内的神像、几案均为石制，相传后稷庶子帮助大禹治水，死后封为水平王。此庙建于南宋建炎年间，毁于20世纪60年代末，现遗址尚存。庙旁有霖泉，井栏上有清乾隆年间所刻篆书"霖泉"二字，旁有《霖泉记》石碑。

另外，附近又有可盘湾（即石公湾），在石公村夏家底自然村以东太湖水域。据王维德《林屋民风》记载，可盘湾，在王氏五女坟东四里，吴王游湖，以险阻为畏军且不可渡，于此眺望曰："此亦可盘桓也。"故名。

吴淞江

太湖流域成陆过程中自然形成3条泄水河道，即松江、娄江、东江。太湖经由三江进入大海，从而减少洪水泛滥的危害，同时沿岸草木茂盛，气候湿润，渐渐形成适宜人类居住的生态环境。郦道元《水经注》卷二十九引伍子胥的话："吴越之国，三江环之，民无所移矣。"范成大《吴郡志》卷四十八说："《史记正义》解'三江既入，震泽底定'云：三江者，在苏州东南三十里，名三江口。一江西南上，七十里至太湖，名曰松江，古笠泽江。一江东南上，七十里白蚬湖，名曰上江，亦曰东江。一江东北下，三百余里入海，名曰下江，亦曰娄江。于其分处号曰三江口。"

松江，又名笠泽、松陵，即今吴淞江。《水经注》卷二十九对"东则松江出焉"注释说："上承太湖，更径笠泽，在吴南松江左右也。《国语》曰，'越伐吴，吴御之笠泽，越军江南，吴军江北'者也。"因松江源自太湖，古人也借笠泽以称太湖。陆广微《吴地记》说晋人张翰"在京师见秋风起，思松江鲈鱼鲙，遂命驾东归"。松江，古时也叫吴江，龚明之《中吴纪闻》卷三引张翰所作歌：“秋风起兮佳景时，吴江水兮鲈正肥。三千里兮家未归，恨难得兮仰天悲。”姚承绪《前宫》云：“吴江春水流如驶，吴王别馆徒荒址。霸业烟销千百年，繁华转眼皆如此。前宫后宫盛绮罗，钗痕扇影争婆娑。西家女子厌梁肉，鲈鱼风味江乡足。张沈湖边放钓舟，红妆倒映波光绿。即今渔火满江干，苦竹荒芦特地寒。为问当时歌舞地，琼楼犹在碧云端。”

后梁开平三年(909)，应吴越国王钱镠之请，析吴县南境之地设吴江县。在此之前，史籍中说到的吴江，都是泛指松江流域。元至元十五年(1278)，华亭府改为松江府后，为避免混淆，遂将松江改称为吴淞江。清康熙年间，陈惟中《吴郡甫里志》卷一说：“吴淞江，即三江中之松江也，在西则曰松陵江，又曰笠泽江，至东则又曰新江。源出太湖东，由吴江北界流出宝带桥二十余里，转而北至长洲江田村，转而东约十八里抵甫里塘口，又转而北抵箭浦口，又转而东入昆山界。”再往南经嘉定入海。姚承绪《松江》写道：“百里松江路，烟波笠泽秋。莼鲈县客梦，风月送归舟。远浦山光接，孤帆夜色浮。三吴空霸业，不洗古今愁。”

古时，吴淞江水面广阔，据嘉庆《上海县志》记载，唐代吴淞江口宽达20里，超过今天东太湖的宽度，完全是太湖水面的延展。也可以说，自此以下的水域，才完全脱离湖的形态，而成为江的形态。唐宋以前，吴淞江是太湖主要排涝入海的河道。宋代以降，因海岸线东伸等，其海口淤积加快，水道日渐萎缩，以致泄水不畅。元至元二十四年(1287)，开浚太仓通海港浦，自刘家港(今浏河)导水入海。明永乐二年(1404)，户部尚书夏原吉经实地勘察后，决定“舍吴淞，事刘家河，首开昆山夏驾浦，掣吴淞北达刘家河。复挑嘉定县之顾浦，引吴淞北贯吴塘，自刘家河入海”(钱中谐《三吴水利条议》)。但开浚夏驾浦，分吴淞江水入刘家河后，原下游水量大减，淤塞更严重。夏原吉注意到了这个情况，故又开范家浜，使大黄浦之水改由范家浜北流，在今复兴岛附近与吴淞江汇合，然后从吴淞口入海。不到半个世纪，这条水道即被冲刷成深广的黄

红妆倒映波光绿

浦江，吴淞江从此成为黄浦江的支流，它原来的下游水道，萎缩成上海市区内的苏州河。“松江首受太湖，经吴江、昆山、嘉定、青浦至上海县，合黄浦入海，亦名吴淞江。唐时未有吴江县，则松江上游为吴县南境。士大夫游宦，自苏至湖、杭二州，皆取道焉。”（清代钱大昕《十驾斋养新录》卷二十）分县之后，吴淞江上游北岸大多仍为吴县辖地。

吴江自后梁开平三年（909）设县，到1992年撤县建市，2012年9月1日又撤市设区，现为苏州市吴江区，隶属江苏省苏州市。吴江区位于江苏省东南部，东临上海，西濒太湖，南接浙江，北依苏州古城区。整个吴淞江水系区域，河港纵横交错，湖荡星罗棋布，水上交通四通八达，四季分明、气候温和，使得吴江成为著名的“鱼米之乡”“丝绸之府”。全区总面积1176.68平方千米，其中水面积2.7万公顷，占全市总面积的22.70%（均不包括所辖太湖水面）。截至2019年6月，吴江区下辖4个街道、7个镇。根据全国第七次人口普查数据显示，截至2020年11月1日零时，吴江区常住人口为1545023人，占苏州市的12.12%。2021年8月，《2021年中国城区经济高质量发展白皮书暨2021年赛迪百强区》发布，吴江区排名第十。

游湖

游湖，在光福西崦湖的西北，安山北面，为吴中区光福镇和虎丘区东渚、镇湖之间的太湖湖湾，相传吴王于此游玩而得名，又传范蠡载西施从这里出走。明代葛芝《泛湖记》中说："遂操小舟，越东西崦至游湖。游湖，五湖之一，或云范蠡载西子从此出也。俯仰遗迹，喟然兴怀。"

游湖原来的面积很大，金友理《太湖备考》说："游湖，《吴地记》云：'在长山之东，周回五十余里，西口阔二里。东南岸树里，西北岸长山。'《洞庭实录》：'吴王曾于此游玩，故名。'按：今游湖界，南自西迹嘴起，越铜坑，沿安山、幽里山，北抵新桥，折而西，沿游城山、长山一带滩岸，至三洋、竣嘴，为一大兜。湖口在竣嘴、西迹之间，阔四五里，不止二里。相传昔年竣嘴之外尚有一洲，亦名三洋，又名东嶍，上有禹王庙，明季沦于湖。"

游湖，水域面积2.13平方千米，湖底高程1米左右，2.8米水位时，蓄水量为384.19万立方米。1977年12月，围游湖造田1576亩，种植水稻。由于常年受游湖风浪的冲击，农船时有掀翻的危险，这片水稻田被称为"沙河塘"。同时开挖铜坑桥口至西华（现为镇湖街道）的安山河，全长976米，宽21米，底宽9米。并且用挖出的泥，在安山嘴至镇湖寺桥头之间筑起大堤，俗称"大包围"，不仅形成往来西华的水陆交通道路，还在"大包围"内建农场、水产养殖场、砖瓦窑厂等。属迁里管辖面

绿烟金穗映清流

积为1575亩，其余属镇湖、东渚。游湖养殖场于1978年建成，至1987年放养水面达507亩，1990年后期由私人承包专养虾蟹。

1998年水利部以水规计（1998）201号文批复同意《太湖环湖大堤工程总体初步设计（江苏部分）》，其中包括同意该段堤线的走向与布局。2001年游湖口防洪闸建成，游湖真正成为内湖。近年来，光福镇创建游湖现代农业园区，其西濒太湖（游湖），北依太湖国家湿地公园。游湖现代农业园区成为第七批苏州市市级现代农业园区之一。而光福与镇湖、东渚交界处的苏州太湖湿地公园，则以游湖（已列入《江苏省湖泊保护名录》）为中心湖，于2010年2月正式对外开放。

游湖受太湖之水入光福内湖，东崦湖分流至光福塘，东过福利、张墅官两桥，计14里达善人桥，又东13里为香水溪，通木渎斜桥入南塘，再汇胥江；西崦分流至东渚塘，东北行到东渚龙塘桥，又东北流达浒墅关为北塘，其支渠通篁村。游湖和东西两崦湖，将太湖之水分两路源源不断地送往古城的每一条河道，从而塑造了灵动的苏州水城。“人家尽枕河”“楼台俯舟楫”，屋宇毗邻，檐角高下，构成了丰富多彩的景观。就在这一条条狭窄的水巷里，橹声咿呀，风日悠然，正是江南的寻常景色。

右图：姑苏繁华图（局部）〔清〕徐扬

左图：姑苏石湖仿西湖胜景（局部）〔清〕苏州年画

吴桥望月

吴趋访古录·虎山桥 姚承绪

灼灼桃花滟滟波，胭脂十里荡明河。
画船箫鼓东风软，翠幕云山西崦多。
梅墅照残铜井月，莺簧踏遍柳枝歌。
虎山名迹凭谁占，可有神僧杖锡过。

吴门桥

吴门桥，原称新桥。跨盘门外城河，南接盘门大街南端，北连盘门景区，始建于北宋。1963年，被列入苏州市文物保护单位。2006年，被列入江苏省文物保护单位；作为大运河附属文物点之一，被列入全国重点文物保护单位。

在宋代之前，这里没有桥梁，从古城出南郊往木渎、光福等地全靠船。北宋元丰七年（1084），一位石姓富户出资在盘门外西南处建了一座桥。关于造桥的经过，朱长文《吴郡图经续记》说："新桥，在盘门外。自郡南出，徒行趋诸乡至木渎者，每过运河，须舟以济。又当两派交流之间，颇为深广，故自昔未有为梁者。今太守朝议章公下车，有石氏建请出钱造桥者，公立限督之，即日而裁，逾时而毕。横绝漫流，分而三桥，往来便之。"因此处水面宽阔，桥身需特别长，为兼顾水上交通和尽量减轻流水的冲击力度，新桥由北岸两座相连的木桥，加南岸一座石桥连缀组合而成，故又名三条桥。南宋时，原三条桥不堪重负，遂于绍定年间重建，为三孔石拱桥，雄伟壮观，成为苏州的正门，同时也是交通要道，并改名为吴门桥，有苏州门户之意。

宋建炎四年（1130）二月金兵南下，元至正二十七年（1367）九月，明将常遇春从盘门破城，两次战争，吴门桥均有损毁。据同治《苏州府志》

记载，明正统间，知府况钟再建；弘治十一年（1498），水利郎中付潮修缮。清顺治三年（1646）、雍正十二年（1734）、同治十一年（1872）先后重修。吴门桥由原来的三孔石拱桥改为现在的单孔石拱桥。1963年、1985年、1989年分别由市政管理部门进行修缮。桥全长66.2米，中宽4.8米，净跨10米，矢高9.85米，拱券10节，长系石11根。纵联分节并列拱券，券石间均以胜形榫卯拼接，以避免移位，使之更加牢固。条石桥栏呈现凹凸状，楷书阴刻桥名。间壁明柱一刻“苏省水利工程总局重修”，一刻“同治十一年壬申夏四月”。桥身石材以苏州金山花岗岩为主，杂以少量宋代旧桥所遗武康石。桥面浮雕为回纹。南北两坡各铺设石阶49级，北端左右金刚墙砌有宽约0.6米的纤道，便于纤夫穿越桥洞。由于净跨有10米，拱顶离正常水面约9米，故而航船过桥时可以不落篷。

吴门桥，是苏州城区最高大的单孔石拱古桥，造型优美，结构精巧，巍峨耸立。1986年，被列入省级盘门风景区范围内，与邻近的瑞光塔、水陆盘门，组成著名的“盘门三景”。

吴门桥上好望月

桥北桥南驻兰桡

泰让桥

泰让桥，跨胥江，南接盘门路，北连阊胥路。桥名取自泰伯奔吴，三让王位之典，以表达苏州人民的崇敬之情。

泰让桥，始建于清光绪三十四年（1908）。甲午之战，清政府战败，被迫与日本签署《马关条约》，承诺开放苏州等四个城市为商埠。为抵制日租界，两江总督张之洞、苏州状元陆润庠、通州状元张謇等顺应民意，密商对策，建苏州洋务局，抢先于阊门石路等三处优势地块设立商埠，提前开放，遂使石路成为中国较早对外开放的窗口。随后修建盘门、胥门大马路，又建泰让桥，民间讹为太阳桥、大洋桥。桥原为三孔拱桥，民国十六年（1927）改为钢筋混凝土平桥，1972年改为钢筋混凝土梁桥，1978年改建为三孔钢筋混凝土竖杆式拱桥。桥长52.33米，宽20米，跨径49米。2008年重建，北侧旱孔为枣市街与永安里接通处，南侧旱孔则为向阳桥沿河往水仙庙的通道，两边孔即旱桥洞，为预应力钢筋水泥结构。现桥长68.43米，宽39米，跨径55米，石雕桥栏，中间书有桥名。

古贤三让到荆蛮

阊门吊桥

吊桥，俗称钓桥，也叫虹桥，阖闾时建。跨阊门外城河，东接西中市，西连石路，是沟通城内外之间交通的重要桥梁之一。旧时吊桥东侧为瓮城，吊桥主要功能是防御。随着天下安定，木桥改为石桥，而吊桥之名沿用至今。

吊桥，宋承平年间门上有楼三间，宏伟壮观，宋《平江图》、明《水道图》均标注为虹桥。明成化十年（1474）知府邱霁将其更名为永济桥，清代《巡警全图》标注为吊桥。元泰定元年（1324），里人郑文贵自愿捐资重建，将原木结构桥改为石拱桥，共耗资十五万贯。明洪武元年（1368），出于防御需要，又改建为木吊桥。成化元年（1465）、正德七年（1512）、万历十八年（1590）、崇祯十二年（1639），先后重修。张世伟撰《重修阊门钓桥颂》（有序），县令牛若麟在巡抚张国维的支持下，重建石桥。王鳌有《夜过西虹桥》诗云："破楚桥边步偶停，夜船灯火散如星。馆娃歌舞今何处，留得吴歌与客听。"相传，当年吴王阖闾大破强楚，在西虹桥下停留，看河中夜船灯火如天上繁星般散落在水面，无比欣慰。苏州虹桥有多座，王鏊所说西虹桥不知是否指这座。吊桥在清代又数次重修，时间分别是清顺治二年（1645）、康熙三年（1664）、嘉庆二十三年（1818）等。清同治《苏州府志》引虞集《记略》说："虹桥在阊门西，跨官河，通驿道，为咽喉要处，水至桥下汇为回渊，折而东行，势用剽悍。桥旧植以木，岁久腐挠。"虹桥跨城濠以通行旅，错趾骈肩，无间昏旦，此桥的安危显得格外重要。"绝水下石款，密键固累，起拱合理致无间，下通圜空，涵水象月，引重过之，坚逾实地。"（同治《苏州府志》）民国二十三年（1934）翻建为钢筋混凝土拱桥，东西桥台为明清旧物，桥梁坚固。20世纪70年代，又拓宽两侧桥面。2006年，修建阊门时重建，在施工中于桥墩台处发掘出两块清代石碑，其中一块上有"长生河"三个大字，另一块写着"大清嘉庆二十三年"等，应该是那年重修吊桥时所立。大致内容是说，为保护水资源禁止捕鱼。这两块碑如今立在吊桥下，坐船经过桥洞时可见。吊桥现为钢筋混凝土梁桥，桥面饰以复廊，长38.5米，宽15米，跨径18.2米。

吊桥，数千年来迎来送往，历尽沧桑，不仅成为舟楫与行人来往的通道，更架起阊门的千年盛世繁华。

破楚桥边步偶停

盘门水关桥·阊门水关桥

盘门水关桥，明《水道图》标为程桥，跨学士河，东西分别连接盘门水关。阖闾时建。此处古有纤道，是城内外水上进出通道的关口，故又称水关桥。

盘门水关桥，清嘉庆十四年（1809）重修，为青石分节并列式拱券单孔桥，桥长9.5米，宽3.2米，跨度3.6米，矢高1.7米，砖砌桥栏，两边桥坡平坦。同治十一年（1872）又修，为五块条石板梁单孔石质平桥，桥长18

留得吴歌与客听

阊门尽市水关桥

米，宽2.7米，跨径5.9米，细凿条石桥栏，正中阴刻正楷“水关桥”桥名，两边刻有小字“同治十一年嘉平月”和“水行工程总局重建”。桥两端步阶，东17级，西16级。1954年、2006年两次拓宽修建，如今保存完好。水关桥与吴门桥一低一高，错落有致，给灵动的苏州增添了沉稳古朴的美感，是盘门风景名胜区的一大亮点。不禁令人遥想，当年大大小小的船只每天由此鱼贯而入的情景。

跨学士河的还有程桥，其南北分别连接盘门景区。伍子胥建城时，八座水陆城门对外通衢的桥梁，均称程桥，意为人们通过这些桥而出，即将远行。桥与城门很近，故而俗称“城桥”。清嘉庆十四年（1809）重建，将原石级平桥改建为单孔青石拱桥，长8.6米，宽3.2米，跨径3.6米，分节并列式结构，砖石桥栏。随着社会的进步、城市的发展，此桥原水陆交通、军事攻守等功能丧失，1986年被划入盘门风景区管理范围，成为进出盘门城楼和水上码头的主要通道。1999年4月改建为钢筋混凝土桥，长50米，宽36米，跨径3.6米，桥面与栏杆均为花岗石，南北引道分别长27.7米和20.3米，宽3.5米，坡度平坦。

阊门水关桥，也叫里水关桥，跨阊门内城河，东接阊门内下塘，西连阊门内横街。阖闾建城时，八座水陆城门均设置相应的水关和水关桥，阊门水关桥为其中之一。五代梁龙德二年（922）钱镠以砖砌苏州城墙。宋绍定二年（1229）、元至正十一年（1351）先后重建苏州城时，“城四向，一仍子胥之旧”。清乾隆十二年（1747）重建，将石板桥改为石拱桥，长5.8米，宽2.7米，跨径4.7米。1970年又重建水城门、水关桥，现为钢筋混凝土板梁桥，长5.8米，宽2.5米，跨径3.9米。水城门、水关桥，曾是古城通往城外和江南运河的主要通道，随着时间的推移、城市的建设，水关的防御功能已逐渐丧失，水关木栅、水关桥也没了实际用途，现仅存古城墙遗迹景观，保留步行交通的功能。范广宪《吴门坊巷待辑吟》咏道：“下塘尽市水关桥，尺五天阊路未遥。为爱此间最清净，不知尘世有喧嚣。”

娄门桥·齐门桥·葑门桥

娄门桥，跨娄门外城河，东西分别连接娄门大街。阖闾时建，为伍子胥建城时所设娄门吊桥。宋《平江图》中名为虹桥，也作吊桥、程桥。初始为吊桥，宋庆元年间重建。清顺治四年（1647）毁，知县李廷秀重建，

江海扬华娄门桥

为木桥；嘉庆二十五年（1820），又修。1958年重修，易木为石。1965年5月重建，为单孔钢筋混凝土平桥，桥名改称娄门桥，长43.2米，宽11.4米，跨径15.6米，钢筋栏杆，水泥望柱。1991年9月10日动工改建，1992年5月20日竣工通车，为三孔钢筋混凝土板梁结构，长43.2米，宽19.4米，跨径32.5米，钻孔灌注单排柱式桥墩，钢筋混凝土桥台。2003年再次重建，为9孔钢筋混凝土梁桥，全长175.84米，宽25米，跨径172米（中间主孔为30米，两侧次孔各为20米，其余6个边孔均为17米），实腹桥栏，中间书有桥名。

齐门桥，也叫齐门虹桥、程桥，跨齐门外城河，南北分别连接齐门路。阖闾时建，为伍子胥建城时所设齐门吊桥。清光绪三十四年（1908）重建。20世纪50年代拆除城楼，1968年拆除水城门保留齐门桥。1973年重建，

桥横落照虹堪画

为钢筋混凝土梁桥，长39米，宽8.5米。1997年扩建，为钢筋混凝土钢管拱桥，主桥为下沉式刚性系杆体系桥梁，长106.2米，宽30米，跨径108米。2004年5月，改两侧白色弧形拉杆和悬索，为仿铜雕拱形结构。

葑门桥，跨葑门外城河，东接葑门路，西连十全街。阖闾建城时并无此桥，越军攻城时建。宋《平江图》标注为斜桥，后毁。北宋大中祥符八年（1015），由范仲淹再建，以便行人往来，后又毁。因葑门外城河河道较狭，且向东弯成弓背形，行船常常受阻，造成航道不畅。1969年自觅渡桥至北栅头，利用城墙残基开挖一段新河，架桥其上，名友谊桥，与十全街相连。1980年定名为葑门桥，为单孔钢筋混凝土双曲拱桥，长40米，宽14米，跨径35米，水泥板桥栏。

东风传意梦传语

乌鹊桥

乌鹊桥，跨十全河，南直通乌鹊桥路，北接平桥直街。北堍东侧与滚绣坊垂直相交，西侧与长洲路垂直相交。春秋时期，与苏州古城一起建造，因桥畔建有乌鹊馆而得名。朱长文《吴郡图经续记》说：“乌鹊桥，在郡前。旧传有古馆八，曰全吴、通波、龙门、临顿、升羽、乌鹊、江风、夷亭。”

乌鹊桥，旧为石拱桥，宏伟壮观，堪称城内石桥之冠。桥栏为红色，雨后初霁或斜阳夕照时，如长虹横卧，最受诗人词家的喜爱，历代文人墨客多有吟咏。唐代白居易有“乌鹊桥红带夕阳”“乌鹊桥高秋夜凉”“乌鹊桥头冰未消”等诗句。宋代杨备有《乌鹊桥上元诗》：“月满星移水照天，南飞乌鹊影翩翩。虽然上属牵牛分，不为秋河织女填。”明代高启有《乌鹊桥》：“乌鹊南飞月自明，恨通银汉水盈盈。夜来桥上吴娃过，只道天边织女行。”两侧桥柱上各有楹联，东侧：“雁齿重新，两岸弦歌铿茂苑；虹腰依旧，一湾烟月溯葑溪。”西侧：“利涉同资，会看千秋溪渚北；嘉名永锡，每逢七夕忆淮南。”

一带夕阳溯葑溪

1934年，桥因年久失修，随时可能倒塌。地方知名人士、省立图书馆馆长蒋吟秋，省实验小学校长施仁夫等倡议重修。为了适合车辆往来，保障交通安全，将拱桥改为平面钢筋水泥桥。桥栏中间嵌有蒋吟秋题隶书桥名，用汉白玉镌刻。1944年后重建，改为单孔石拱桥，长7.2米，宽5.8米，跨径5.5米。1983年、1987年先后重建，现为钢筋混凝土单孔拱桥，两侧立面砌花岗石拱券石，长22米，宽13米，跨径6.5米。为不损古桥建筑风格，下半部仍保留原桥石拱，上半部从实情考虑，铺设沥青路面，方石板人行道，花岗石贴面，镂空桥栏，高0.9米，原桥联石和汉白玉桥名石仍然保留在桥上相应位置。

吉利桥·苹花桥

吉利桥，跨道前河，南堍与司前街直通，北接道前街。始建于春秋时期，桥址为吴王织里所在，故名织里桥。陆广微《吴地记》说：“织里，今织里桥，在丽娃乡，俗呼失履桥、利娃乡，讹也。”至宋代更名为吉利桥，后又讹为失履桥。1984年正式定名吉利桥。

明嘉靖四年（1525）重修。1930年重建。1953年拓建为钢筋混凝土现浇板梁桥，长9米，宽11米，跨径9.5米，花岗石镂花桥栏，桥头阳刻行书桥名。1984年，因道前街拓宽，重新改建，为钢筋混凝土板梁平桥，桥长8米，宽17.6米，跨径6.3米，花岗石镂花桥栏，栏杆两端置抱鼓石，其上有阴刻桥名。

织里桥的名称，与苏州丝绸织造的起源有关。织里，顾名思义就是织造丝绸的地方。自从泰伯、仲雍避居江南建立勾吴国，通过周代丝绸等手工技术在江南的传授和生产，到春秋时期苏州成为吴国的都城，丝织品已有罗、锦、缟、缯等种类。吴王僚执政时，晋国的国君晋平公派老臣叔向出使吴国，吴人举行了盛大的欢迎仪式。“吴人拭舟以逆之，左五百人，右五百人，有绣衣而豹裘者，有锦衣而狐裘者。”（刘向《说苑》）锦衣绣服的场面，盛大壮观，好一幅醉人的吴地锦绣画卷。另据《史记》记载，吴、楚两国边邑曾因争采边界上的桑叶，发生了著名的“争桑之战”。

桥边浓阴扑空翠

为“争桑”而引起械斗，进而爆发两国战争，可见蚕桑对于当时的经济发展至关重要，可谓得桑叶者得丝绸。

苹花桥，旧名定跨桥、蘋花桥，阖闾时建，在临顿路中段。南北向跨悬桥河连接临顿路，并与东西向跨临顿河的悬桥东堍垂直相接，呈双桥格局。桥北堍东侧为悬桥巷，桥北堍西侧为旧学前。

苹花桥于1962年重修。1985年拓宽改建为单孔钢筋混凝土板梁平桥，长4.8米，宽17米，跨径3.4米，沥青桥面，花岗石雕桥栏，望柱上书桥名。2000年7月重修，现为混凝土板梁平桥，长7.18米，宽28.1米，跨径6米。王謇《宋平江城坊考》卷四引《吴郡图经续记》：“苑桥、定跨桥，故传皆阖闾苑囿游憩之地。”并说定跨桥俗讹为蘋花桥。《吴地记》又说：“定跨桥，阖闾于行苑内置，游赏之处。基址见存。”《宋平江城坊考》《水道图》标注为定跨桥，《姑苏城图》《苏郡城河三横四直图》则标注为平花桥，而《巡警图》《城厢图》标注为蘋花桥。2005年，《江苏省苏州市地名录》定名为苹花桥。

斟酌桥

斟酌桥，在虎丘山左，山塘河与东山浜交汇的三汊口处，始建于春秋时期。原为木桥，明万历十三年（1585），里人张相泰易木为石，重建为石梁桥。清嘉庆三年（1798），苏州知府任兆炯重建。道光二十一年（1841），重修，桥栏加铁栏杆，桥面书桥名。至民国年间，虎丘为游人首选之地，由城中去有三条路可达，黄厚诚《虎丘新志》说："一乘舟楫，由南新桥循山塘河，直到寺前；二由阊门外，乘马车或人力车，循留园马路，直达望山桥；三乘人力车出阊门，循山塘路直抵斟酌桥。"时有虎丘名胜整理会，以斟酌桥与望山桥为石阶，特将桥梁改低，以便车辆行驶。1934年改建，为钢筋混凝土平桥，保留桥下部结构。1977年拓宽，为钢筋混凝土桥，桥墩以连环弧形水泥，桥栏则以铸铁管衔接而成。长19.6米，宽6.3米，跨径4米。桥上有联曰："鹤市人家通一水；虎丘花舫聚三汊。"

苏州自古出才子佳丽，文采风流，又地处水乡泽国，城里水巷蜿蜒，郊外湖泊棋布。垂杨系画船，柳阴停花

亭桥对岸是斟酌

舫，正是昔日文人向往和追求的一道绚烂景致。姚承绪《斟酌桥》咏道：“半塘春水绿如渑，赢得桥留斟酌名。桥外酒帘轻扬处，画船箫鼓正酣声。”“天开图画虎溪湾，秋月春花过等闲。咫尺垂虹荡云影，一重水浸一重山。”坐花船以游，那时苏城近处自阊门、山塘至虎丘，歌台舞榭相望，别有一番风情。唐寅《阊门即事》咏道：“世间乐土是吴中，中有阊门更擅雄。翠袖三千楼上下，黄金百万水西东。五更市买何曾绝，四远方言总不同。若使画师描作画，画师应道画难工。”

晚清时，金阊外七里塘列吴郡胜景之一，热闹繁华。每逢春秋佳节，画船歌舫，聚集于此。张大纯《过斟酌桥》咏道：“斟酌桥头花草香，画船载酒醉斜阳。桥边水作鹅黄色，也逐笙歌过半塘。”夕阳西坠，明月东升，设宴张灯，欢歌四起，野芳浜外，斟酌桥边，望山桥畔，酒樽花气，月色波光，相为掩映，称得上是罕见的冶游盛况。

越城桥

越城桥，在石湖北口中、越城遗址旁，旧名越来溪桥，为单孔石拱桥，可供舟船通航。因桥呈半圆弓形，故最初民间称之吞月桥，后又俗称月亮桥。1982年10月22日，被列入苏州市文物保护单位。

石湖潮汐不通，波澜不惊，如练如镜，一碧千顷，曾经是吴越争霸的战场。由于水路四通八达，历来经济繁盛、商贸发达；又由于有山有水，故四季游人如织、物产富饶。横山才子陆机、陆云兄弟俩被成都王司马颖杀害，据说死后葬于越城桥畔。顾恕庵《石湖棹歌》二首云："二陆墓头碧草新，穹碑屹立照行人。莫将缟纻联营兆，错认机云一体亲。""辇石新营一小桥，题名二陆亦风标。往来

越王城郭在桥东

除却问津者，人迹稀零地寂寥。”

此桥始建无考，据范成大《吴郡志》记载：“越来溪桥，久废。淳熙中，居民薛氏以奁具钱复立之。越来溪水，自此桥北流过横塘也。”元至正间重修，明永乐十三年（1415）又修。《吴中金石新编》卷四《重建越城桥记》说：“吴邑西南，横山之下，衍石湖之水而东注者，曰‘越来溪’。溪之上，湖之澨，有石桥，名‘越来溪桥’，又谓之‘越城桥’。盖今之新郭，即春秋时勾践筑城以伐吴之地。城堞仿佛具存，而桥与之尤近，故名。”并详尽记录了越城桥修缮前后的过程。明代文徵明《石湖作》咏道：“落日淡烟消，平湖碧玉摇。秋生茶磨屿，人在越城桥。树色晴洲断，钟声古寺遥。西风吹短鬓，还上木兰桡。”章诏《越城桥》也咏道：“城自山头跨，桥从溪上来。波涛开越路，烽火通苏台。古堞余抔土，荒池半劫灰。杨公新郭在，楮木亦蒿莱。”

清康熙四十四年（1705）重建越城桥，乾隆五十八年（1793）再修，道光十二年（1832）又重建。同治八年（1869）再重建，为单孔石拱桥，陡而稍广。1970年，在桥面的石阶上铺设两道水泥通道，便于手扶拖拉机、摩托车通行。1992年重修，全长33.2米，宽5.4米，跨度9.5米，矢高4.8米，花岗石砌筑，拱券纵联分节并列砌置，条石栏板。长系石端部雕神兽纹，桥面石刻纹饰，两坡踏步东22级、西23级，每阶高0.55—0.6米。桥两侧有石制栏板，高0.5米，厚0.25米。栏板望柱高0.75米，宽、厚均为0.27米。明柱镌有楹联，南面：“碧草平湖青山一画；波光万顷月色千秋。”北面：“十里荷花香边水；一堤杨柳影接行。”

越城桥与行春桥可谓珠联璧合。旧时游人登桥远眺，近望上方山，山峦起伏，楞伽寺塔如披褐道士，风神特秀。登山极目，悠悠烟水，淡淡云山，泛泛渔舟，闲闲鸥鸟，尽在眼底。游山入湖，两岸麦浪滚滚，菜花灿灿；远处山脉起伏，云雾缭绕；眼前波光粼粼，船鸟共舞。风光如画，湖山可亲，心情豁然，风日也似乎更为清朗。

行春桥

行春桥，旧名越来溪桥，桥东即范成大石湖别墅，在横山下、越来溪中。桥很长，跨溪湖之口，或名小长桥。1963年3月20日，被列入苏州市文物保护单位。

范成大《重修行春桥记》说："太湖日应咸池，为东南水会，石湖其派也。吴台越垒，对立两涘，危峰高浪，襟带平楚，吾州胜地莫加焉。石梁卧波，空水映发，所

行春桥下碧水流

谓行春桥者。”并说，行春桥位据胥门以西、横山以东，往来憧憧，如行图画间。凡游吴中而不到石湖、不登行春桥，则与未游无异。元代时，行春桥是美丽的。郑元祐《行春桥》诗云：“醉拥捧心过，韶华艳绮罗。至今湖嘴上，彩霓卧沧波。”

明洪武七年（1374）桥又坏；洪武十一年（1378）重建，释妙声有《重建行春桥记》；成化间，知县文贵再修；嘉靖时，行春桥九孔仅通一孔，其余皆设栅于水中；崇祯间，郡人大司马申用懋重修，改增石栏，以便游人坐憩。修葺一新的行春桥依旧美丽动人，与周边自然景致相得益彰。文徵明题《石湖图》词曰：“晚凉斜倚赤阑桥，天远白烟消。酒醒顾见花间影，浮云散、月在林梢。野火青山隐隐，渔歌绿水迢迢。　　昔年曾此醉清宵，共舣木兰桡。白头重蹋行春路，同游客、半已难招。夜静山高月小，玉人何处吹箫？”文嘉《石湖八绝·次王履吉》曰：“行春桥影卧长虹，落日波摇万顷红。山似蓬莱

也逐笙歌过越城

人似玉，杖藜徐步水晶宫。”文彭《和王二履吉湖上八绝》曰：“山压晴湖水映山，游人日暮不知还。行春桥上好风景，绿树红花满目斑。”文氏父子一咏再咏，道不尽行春桥的诸多美好。

旧时出入上方山、石湖，除水路外，陆路就是从胥门或盘门出，经新郭村到越城桥，再过行春桥。两桥相接，如长虹卧波，湖山满目，最为胜处，恰似石湖的两弯新眉，是湖上一道秀美的景观。诗人咏唱、画人绘写，历代不绝，文徵明《石湖清胜图卷》、徐扬《姑苏繁华图》等都将两桥入画。八月十八游石湖，看行春桥下串月，为旧时苏州风俗盛观，可谓画舫连云，绮筵待月。

行春桥最早为十八孔，袁袠《八月十三夜行春桥赏月》说：“皎月升清汉，金波散碧湍。光摇牛渚动，气敛鹊桥寒。乍拟弓将满，还愁扇未团。不能明达旦，秉烛尽余欢。”注说：“行春桥在横山东茶磨屿下，跨石湖上，与越城桥联，有石洞一十八。”1949年，国民党军队拆去桥东四孔。1949年之后，行春桥又数度重修。1953年，苏州市人民政府拨款重修；1956年，修苏越公路，为通车拓宽行春桥桥面；1957年，苏州市古迹修整委员会重修桥墩、桥面和桥栏。行春桥成为半圆拱薄墩九孔连拱长桥，俗名“九环洞桥”，花岗石砌筑，有重级石栏。以长八九丈的堤岸，与跨越来溪的越城桥相连接，桥身平缓，势若长虹，石梁卧于碧波之上，令行人有踏水而行之感。1966年8月，桥头及两端护栏上的石狮被人砸毁。1985年，几次修复行春桥以及毁坏的石雕，并勒石《重修行春桥记》。重修后的行春桥，又焕发魅力，桥栏望柱共有10只石雕狮子，两堍各蹲石狮一对。全长54米，中宽5.2米，中孔净跨5.3米，矢高2.6米，用花岗岩砌筑。长系石则为武康石，端部雕兽面，殆宋代旧物。漫步桥上，放眼望去，湖光山色尽收眼底，怎不叫人流连忘返。

苑桥·虹桥

苑桥，跨平江河，阖闾时建，范成大《吴郡志》说：“苑桥，在报恩光孝寺之西。故传：阖闾有苑囿，在其傍定跨桥下。”干将路改造后，桥东、西两头分别连接干将东路北侧半幅路面，桥东南面与南北向跨干将东路新建的真大桥北堍西边直角相交为双桥。

晚烟斜日入小楼

苑桥于清康熙四十二年（1703）重修。1964年、1981年先后改建，将原石拱桥改建为钢筋混凝土平桥，长5.35米，宽9.69米，跨径3.77米。1994年改造干将路时重建，现为单孔钢筋混凝土平桥，长8米，宽20米，跨径6米。该桥为花岗石雕桥栏，望柱上有石狮两对，中间桥名由吴进贤书写。

虹桥，跨中市河，南连东中市，北接阊门内下塘，阖闾时建。据清康熙《苏州府志》载，因桥下无柱，若飞虹横卧两岸而得名。清道光二年（1822）重修，为拱式石板桥，桥西南河面上建有桥亭，亭内供奉关帝像。旧时，桥上为桥盘头，是佣工聚集之地，每年农历五月十三、九月十三日，由地方人士邀请戏班在桥亭唱戏，以祭关帝。1957年，桥亭圮坏，被拆除，石拱板桥被改建为钢筋混凝土拱桥，长12.7米，宽3.4米，跨径4.6米，花岗石栏杆，高0.4米。为方便交通，现已改成平桥，长12.7米，宽3.4米，跨径4.3米，高1.05米，原水泥立柱空格栏杆，一侧已改实腹桥栏。

相逢记得画桥头

炙鱼桥

炙鱼桥，也叫中和桥，俗称捉鱼桥，跨南宫塘。吴越春秋时期，专诸到太湖边学炙鱼的地方就在这里，故名。徐翥先《香山小志》“古迹”说：“今炙鱼桥去南宫不半里，俗呼捉鱼桥。”始建年代不详，旧为花岗石单孔拱桥。1975年拓宽南宫塘时重修，改为水泥拱桥，改名防修桥；1986年恢复原名；2016年重修。现为拱形木桥。

炙鱼桥的来历，有一则春秋时期的故事。赵晔《吴越春秋》记伍子胥荐专诸于公子光，密谋刺杀吴王僚。专诸问吴王有何嗜好，公子光答：“好嗜鱼之炙也。”“专诸乃去，从太湖学炙鱼。三月得其味，安坐待公子命之。”专诸长得五大三粗又头脑简单，当公子光告诉他，吴王僚得位不正要除掉他时，专诸却说，不能派人去说服他让位吗？公子光又好气又好笑。送他到太湖边学“炙鱼”，是因为僚爱吃，专诸学成就能以厨师的身份接近他。周敬王元年（前519）、二年（前518），吴楚两次交战，楚国两次吃大亏。周敬王四年（前516）冬天，楚平王死。早春吴王僚派掩馀、烛庸率军攻楚，因攻人之丧有违礼制，所以派季札赴晋去观察中原诸侯的反应。不料吴军刚到就被楚四支军队包围。这样一来，公子光的机会来了，他与伍子胥密谋后，在府邸埋伏下甲兵，请吴王赴宴。僚知道这位堂兄不安好心，故而布置卫队，带上警卫，披上盔甲出席。酒过三巡，光假装脚痛发作退席，这时专诸捧着烤鱼上场。经卫兵搜身后，他膝行上前，冷不丁从鱼肚里抽出特制的鱼肠剑刺向僚。等卫士反应过来，为时已晚，这位大力士硬是把姬僚刺了个对穿。专诸被卫士捅死，这时公子光伏兵杀入，歼灭忠于僚的士兵。公子光终于登上王位，成了吴国第二十四任国王，即大名鼎鼎的吴王阖闾。

另外，苏州还有专诸巷，相传因专诸曾居此而得名。

鱼肠何处化清风

吴王桥·吴家桥·思范桥

吴王桥，跨叶家河，东连钟楼新村，西南侧为叶家弄，北侧为官太尉桥（路名），西与定慧寺巷相连。吴王桥建造年代不详，在宋《平江图》中已见标注。据王謇《宋平江城坊考》记载：“泰伯为第一世家，冠江左风

此桥吴王两家造

流。南朝王僧虔以书法、五代吴仁璧以星历名。吴、王两族尚矣，然未详所居何人。”1953年重建，将原条石板梁结构改为石板桥。1980年12月，改建为单孔钢筋混凝土平桥，长7.6米，宽4.9米，跨径6.1米。条石石雕桥栏，中间外侧书桥名，桥头望柱分别有楷书阴刻桥名和重建年月。

吴家桥，横跨尚书浦（即千灯浦），东西走向。2004年，被列入昆山市文物保护单位。

吴家桥，相传宋元之际有位吴姓卖浆者，世居尚书浦上，自建木桥以渡，故称吴家桥。明代中期桥毁，万历三十八年（1610），沈松源将木桥改为石阶梯拱桥。清康熙年间，由余庞讴领众重建，并立碑纪念。吴家桥现为花岗石单孔石阶拱桥，长33.96米，宽5.48米，净跨径10.5米，矢高5.8米。拱桥采用纵联分布并列砌筑，拱

吴家桥上踏歌行

券为9节相对称合拱，总共由72块大小不一的弧形石块组成，板式栏杆。桥两侧原各有阴文石刻对联一副，因年代久远，石柱风化严重，南北各存半联，南存上联曰：“创建在前，明利济功归吴沈氏。”北存下联曰：“重修仍旧，贯交通惠及万千人。”2007年，千灯镇政府投资70万元对其进行修缮，让桥基本保持原样，对桥面加固整修，安装护栏，南北两面各加3个竖桩，6块四边形的石板。调整修复后的石阶，东西各有31级台阶。两边斜坡留宽40厘米，方便行人车辆推行。

思范桥，在吴江震泽镇太平街西栅，跨荻塘市河，南北走向。始建年代不详，相传为纪念范蠡所建，故名。1997年9月，被列为吴江市文物保护单位。

思范桥元至正二十三年（1363）重建，明嘉靖十一年（1532）道士姬玉衡修。清嘉庆二十四年（1819）里人龚振龙、陈士元、陈德魁、张宿五再建；同治五年（1866）又重建。现桥为花岗石单孔拱桥，长34.2米，宽4.9米，跨径12.2米，矢高5米。桥身两侧各有楹联，东为：“禹迹媲宏模，望里东西双月影；蠡村怀古宅，泛来南北五湖船。”西为：“苕水源来，阅尽兰桡桂楫；荻塘波泛，平分越尾吴头。”过思范桥向南约二里，相传为范蠡隐居处。范蠡和西施在此筑室而居，还延请工匠在宅旁湖边砌造一高台，每逢晴朗之日，便拾级而上，放线垂钓，故俗称范蠡钓台，为震泽八景之一。据说当年范蠡五湖泛舟，就是从此桥而过的。

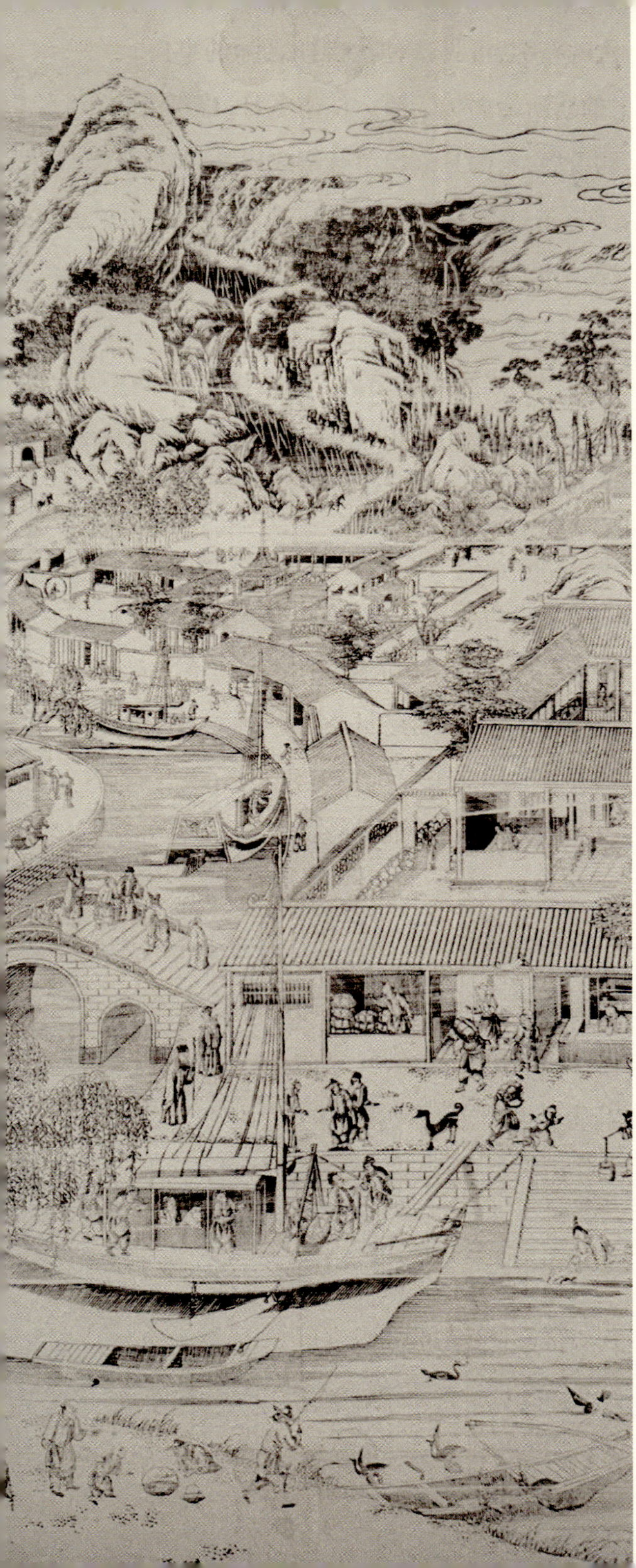

右图：姑苏繁华图（局部）〔清〕徐扬

左图：江南水景图（局部）〔清〕苏州年画

吴趋访古录·吴趋坊用陆士衡吴趋行韵

姚承绪

四座噤勿喧，听我歌吴讴。巍巍金阊门，车马争奔趋。
土风纪其始，论古有缘起。山高同岷峨，水深沿江沙。
名家晋台沼，硕人卫涧阿。飞楼矗云上，画舰随流过。
地灵久钟秀，物产尤称嘉。让皇启端委，道衍西河沙。
汇成文学薮，千载生光华。伯符冠江东，英名被迩遐。
三分峙鼎业，才俊归搜罗。名臣盛唐宋，先后扬芬葩。
陆范相业懋，白苏宦迹多。风骚采南国，坛坫推专家。
淮张始割据，信誓空山河。何如会皇图，恺泽沾滂沱。
请编十道志，还赓八风歌。

吴衙场

吴衙场，东自砖桥（百步桥）北堍的百步街，西到带城桥下塘，对岸即十全街。1966年改称丰收场，巷长384米，宽3—4米，1983年改弹石路面为水泥六角道板路面，现为异形道板路面。这一带，如今已是远近闻名的城中商业区。

吴衙场，据说因明代刑科都给事中吴之佳居此而得名，同治《苏州府志》作吴家巷。旧时吴衙场也作南白塔子巷（俗称新造桥南弄），后于新造桥巷（今迎风桥弄）、盛家带之间列吴衙场，故此《吴县图》《苏州图》均标注为吴衙场。新造桥南弄，指今新造桥南堍至南园那一段。王謇《宋平江城坊考》卷三“南白塔子巷”条说，“今新造桥南街”，并引同治《苏州府志》说“刑科给事中吴之佳宅，在善教桥东北，今称吴衙场”。吴衙场内有多座古宅，24号有潘家祠堂和双节坊，35号为江家祠堂，36号为宋家祠堂，现均不存。最为著名的，要数37号吴之佳故居（详见吴之佳故居）。在《苏州城厢图》中可见27号原为盐公堂，据说原本也属于吴之佳故居的一部分，

往事悠悠知多少

1952年改为银行学校，校门在盛家带。自20世纪60年代起，此处先后改建为苏州地区招待所、苏州市政府葑门招待所、东吴饭店等，今归苏州大学。大门前通往十全街的桥叫星造桥，始建于明初，当时称善教桥，清雍正年间重建。关于后来改称星造桥的缘由，还有一则民间故事。相传某一天晚上，桥边突然落下一块陨石，当地百姓视之为吉祥物，故此重修此桥，并将陨石砌于桥中，遂改称星造桥。后讹为新造桥，1966年改为立新桥。1984年11月大修，修后之桥为单孔花岗石有阶拱桥，长14.8米，宽2.8米，跨径5.6米。两桥堍步阶各18级，花岗石实腹桥栏，栏板中间书桥名。内侧浮雕龙凤图案，栏杆两侧各立云纹望柱，桥面雕双龙戏珠云纹图案，并恢复星造桥之名。

苏州古城中的大街小巷星罗棋布，或为南北向，或为东西向。南北向大多为干道，也有坊巷，且往往沿河；东西向大多为坊巷，一般与河道平行。十全街、吴衙场这一带的小桥流水人家，最能体现苏州水城的水乡风貌，水陆平行，河街相邻，青砖、粉墙、黛瓦的两层建筑临河而建，仍旧是江南水乡独特的城市景观。蜿蜒的水巷，不由得让人想起从前：坐着小船在苏州古城的一条条河巷里穿行，仰望两岸枕河人家，蓝天只露出窄窄的一线，白云在湛蓝的天幕上舞蹈。其实这一刻，不只是船动，也不只是云动，坐在船上的人心也跟着在动。想想，当初枕河而眠的人是多么幸福：清晨，在小鸟的歌声和欸乃的橹声中醒来，睁开惺忪的眼睛便依稀可以看见从河床袅袅升起的晨霭；出门，可以走前门的街，也可一步跨上自家的小船，船儿悠悠的，想到哪就到哪。随着木桨在水中轻轻划动，这只船柔柔地漂进只属于苏州的清梦里。

吴趋坊

吴趋坊，在景德路黄鹂坊桥西堍北侧，南出景德路与汤家巷隔第一直河平行，北至西中市皋桥西堍南。长497米，宽4.5—8米，现改弹石路面为沥青路面。

吴趋坊之名，源于古代吴人歌唱吴地风情之《吴趋曲》，晋代陆机《吴趋行》其中咏道：“山泽多藏育，土风清且嘉。泰伯导仁风，仲雍扬其波。穆穆延陵子，灼灼光诸华。”南朝梁元帝、明代高启等均有吟诵吴地风土人情的《吴趋行》。姚承绪《吴趋访古录》凡例中说：“吾吴故实甚多，不及遍咏，惟择题之有关风教者分类咏之，大抵以古迹、山水、村镇、桥梁、园林、第宅、寺观、祠墓分别次第……”吴趋，已然成为旧时苏州的代名词。在古代，坊是聚居之处，市则为贸易之处，也可连称并用。坊市是城市的重要构成因素，也是城市生活的主要内容，更是城市空间的主要组成部分。吴趋坊原为苏州古坊之一。陆广微《吴地记》将其列入60坊

吴趋月色烂如银

之一，唐代诗人多有吟咏，如李白《赠薛校书》有“我有吴趋曲，无人知此音”，虞世南《赋得吴都》有“吴趋自有乐，还似镜中游”，陆龟蒙《和胥口即事》有“莫问吴趋行乐，酒旗竿倚河桥”等。随着城市建设的变化，有的坊不再适应人口剧增和经济发展的需求而废弃，有的坊合并，有的坊又一分为二，另外又有新的坊出现。因此坊名变化较大，有改称的，也有新增的。范成大《吴郡志》收录65坊，吴趋坊仍在其中。到了明代依然有立表揭坊的，然内涵稍有变化，这也是苏州地名的一个文化传统。

明嘉靖间，浙江按察副史袁祖庚择地造园，在阊门内吴趋坊宝林寺东建醉颖堂，园内疏植杂木，屋宇绝少，门楣有“城市山林”额。后归文徵明曾孙文震孟，题名药圃。文震孟、文震亨兄弟于此精心营构，人称西城最胜。清初莱阳人姜埰寓此，将其更名为敬亭山房。姜埰仲子姜实节拓建故园，将其易名艺圃。清道光十九年（1839），艺圃当时的主人吴氏迁徙，苏州绸缎同业者购园作会馆，将其更名为七襄公所，大事修葺，疏池培山，堂、轩、楼、馆、亭、台，一一恢复旧观，补植卉木、岭梅、沼莲，使其面目焕然一新，而当时尤以后园池塘的白莲花最为出彩，也最为出名。

旧时吴趋坊为城内最热闹的地方。元宵灯市，四月十四轧神仙，七月半、十月朝等迎神庙会都在此或附近举行，故而苏州有“吴趋坊看会——老等”之谚。特别是元宵节灯市所展示的各色花灯，均出自吴趋坊、皋桥、申衙里、中市一带，花灯的品种之多、工艺之精，载入史册。清代朱埴有《吴趋灯市歌》：“吾吴风俗多好胜，献酬佳节每有兴。上元之夜尤繁华，灯市铺排隔年定。千门万户开堂堂，五色陆离灯辉煌。纵横屈曲光不断，金阊亭接吴趋坊……”沈锺《吴门踏灯词》也有“彩胜珠幡户户春，吴趋月色烂如银”之咏。还有轧神仙，因神仙庙在皋桥东，轧神仙之际，花鸟鱼虫、日用杂货等摊铺多摆在吴趋坊内。20 世纪 80 年代，轧神仙的地点由神仙庙改到皋桥附近的吴趋坊巷内。由于吴趋坊巷子狭窄，1992 年又迁至中街路。20 世纪末，于阊门外南浩街重建神仙庙，从此每年四月十四日的轧神仙活动又在神仙庙举行了。

吴殿直巷

吴殿直巷，在桂和坊北面，东起新春巷，西到养育巷。长 200 米，宽 3.7 米，后改弹石路面为六角道板路面，现为长方形砖状水泥道板路面。

因宋代官至殿中丞的吴感居此，故而巷得名吴殿直巷。王鏊《姑苏志》吴殿直巷注说“（在）小市桥北，吴感所居，故名”。《姑苏图》标为吴殿池巷。《中国历代人名大辞典》说：“吴感，宋苏州吴县人，字应之。天圣二年省试第一，授湖州归安主簿。九年，中书判拔萃科，授江州军事推官。官至殿中丞。以咏红梅词知名。”

吴感为泰伯第七十六世，原属山阴吴氏，晚年为祭祀祖庙回苏，居小市桥西南，宅名红梅阁，作《折红梅词》，唱和不止，传为佳话。不久卒，葬于姑苏山。卢熊《苏州府志》卷七说：“红梅阁在小市桥，天圣中殿中丞吴感所居。感字应之，有姬曰红梅，因以名阁。又作折红梅词，传于一时。王琪知歙州，应之以此词寄之，末句

深琐冷香在楼阁

云：‘有花堪折，劝君须折。’琪答诗云：‘山花今落何堪折，一曲红梅字字香。’蒋希鲁亦有《吴殿丞新葺两圃》诗，有云：‘深琐烟光在楼阁，旋移春色入门墙。’其后阁为林少卿家所得。”

据《至德志》中《吴氏世系图》显示，吴感这一脉后裔也是人才辈出，比如他的曾孙、泰伯七十九世吴原（字叔本），由进士调青田尉；吴原子吴相（字世翊），庆历状元，补著作郎直史馆，历天章阁待制、判秘阁知制诰、翰林大学士。卒，赠吏部尚书，谥忠简。泰伯第八十二世吴尧（字师圣），登丁丑进士，历礼部尚书、端明殿大学士、枢密院都承旨改充本院使。卒，赠太子太傅，谥文穆。泰伯八十三世吴禄（字天秩），号默斋，宣和三年进士及第，授著作佐郎，历光禄大夫、太子太傅、左丞相，以功授晋陵郡开国公，赐号忠诚守德翊赞文臣，食邑一千八百户。卒，赠左银青光禄大夫、太师晋国公，谥章献。之后，泰伯八十五世吴欢、八十六世吴亶，均为进士，并入朝廷为官。

吴感后裔中有一位名人叫吴慈堪。吴慈堪（1890—1966），字曾善，以字行。因得族叔吴郁生亲授书法，故以小钝为号（郁生字钝斋），室名小钝斋、集瓶庐。他的书法为时人所称道，苏州虎丘头山门额“古吴揽胜”以及“第三泉”“别有洞天”等均出自其手。吴曾善毕业于上海神州法政学堂，为法学界人士，先后任金坛、宝山、上海地方审判厅推事，江苏第三监狱长，江苏武进县法院院长，南京地方法院首席检察官，上海神州、东吴大学法学教授、执行律师事务，苏州律师公会会长等。是“七君子”案中章乃器的辩护人之一。还担任过苏州抗敌后援会会长，发起鬻书支援绥远抗战等活动。苏州沦陷后迁沪，敌伪诱以司法行政部次长的高位，他严词拒绝，宁愿以卖字维持生计。抗战胜利后任昆山地方法院院长、资源委员会下属公司秘书，掩护过中共地下党员和进步人士。1953年受聘于上海市文史馆。吴曾善初秉父母之命与谢家福之女成婚，育有一女。后娶王氏，生五子二女。吴氏家族拥有田产1151亩，1949年秋，由次子吴传钧代表全家致信苏州专署，要求捐献全部土地，至“土改”时全家这一愿望实现。

东吴路·吴县直街·古吴路·吴西弄

东吴路，原名龙兴寺巷，明清时期因吴县县署建此，故又名吴县前（旧址在今苏州市第十六中学校操场）。东出养育巷，西接水潭巷，长418米，宽4.3米，1982年改弹石路面为沥青路面。

吴县直街，在古吴路南侧，南起干将路，北接古吴路，巷长249米。以前吴县的衙门在古吴路，大门正对吴县直街，故名。吴县直街有多座民国时期不同风格的洋房，青、红砖砌，为当时吴县官员居住地，如今成了苏州古城粉墙黛瓦中一道别样风景，尤其突出。

古吴路，原名吴县横街，抗日战争胜利后改今名。民国初年，这里先后设立苏州军政府民政长署、吴县公署。民国十九年（1930），吴县政府迁到道前街的苏州府署，吴县衙署改为江苏高等法院看守所分所。如果看守所分所“病监”（关押正在医治的犯人的地方）有犯人病死，便从吴西弄（即西吏库）一扇小门拖出，俗称“拖牢洞”，当地人称之“拖老虫”。“老虫”为吴语方言，即老鼠。

吴西弄为断头窄巷，在第十六中学操场的西南端围

墙边（位于古吴路上）。1936年11月23日，沪上发生“七君子”事件，震惊中外。当事人沈钧儒、章乃器、邹韬奋、李公朴、王造时、沙千里于当年12月4日被押往位于苏州的江苏省高等法院，后被关押的看守所，就在吴县横街，即今古吴路。他们在这里度过了难熬的230天，这里也一度成为全社会的焦点。宋庆龄、黄炎培、褚辅成、张元济、胡愈之等都来苏州慰问声援。全面抗战爆发，国民政府撤离后，监狱被百姓一哄而上拆光，时称“拆衙门”，一说被日机炸毁。1952年，苏州市第二初级中学，即现在的苏州市第十六中学校在废墟上建操场。据说当年关押七君子的江苏省高等法院看守所分所的“病监”还在，1937年11月19日，日军占领苏州，看守所的大部分建筑被毁，逃难而来的人在“病监”上搭棚户，20世纪50至60年代，苏州塑料一厂将之作为职工宿舍，至今尚存。

旋移春色入门墙

人间烟火在巷陌

东山吴巷

东山吴巷，今为吴巷村，位于东山镇南端的武山西南麓。武山，本名虎山，相传吴王养虎于此，后避唐讳改为今名。

武山主峰西泾山，海拔36.43米，山顶原有武峰庵，庵后多大石，东南有宋驸马都尉郑钊墓，今均不存。西泾山被围在山水度假村（即江苏省地质疗养院）内，满山松树翠竹，山顶有西泾亭，亭旁有井，为石英砂岩裂隙水，终年不涸，南坡为疗养院主体建筑。西泾山东北有一小丘，现已成残丘，属江苏省果树研究所，植有橘树、桃树、茶树、竹林等。山南为鸡山和射鹗山，鸡山海拔11.62米，相传为吴王养鸡处；鸡山东面的射鹗山，海拔13.76米，相传吴王筑城养鸡，派射手在此射鹗。因吴语“射鹗”与“石鹤”谐音，故后称石鹤山。

西泾山西南即为吴巷山，这里最早的居民，传为季札之孙濮娄为避夫差之乱携家人隐居洞庭湖中武山之下，他变姓为濮，武山之巅有濮公墩。濮氏以开荒自给自足度日，慢慢地在武山建屋造房，遂成闾巷，凿池挖井，开渠造桥，直通太湖。北宋靖康时，季札第五十世孙濮远曾献饷犒金。金人南侵时，大批难民涌入繁衍，濮氏家族担心外来人多，难以管理。据说南宋嘉泰四年（1204），当时的濮氏族长、季札第五十二世孙濮百生特地朝拜宋宁宗，宁宗命濮氏仍复吴姓，并赐地四亩六分永免税粮，作为吴氏祭祖之用，并将吴氏聚居之地赐名吴巷。大约在宋室南渡时，建仲雍祠。“延陵季子祠在武山锦鸠峰下，本名寿宁庵。元至正间，吴逢辰于先垄之右建祠，塑季子像，命僧主香火，拨田若干为费。本朝康熙间，裔孙时雅具呈至抚汤斌，请列之祀典。”（王维德《林屋民风》卷十二）姚元灿《洞庭东山竹枝词》写道：“古贤三让到荆蛮，绳武龙孙去入山。宗祀千秋吴季子，延陵家乘尚班班。”并自注说：“延陵季子庙在武山，其地吴姓最多，皆季子之后，宗谱自泰伯以下，世次皆可考。”祠西

吴巷处处水映山

南为吴氏先世祖茔，祠旁有寿宁庵和让泉、寿宁泉，现均不存。康熙年间，裔孙吴时雅、吴文灏等，重修仲雍祠和季子祠。吴时雅当时在吴巷建造了芗畦小筑，后改称依绿园，徐乾学修《大清一统志》时曾在此居住。自南宋以来，一直到乾隆年间，此处向为吴氏世居之地，不杂他姓，当时有居民600余家。后来，吴氏后裔有的迁往湖州、湖北、山东等地。至民国时，街市尚有百米之长，有店铺数十家。

东山吴巷的吴氏人才辈出。如明宣德二年（1427）进士，也是全洞庭第一位进士的吴惠，任桂林太守10年，吏部考核为天下太守第一，升广东参政。他居官30年，田产、房舍不改其旧观，还擅长行草。又有吴信、吴敏、吴纪三兄弟，皆以诗名传世。吴敏尤擅长经济，被太守况钟延为上客，陈析利弊，相交契合。况钟卒，他为其治丧归柩。吴敏子天桧和曾孙文之，分别为中书舍人和翰林。

如今的吴巷村，位于科技工业园中心地段，由原吴巷山、朱茂两个村合并而成，总占地面积约5.5平方千米，现有耕地面积500多亩，水产养殖面积1500多亩。吴巷村党总支下设2个支部，现有党员96名。全村有13个自然村，23个村民小组，农户892户，常住人口3451人，外来人口500余人。

近年来，通过农村人居环境整治，村里沥青村道宽敞平坦，房屋院落粉墙黛瓦，彩绘墙面赏心悦目，乡间里弄一尘不染，蜿蜒小河碧波荡漾。吴巷村，已然成为生态环境优美的宜居新农村。

锦帆路

锦帆路，在人民路东侧，平行于五卅路和人民路之间，南接十梓街，北至干将东路。路长470米，路宽8米，1986年改弹石路面为沥青路面。

锦帆路原为吴子城西城濠，古名锦帆泾、锦泛泾。范成大《吴郡志》卷十八说：“即城里沿城濠也。相传吴王锦帆以游。今濠故在，亦通大舟，间为民间所侵，有

今朝锦帆风日好

不通处。”据说古泾堤岸遍植桃柳，春日水中倒影如锦似缎，故而得其名。卢熊《苏州府志》说：“今之市河，南自憩桥，北出香花桥之西，乃昔之新河，即锦泛泾也。盖自古沿河无民居，两岸栽植花柳，春时映水如泛锦。故郑虎臣《闰灯实录》引《图经》载杜荀鹤诗‘夜市卖菱藕，春船载绮罗’，亦以锦泛泾映花柳而云。今俚俗乃指此为锦帆泾，相承既久，莫知其非。盖‘帆’乃‘泛’音之讹耳。使锦帆果曾游此，则小桥栉比，樯桅起倒，不亦劳乎？观此则其讹不待辨而可见矣。”

南宋时，锦帆泾宽三四丈，上有金姆桥，东对子城西门，西经通阛坊（通关坊）往乐桥闹市，极为富丽繁华。元末两岸尽成废墟，锦帆泾逐渐淤塞。到了清代，姚承绪在《吴趋访古录》卷三《锦帆泾》说：“环绕子城，四面皆水，后多淤塞，酒楼跨其上，仅得小渠一线耳。俗传吴王与诸宫娃锦帆游乐于此。”并有诗：“锦帆泾涸故宫芜，重赋吴都海易枯。曾忆春风融暖涨，可堪浅濑长荒芦。运移地轴湖山改，路出城濠水月孤。满目兴亡同寄慨，不如分付酒家胡。”民国二十年（1931）填泾筑路，即名锦帆路。在《苏州城厢图》中尚为河道遗址，河边路名河沿下塘。《吴县图》《苏州图》则均标作锦帆路。路在皇废基西沿，除南端外，几无居民，十分冷清。20世纪80年代于此兴建游泳池等，90年代街貌改观。锦帆路8号为章太炎故居“章园”，正门在体育场路17号，为苏州市文物保护单位。

关于吴王携西施画舫出游，还与金剪巷、金剪桥（今已不存）名字的由来有关。相传，一日风光格外旖旎，夫差与西施兴致勃勃地出游。因西施尚未梳妆，便在船里打扮起来，可是胭脂却找不到了，刚想命人去买，发现没带货币，情急之下，吴王拔下头上的金簪剪下一段，叫宫娥去换胭脂。故此留下了一则“剪金钗买胭脂”的佳话。

五龙堂·憩桥巷

五龙堂，也称五龙堂庙、五龙堂巷，在十全街南园宾馆西侧，因巷内有五龙堂庙（灵济庙）而得名。旧时有陆宣公祠，祀唐宰相陆贽。巷南通羊王庙，北接十全街，巷长163米，宽3.2米，1989年改弹石路面为水泥道板路面，现为水泥砖砌人字砖路面。

据顾震涛《吴门表隐》卷一记载，“石龙在乌鹊桥东，名龙坛，阖闾所造，今为五龙堂。庭外池中，以石板覆五井。或云压太湖水怪，遇旱，启板即雨。乾隆二十四年大旱，巡抚陈文恭宏谋祷而启板，立应。相传郡中逢亢旱，有司以虎骨投之，能暴雨不止”。吴王阖闾时建造的龙坛，有石龙五条，祈雨无不灵验。唐代时，石龙在龙坛里，即上元乡，其坛并潭犹存。据卢熊《苏州府志》卷十五记载，宋淳熙十年（淳熙只有四年，卢《志》误，或许是淳祐十年）秋七月，正值大旱。“知府耿秉即设厅斋祓祈雨，未至沾足。越三日，云气四合，有小龙状如晰蜴，见于五龙神位香案莲果钉上，宛延不去。秉以杯珓占之，约以三日内滂沛优渥，当奏请五龙庙额，以答灵异。翌夕，大雨，事闻，诏赐灵济庙。绍兴四年五月，敕封第一东灵侯、第二西域侯、第三中应侯、第四南平侯、第五北宁侯。每有水旱，守将投龙于祠前潭中，必获响应。”据说龙堂水南之地皆为蔬圃，名叫定花板，昔人于旱岁在金氏船坊水底见到石龙，其石方不逾丈，

五龙潜处人自闲

憩桥巷内春风暖

中作钱文，四角有云气，但石上涂满了泥，不得详辨。

憩桥巷在乐桥南堍西侧，东接人民路，西与三山街相交于幽兰巷东端。巷原长150米，宽3米，1984年改弹石路面为水泥六角道板路面。1993年改为干将西路东端南侧回车道，拓宽至10米，并改铺沥青路面。旧时巷东口有憩桥，据说吴王率军出征，在此憩歇故名。陆广微《吴地记》附录一说：“阖闾十年，国东有夷人侵逼吴境，吴王大惊，令所司点军。王乃宴会，亲行，平明，出城十里，顿军憩歇，今憩桥是也。”巷以桥名，与东面的孝义坊隔人民路相对，孝义坊也称东憩桥巷，憩桥巷也称西憩桥巷。

憩桥巷内以前老宅很多，“晚圃，在憩桥巷。弘治中，钱孟浒所筑。孟浒，常之巨族，为武肃王后裔，后著籍长洲。涉猎经史，精通绘事，因以‘晚圃’自号，人亦以‘晚圃翁’称之。公安王轼为之记”（王謇《宋平江城坊考》卷一）。按：钱氏既著籍长洲，则晚圃当在东憩桥巷（即今孝义坊），不当在西憩桥巷。明末清初，金圣叹也曾居此巷内。

如今漫步小巷，那一座座门楼、一块块砖刻，无不镌载着历史文化的符号。7号老宅内有砖刻门楣“邀月”“听涛”以及砖刻对联“酒醉琴为枕，诗狂石作床”；9号清代时“巧木公所”，即鲁班庙旧址；10号宅内有“竹苞松茂”砖雕门楼；13号宅内有“小瀛洲”“桃源”等。凡此种种，无不寄托着宅院曾经的主人对美好生活的向往和追求。

莲花巷

莲花巷也叫莲花池巷，在书院巷北面，东接人民路，西达苏州卫生职业技术学校操场东墙。巷长31米，宽1.9米，弹石路面。相传阖闾建城初期，这一带有一大片的莲池，为吴王赏莲以及宫女采莲之处。后莲池湮废，遂成街巷，另有民间传说，晋代高僧支遁饮马于桥（后称之饮马桥）下，马溲处忽生莲花，故名。明代称莲花池巷，后称莲花巷。

原莲花巷西至金狮河沿（旧时也称金丝荷堰），清末西段被划入巡抚衙门后园，即今苏州卫生职业技术学校操场，故而西面不通。原苏州府治前（府前街南）一带的巷名多涉及“莲”字，除莲花巷、金丝荷堰，又有东、西、南、北四条采莲巷。曾几何时，每到夏季，吴国的宫女们来此采莲，画面是何等的赏心悦目，采莲巷也因此得名。范广宪《吴门坊巷待辅吟》卷一《东采莲巷》咏道：“旧岁常为巷陌怜，吴中宫女艳如仙。何时却走桥边路，袅袅歌声听采莲。”并注曰：“在府治前福民桥南。按：采莲泾在府治南，今有东、西、南、北四采莲巷，中

耳边犹闻采莲曲

有河堰里，载《吴门表隐》。”

采莲巷有东采莲巷、西采莲巷和南采莲巷、北采莲巷。东采莲巷东起金狮河沿，西接地方弄。巷长250米，宽2—3.5米，1987年改弹石路面为水泥道板路面。巷内7、8、9 号，为清光绪十二年（1886）所建官尉公所旧址。南采莲巷东起地方弄，西至司前街，北侧有一支弄通地方里。巷长125米，宽2—3米，1989年改弹石路面为水泥道板路面。13号的南面原有荷花池，20世纪50年代被填平，或许此荷花池即为古代莲池的一部分。10号、12号分别为寿器业安仁公所和寿衣公所旧址，墙上留有相关文字石刻40块，有的已作为墙基。关于采莲泾，姚承绪《吴趋访古录》卷三《采莲泾》说：“在郡城东南运河之阳。两岸皆民居，间有蔬圃旷地，即种莲旧迹也。上有采莲泾桥。”并有诗：“采莲美人貌如花，红裳绰约香云遮。沙棠之楫木兰桨，锦帆十里迎潮上。君王笑倚碧霞窗，采得芙蓉正涉江。踏歌一路放舟去，惊起鸳鸯不知处。”

相王路

相王路，北起十全街，南至竹辉路。长58米，宽7—8米，1987年拓宽并铺沥青路面。在相王桥（东烧香桥）北堍西侧有两条支弄，均长70米，宽3—4米，水泥六角道板路面。

同治《苏州府志》作相王巷，巷内有相王庙，故而民间俗呼相王庙弄。1966年改称向农三弄，1980年恢复旧名相王弄。相王是谁？对此有不同说法。顾震涛《吴门表隐》说："相王坟在盘门东城下古蛇门旁，周击贼将军黑莫郝所葬，舟人赛祀不绝。"又说，赤阑即赤门，或云东相明王。又或指伍子胥，相土尝水，象天法地，创建苏州古城，故而百姓尊称他为相王。其实是指黑莫郝赤阑将军，陆广微《吴地记》说："南面击贼将军黑莫郝墓，在蛇门里。周敬王六年，筑城而死，今呼赤阑将军。"据志记载，春秋时期造城都用土垒，再用夹板夯实。建阖闾城时，黑莫郝负责赤门（今桂花公园南）一段工程的建造，因此处为湖荡，屡建屡塌，不得已他跳入城基而死，后人尊称他为赤阑将军。

黄叶灿灿闭疏窗

相王庙始建于唐代，屡建屡毁。据民国《吴县志》卷三十五记载，赤阑相王庙在府治东南赤门内。现存相王庙，为清康熙年间织造李熙所建，大殿为硬山式，面阔三间。20世纪70年代，改为教育场所，现被振华中学使用，仅留一间廊屋供信众烧香祭拜。

临顿路

临顿路，南自干将路，沿临顿河东岸向北直达临顿桥，过桥即为东北街，与齐门路相直。路长1625米，宽30米，沥青路面。

临顿路北段及周围旧称临顿、临顿里，范围较广，包括今东北街拙政园一带，因临顿桥而得其名。范成大《吴郡志》卷十七说："临顿桥，在长洲县北。临顿，吴时馆名，取之临顿宅者，是也。又《吴地记》名（云）：'吴王亲征夷人，顿军憩歇，宴设军士，因此置桥。唐陆鲁望常居其旁。'"到了北宋，陆龟蒙旧址又有五柳堂（即如村），范成大《吴郡志》卷十四说："五柳堂，胡稷言所居，在临顿里，陆龟蒙之旧址也。""如村，胡峰所居，峰父稷言作五柳堂，至峰又取老杜'宅舍如荒村'之句，名其居曰如村。"

南宋时，"中兴野人"吴云公也住此，他因和苏轼《念奴娇·赤壁怀古》词韵而闻名。"吴云公雅善诗词，居城东之临顿里，著有《春天香雪集》，传诵一时。靖康国难后，披发佯狂，更号中兴野人，厌弃城市，时往来于吴江李山民家。"（《烬余录·乙编》）《词坛纪事》云："有称中兴野人，和东坡词，题吴江桥上。车驾巡师江表，过而睹之，诏物色其人，不复见矣。词云：'炎精中否？叹人才委靡，都无英物。戎马长驱三犯阙，谁作长城坚壁？万里奔腾，两宫幽隔，此恨何时雪？草庐三顾，岂无高卧贤杰。

顿军憩歇留此名

天意眷我中兴，吾皇神武，踵曾孙周发，海岳封疆俱效顺，狂虏会须灰灭。翠羽南巡，叩阍无路，徒有冲冠发，孤忠耿耿，剑芒冷浸秋月。’”

庚申兵火之后，阊门、胥门外的繁华商市几毁，并殃及西半城，由于东半城损失较小，临顿路一带市面迅速发展，路两旁饭店林立，故有“吃煞临顿路”的俗语。同治、光绪年间，观前街逐渐繁荣，酒楼饭店食品店增多，玄妙观内茶肆食摊丛集，故市井又有“吃煞观前街”一说。民国时期，北局太监弄几乎都是酒楼、饭店、茶馆，故民间又有“吃煞太监弄”之说。

临顿路原本较狭窄，后得逐段拓宽。民国三十年（1941）九月，从狮林寺巷至天灯弄段拓宽工程竣工，长117米，宽8米，弹石路面，1965年改为沥青路面。1982—1984年，悬桥巷至干将路段西侧沿河房屋被拆除，路面拓宽至11米，沿河并设人行道和石栏，遍植花树，桃柳相间，春来煞是好看。1994年，南端与干将东路交叉口拓宽至30米。1994年8月到1996年7月，白塔东路至狮林寺巷东侧拓宽。1998年至旧学前东侧以及旧学前到白塔东路路段也拓宽，设中间快车道、两侧慢车道和人行道。1999—2000年，其余路段均拓宽至30米。

干将路·莫邪路

干将路，分干将东路和干将西路。苏州原有干将坊，1982年把干将坊、松鹤板场、濂溪坊、新学前、狮子口合称为干将路。1992年10月20日起，又拓宽、改筑、延伸，使之成为横贯苏州城东西的主干道，于1994年9月28日

河水盈盈笑晨曦

正式通车。

干将东路，自乐桥立交桥东至东环路，东与苏州工业园区中新路（现改名为苏州大道西）相连。全长2863.95米，沥青路面。其中古城内段长1849.99米，以干将河东段为中心线，两路夹一河，总宽50米，其中河宽6—10米，河两侧绿化带各宽3—5米，车行道各宽12米，人行道各宽5米。城外段（原相门路）长1013.96米，宽32米，车行道宽24米，两侧人行道各宽4米。干将东路自西向东，原由干将坊、松鹤板场、濂溪坊、新学前、狮子口、相门路连接而成，向两侧拓宽时，言桥下塘、后梗子巷、梗子里、广福里、祝家桥巷、张果老巷等同时重建，改建或就近移建了多座桥梁。

新学前路段，是长洲县学所在地，明嘉靖二十年（1541）迁址新建。之前，县学建于观前街北，名为旧学前。民国《吴县志》等，均作新学前。1949年后，县学改建为苏州市第十一中学，县学前原有一对石狮子，由此至相门段因而称狮子口。

濂溪坊，为宋之前十大古坊之一，范成大《吴郡志》作布德坊，民国《吴县志》作资寿寺巷，并注道："今名濂溪坊巷。"此坊为纪念宋代著名学者、理学家、世称濂溪先生的周敦颐而命名。他曾居苏州城内资寿寺侧讲学，后人因改其宅建濂溪祠，故名濂溪坊，从松鹤板场东口至苑桥东堍。1980年，该路段改名为干将路，并将其北侧的财神弄（20世纪六七十年代改名生产弄）定名为濂溪坊，东西向的濂溪坊变成南出干将路，北接大郎桥巷的南北向街巷。

干将坊为宋代之前的古坊，也叫干将坊巷，在今乐桥东。范成大《吴郡志》称"东市门"，因其正东古有干将门（即匠门，今相门），相传春秋时期吴王命干将莫邪夫妇于此铸剑，又因干将墓在此而得名。

干将西路，自乐桥立交桥西至西环路，自东向西，由原铁瓶巷、镇抚司前、通和坊等连接而成。全长4166.05米，沥青路面。其中古城段长1220.01米，两路夹一河，南北路各宽20米，左右人行道各宽5—6米，河宽6—10米。

铁瓶巷12号、14号(现为新民里),是道光年间进士、宁绍台道员顾文彬故居。顾文彬晚年在尚书里两侧建宅,西为花园怡园,即明代吴宽故居旧址。东为过云楼,因藏书画、金石、古董等颇丰,而被誉为"江南第一楼"。铁瓶巷21号、22号(现名新仁里)是清末山东、河南河道总督任道镕故居颐春堂,同样是清末苏州大户宅院的典型建筑,两宅均为苏州市文物保护单位。镇抚司前16号,是明代苏州卫镇抚司衙门所在地。后来巷内苏州昆剧艺人供奉翼宿星君祠(俗称老郎庙),顾震涛《吴门表隐》卷九说:"喜神庙在镇抚司前,向在郡庙傍,乾隆初移建,祀翼宿星君。神少年称老郎,实后唐庄宗,因兴梨园,故祀之。亦作唐明皇,又谓魑山神耆童,又云颛顼子老郎,为伶人公所一在。"现为苏州湖笔厂。

莫邪路,在苏州古城东护城河外侧,南自新觅渡桥,北至东汇路,全长4.6千米,2003年5月竣工通车。莫邪路由原来的糖坊湾路、相门桥北沿河路、后庄路、庄先湾、葑门西街和侉庄路等改建扩建后串联而成,中间路段穿相门桥东堍而过,与干将路垂直相交。

莫邪干将相交处

吴中大道·孙武路

吴中大道，东西走向，为贯穿整个吴中区中西部的主要道路，途经吴中开发区、越溪、临湖、木渎、胥口、东山、渡村等。吴中大道是在原越湖路的基础上进行改建的，起点在东吴南路交叉口，终点为苏州绕城高速东山出口往西一公里处。全长13千米，主路宽24米，侧分带最宽12米，两侧设置7米宽的集散车道。这条道路是集交通、休闲、景观为一体的绿色景观大道。

长期以来，吴中大道不仅车流量大，货车通行占比也高，存在较多路面病害。2021年9月，吴中公路部门在日常维修和保养的基础上，对吴中大道实施预防性养护工程，主要对局部裂缝、车辙病害位置采取抗裂贴以及沥青灌缝等措施，改造路段总长6.223千米，改造范围从木东路路口至龙翔路路口，项目总投资约1450万元，历时3个月，于11月15日顺利通车。公路建设现为一级公路标准，路基宽47.25米，主车道路面宽24米，双向6车道。改造后，吴中大道路面的平整度、安全性、舒适感明显提升，车辆行驶过程中产生的噪音减小，

蜿蜒入山图画开

云间烟火是人家

改善了道路周边居民的生活环境。穿上“新衣”的吴中大道，与周边的山水风光交相辉映，成为一条吴中门户的交通线、风景线，景观大道不仅改善了城市景观、彰显了地区个性，还体现了“天堂苏州，最美吴中”的城市美学理念。

孙武路，在吴中区胥口镇和苏州太湖国家旅游度假区香山街道，是苏州市中心城区与苏州太湖国家旅游度假区之间的交通主干道。东北起自苏福公路、至南折西到舟山路，直达太湖边，全长10.47千米（一说11.83千米），宽30米。孙武路改造工程，为2012年度吴中区十大重点交通工程建设项目之一，新建和改建桥梁23座，于2012年3月动工，2013年8月底竣工。

吴中大道和孙武路两侧高楼林立、绿树成荫、远山环抱、湖光辉映，其间多有春秋时期的文化遗存。吴中大道沿线的越溪、临湖、木渎、胥口、东山等，每一处都有脍炙人口的史话。而孙武路沿线的香山、采香泾、南宫、南宫塘、大宴岭、小宴岭、炙鱼桥、教场山、蒋墩山、小横山、舟山、二妃庙、二妃墓等，每个名称背后都有颇具传奇色彩的故事。行驶其中，恍惚间，有种在现代都市与古老文明之间不时交替穿越的错觉。

右图：姑苏繁华图（局部）〔清〕徐扬
左图：苏台十二景图册·胥江晚渡（局部）〔明〕张宏

吴趋访古录·隐圃 姚承绪

两守名邦爱土风，别营溪馆隐诗翁。
一庵水月三生梦，四壁烟萝十亩宫。
颇忆桐乡葬朱邑，欲教汾上老王通。
菟裘计遂岩扉敞，留与灵芝特地红。

吴宽故居旧址

吴宽故居，一在葑门内，吴宽父亲吴孟融所建东庄（今已不存）；一在尚书里，即今怡园一带，位于人民路乐桥北堍西侧。据说怡园西面尚书里的巷名，就因吴宽而得。1982年，怡园被列为江苏省文物保护单位。

故居于清咸丰十年（1860）遭兵燹。同治、光绪年间，浙江宁绍台道员顾文彬购得旧居遗址，重新建造，耗银二十万两，九年始成，命名怡园。怡园占地面积6270平方米，由顾文彬之子顾承主持营造。画家任阜长、顾沄、王云、范印泉、程庭鹭等参与规划设计。园中一石一亭，一草一木，均先拟出稿纸，由顾文彬最后把关决定。怡园的建造，吸取苏州各大园林之所长，分东西两部分，中部以复廊相隔。东部以建筑为主，有玉延亭、四时潇洒亭、坡仙琴馆、石听琴室、拜石轩等，置假山、植花木于其中。西部主要有藕香榭、锄月轩、南雪亭、碧梧栖凤、画舫斋、锁绿轩等景观。水池居中，环以假山花木，小巧雅致，为园中点睛之处。土山上建一亭，名螺髻亭，是苏州古典园林中最小的亭子。值得一提的是，园中建筑上的楹联，均由顾文彬集宋代苏东坡、辛弃疾、吴梦窗等名家的词句而成。

园名的来历，俞樾在《怡园记》说："顾子山方伯，既建春荫义庄，辟其东为园，以颐性养寿，是曰'怡园'。"怡园建成后，江南名士吴大澂、陆廉夫、郑文焯、吴昌硕等常常在园中雅集，吟诗作画，盛极一时。1935年的重阳节，今虞琴社的发起人在怡园组织雅集，参加活动的有清末"宫廷第一琴师"李子昭，有查阜西、彭祉卿等享誉全国的琴人，还有吴门琴韵的开创者吴兰荪。吴兰荪携子吴兆基及两位女公子一同参会弹琴，汪孟舒等多位琴坛雅士也到场。当时的怡园主人顾彦平先生感慨地说，如此盛会三十年来未有之。抗战期间，园内建筑遭毁坏，古玩字画被洗劫一空。20世纪40年代，园中百戏杂陈，沦为娱乐场所，有苏州大世界之称。1949年后，

碧梧栖凤清音起

《新苏州报》社设于园里。1953年，顾氏后裔将园林捐献给国家，政府拨款维修后，于1954年春节对外开放。

明清时期，苏州共有吴姓状元四位，吴姓是苏州地区继唐代归姓五状元之后出状元最多的一个姓氏，而明代的吴姓状元便是吴宽。

《中国历代人名大辞典》说："吴宽（1435—1504），明苏州府长洲人，字原博，号匏庵。为诸生时，即有声望，遍读《左传》《史记》《汉书》及唐宋大家之文。成化八年会试、廷试皆第一，授修撰。侍孝宗东宫，进讲闲雅详明。孝宗即位，迁左庶子，预修《宪宗实录》，进少詹事兼侍读学士。丁忧后，入东阁，专典诰敕。进礼部尚书。卒谥文定。宽行履高洁，不为激矫，而自守以正。其诗深厚酝郁，自成一家。兼工书法。有《匏庵集》。"吴宽也喜藏书，藏书楼名为"丛书堂"，与藏书家沈周、王鏊等交游颇深。藏书以抄本多见，其抄本用红印格抄写，以私印记之。抄书笔法绝伦，叶德辉称"自明以来，藏家最珍并争藏之本，首列吴抄"。时吴中藏书家多以密册珍籍相夸尚，如朱存理、阎起山、都穆辈皆仿其抄本。吴宽品德高尚，严于律己，乐善好施，常救济亲友、照顾病友等，他的侠肝义胆，为时人所称颂。怡园虽不是吴宽真正意义上的故居，但是在他曾经生活过的这片土地上建起，多少也有点内在联系，随着光阴的流逝，怡园也成了后人借以纪念先贤的所在。

吴一鹏故居

吴一鹏故居，即玉涵堂，俗称阁老厅，位于阊门外广济路东杨安浜16号。1982年，被列为苏州市文物保护单位。

吴一鹏故居于2002年开始进行全面修缮，2003年整修一新，辟为山塘风情馆，正式对外开放。故居占地4896平方米，门前临小河，东邻山塘街通贵桥。房屋分为三路，正路偏东，第一、第二进为楼房，第三进主厅，有“玉涵堂”额，面阔三间16米，进深六檩14米，扁作梁架，东西内山墙贴砖细墙裙，青石鼓墩柱础，轩敞古朴，属明代遗构。除主厅外，均为清代建筑，共有砖雕门楼五座，第四、第五进为两厢连通的走马楼。后有花园，名“真趣园”，园池中有巨石，上刻时人诗篇。

至于真趣园，据史料记载，吴一鹏之子十分孝顺，为父另构真趣园于郦季子巷，有亭台榭馆、花石林竹之盛，当时号称“甲于吴中”。后来真趣园无存，又于玉涵堂北重建。故居于清雍正年间归赵氏所有，并易名赵园，内有梅花亭、拜石轩等诸胜。吴宅在清代一度落为戏

玉涵真趣自此得

园，民国时沦为茶叶堆栈。清人袁学澜有诗咏道：“袍笏登台劝客觞，歌楼舞馆枕山塘。人间富贵原如梦，阁老厅高作戏场。”

《中国历代人名大辞典》说：“吴一鹏（1460—1542），明苏州府长洲人，字南夫，号白楼。弘治六年进士。授编修。正德初，进侍讲，为经筵讲官。被刘瑾排挤出外。刘瑾败，复为侍讲。世宗初累擢礼部左侍郎，力争大礼，颇著风节。尚书汪俊去，一鹏署部事。仍力言为本生父立庙大内之非。入内阁专典诰，敕兼掌詹事府事，累进礼部尚书。张璁、桂萼新用事，恨一鹏异己，乃出为南京吏部尚书，乞归，卒谥文端。有《吴文端集》。”

吴一鹏一身正气，为官清廉，以70岁高龄告老还乡后，还拿出400亩田的收入创办崇正书院，收寒门子弟入学，又修复陆贽墓、通贵桥等。

吴之佳故居

吴之佳故居，在吴衙场37号，宅内有一棵稀罕的红豆树，故也称红豆山庄遗址，现为苏州市控制保护建筑。

故居留存下来的部分建筑，分东西两路，东路散为民居，改建痕迹明显，已无多少故迹可寻。西路共七进，第二进为大厅，粗大结实的庭柱和柱础透露着古老的信息，脊檩的中央堆塑万年青图案，并嵌有“福”字。厅开间宽12米，深10米，厅后面有小天井。第三进为楼厅，木楼梯、木栏杆和雕花挂落。第四进与第三进厅楼围作走马楼。最后一进有雕刻精美的砖雕门楼，题“兰阶毓秀”额。后院大概就是20世纪90年代为保护珍贵的红豆树而重新修建的，当时这里有多户居民居住，不利于古树的生长。园林局、房管局、教育局等经协商，拆除树周围部分建筑，并对其进行复壮措施，之后红豆树由苏州教育技术装备站专门管理。这棵红豆树是古城区唯一现存的古红豆树，经历清末的战火洗礼依然挺拔。据顾震涛《吴门表隐》卷九记载：“铁树即红豆，郡中只有四树：一在元墓山寺内；一在城东酒仙堂，宋白鸽禅师手植；一在升龙桥南惠太史周惕宅，周惕少从酒仙堂分拆栽成；一在吴衙场明给谏之佳宅内，后易宋、易彭，今为吴刺史诒谷所居。”周惕即清经学家惠周惕，因喜红豆，自号红豆主人；子惠士奇，斋名“红豆斋”，人称红豆先生；孙惠栋，人称小红豆先生。“吴门三惠”皆精于经学又与红豆有着不解之缘。惠周惕宅大概位于升龙桥南、冷香溪（读书湾）北。宅中有红豆树，宅因此称红豆书庄、红豆山庄，总之处处以红豆寄相思。而这份相思之情被庚申兵燹打碎，宅与树均毁。太平军占领苏州期间，吴宅易主浙江乌镇徐氏。

关于现存的这棵红豆树，日本学者高仓正三在《高仓正三苏州日记（1939—1941）：揭开日本人的中国记忆》（1939年10月7日日记）中说：“上午去省政府拜访章氏，向他打听红豆斋（译注：清代经学家惠士奇故居）的地址。他把在税务股工作的惠乐氏介绍给了我。惠乐氏告诉我说，他的旧居在葑门内的冷水湾（读书湾）（译注：今钟楼新村），那儿没有红豆树。”据此可证，今吴衙场37号的红豆树确系吴之佳故居中的那一棵。

《中国历代人名大辞典》说：“吴之佳（1548—1605），明苏州府长洲人，字公美，号虚台。万历八年进士。为襄阳知县。以治行征授刑科都给事中。二十年，礼科都给事中李献可以请豫教元子得罪。‘之佳疏救，与张栋、叶初春并拆’，时称‘吴中三谏’。”

兰阶毓秀相思处

吴有性故居

吴有性故居，也称凝德堂，在东山镇翁巷殿新村的建新村25号。1982年3月，被列入江苏省文物保护单位；2006年5月，被列入全国重点文物保护单位。

凝德堂建于明代中晚期，建筑坐北朝南，临巷而建，前铺后宅，布局合理，功能分明。占地1050平方米，建筑面积872平方米。平面呈长方形，三路四进，南北长50米，东西宽21.09米。中轴线上的建筑依次为门屋、仪门、大厅、后楼（已毁），左路设书楼、客房，右路花厅、花园均毁。各进建筑被墙垣分隔成相对独立的院落，院落空间以铺石板形式划分。第一进朝南有五间带柜台式的房屋，为古代药铺。堂门前西侧，有一扇古代圈门，这是吴氏专为村民夜间看病配药而设的门屋铺面。现存巷门、门屋、仪门、大厅，其中大厅尤为精美，88幅彩画是整座建筑的精华部分，主要分布在大厅、仪门、门屋3座建筑的木构架上。彩画巧妙运用苏式“下五彩”工艺，基本形制为“包袱锦”，根据梁枋大小，位置不同，绘就各式纹样。这是江南地区明代建筑彩画中不可多得的实物，对研究我国明代民居建筑彩画艺术，具有不可估量的参考价值。

吴有性（1582—1652），吴县（今苏州）洞庭东山人，字又可。为季札之孙濮婺（详见东山吴巷）后裔，元至正年间，吴氏五十二世德懋公出赘翠峰坞翁巷翁官一家，后还宗吴姓，为吴有性之祖。吴氏祖辈均为乡村郎中，医治伤寒症有家传秘方。吴有性子承父业，从青年起就跟着父亲游医吴中。平日里善于纪录和研究，每遇疑难杂症，从不轻易放过，必深究到底。崇祯十四年（1641），瘟病流行，当时许多医家均把瘟病当作伤寒症来治疗，结果数以万计的病人丧命。强烈的社会责任感，使吴有性下定决心探索一条有效治疗瘟病的方法。他通过临床仔细观察，发现了瘟疫的病因，终于在明崇祯十五年（1642）撰写完成并刻印了《温疫论》。这是中国历史上第一部关于瘟疫的专著，书中记录的各种传染病，都是吴有性亲历瘟疫流行临床经验的总结，人们根据他书中所说瘟疫与伤寒的区别及治疗方法，救活了数不清的患者。“瘟疫自口鼻入，伏于膜原，其邪在不表不里之间。其传变有九，或表或里，各自为病……并著论制方，一一辨别。古无瘟疫专书，自有性书出，始有发明。”（《清史稿》）“有性乃推究病源，参稽医案，著为此书，瘟疫一证，始有绳墨之可守，亦可谓有功于世矣。”（《四库全书总目提要》）吴有性不愧为我国瘟病学的奠基人，所著《温疫论》在国内外产生重大影响。据江苏人民出版社1996年出版的《江苏艺文志·苏州卷》记载，其书自崇祯十五年刻印后，清康熙、乾隆、道光、咸丰、同治、光绪等朝均有刻本，现北京、南京、上海、天津、成都等全国各大城市的图书馆，几乎都藏有《温疫论》。吴氏尚有《伤寒实录》，惜已佚。清代王嘉谟在吴有性原著

医者仁心凝德堂

基础上，增删补辑而成《温疫合璧》。

凝德堂不远处，有一座鹅潭庙，又叫柳毅庙、武乡侯庙，初名净志庵，因庙前有一只形如鹅蛋的小潭，俗称鹅潭庙。从嵌砌在门屋东壁间的《净志庵碑记》来看，该庙始建于明崇祯十七年（1644）六月，由族长吴有性等立。据说该庙原为一个嫁于吴氏的席姓女子所建，一说为吴有性族弟之遗孀。这位女子年过四旬寡而无嗣，虔诚奉佛，倍受族长吴有性及地方乡绅的同情，大家纷纷捐款为其建造修行场所，后来她如愿以偿入庵当了尼姑。鹅潭庙东面的弄堂就叫尼姑弄，可能与此事有关。鹅潭庙现存门屋、大殿两进，经过历代多次修缮，仍可看出明代风貌。

自20世纪80年代起，国内外医学界曾有多批专家学者至鹅潭庙、黄濠嘴一带寻找吴有性后裔及其坟墓，均无果。当地村民说，离鹅潭庙三里许的翠峰坞口，有一座三穴大坟，俗称吴家坟。因该墓形像极了馄饨，故而村民又呼之馄饨坟，其墓在20世纪60年代末被铲平种了果树，现已橘树成林，此处传为吴有性归葬处。

吴廷琛故居

吴廷琛故居，又称池上草堂、吴状元府第。位于白塔西路80号，为苏州市控制保护建筑。

故居坐北朝南，房屋高大宽敞，典型的清代官衙大宅。原为左右两路，庭堂、住房、大厅、祠堂一应具备，占地约2666平方米。宅内有轿厅，厅后为祠堂；厅堂正梁桁系木雕刻花华丽，人称纱帽厅。1956年拓宽道路时，拆除正墙门及部分厅屋。故居现存东西两路大厅和三进楼房，东路大厅面阔三开间、进深九界，均约13米，建筑面积约174平方米。前后翻轩，脊檩和四界大梁饰以彩绘，棹木雕刻精美。2021年10月8日，苏州市姑苏区房屋征收与补偿办公室发布《吴廷琛故居房屋协议搬迁项目评估机构报名公告》，对住在故居（94号）的11户居民、约500平方米进行评估、补偿。目前故居正在装修，据说将用于文旅项目。

《中国历代人名大辞典》说："吴廷琛（1773—1844），清江苏元和人，字震南，号棣华。嘉庆七年状元。典试湖南，复出任金华知府。道光间官至云南按察使，权布政使。清厘铜库，追缴中饱，铜政大起。后引疾归里。有《归田集》。"

吴廷琛出身书香门第，其曾祖父、祖父、父三代贡生。廷琛4岁丧父，他的祖母是王鏊的第十代孙女，她通晓大义，非一般女子。夫死后家

双元独冠三吴彦

道中落，她主持家政，克勤克俭，为孙子廷瓒、廷琛延师教读，并对他们严加管教。懂事的廷琛发奋苦读，16岁应县试名列第一。布政使面试，他诗出惊人，有“凭将天上无双种，开作人间第一花”之句。按察使康基田再面试，十分满意，并将自己的侄女许配予他。清嘉庆七年（1802），进京会试夺得第一名，廷试又是第一，连中会元、状元，成为清代开科以来第十个“两元”，是苏州继韩菼、彭定求、陆肯堂、彭启丰之后的第五位收获“两元”之人，也是清代最后一个“两元”，可谓一鸣惊人。嘉庆皇帝对他格外赏识，《御制诗》有“双元独冠三吴彦”之咏。吴廷琛有理政之才，且守正勤政，历任湖南督学，金华、杭州知府等，官至云南按察使。道光七年（1827），引疾归乡，主讲正谊书院，引导后进，不遗余力。积极参与社会公益活动，如倡修沧浪亭五百名贤祠等；倡议并捐资疏浚因果巷、蒹葭巷等处河道；捐田三百多亩入义仓，又捐百余亩助士子应试之用。著有《归田集》《池上草堂诗集》等，殁后，朱琦为其写墓志。后人也是出类拔萃，吴廷琛子吴思树（廷琛以长兄廷瓒之子为嗣子），字念之，道光五年（1825）举人，在任广东香山县知事时，协助林则徐办“夷务”。鸦片战争爆发，率练勇迎击敌人，令敢死队焚烧敌船，与英军作战大获全胜，受到嘉奖。孙吴宝恕，字子实，同治七年（1868）进士，授翰林院编修，曾任侍读学士、广东学政。孙吴郁生（1854—1940），字蔚若，号钟斋、钝斋，晚号钝叟，清官吏。光绪三年（1877）进士，历任四川学政、侍讲学士、礼部侍郎。工书画。辛亥革命后返回故里，晚年好行善，举办苏州书画赈灾会，捐出书画代资，以救济孤贫。

吴钟骏故居

吴钟骏故居，在潘儒巷79—81号，邓之诚《骨董琐记》收录了他自记履历，说："世居葑门内十全街，现住朱进士巷北口，蒋家场进士第。"族中称其状元府在中张家巷，又有旧宅在潘儒巷。潘儒巷故居于1983年被列为苏州市控制保护建筑。

吴钟骏潘儒巷故居原为两院五进八开间的深宅大院，占地面积约2170平方米（一说1809平方米）。1924年，吴氏后裔人称"吴阿憨"将祖屋卖给伤科医生闵采臣，故吴钟骏故居又称闵采臣宅。1938年缪澄江居此。1949年后，宅院被收为公管，门前第一进为吴县丝织厂驻苏办事处，其余成

绥我眉寿三生梦

民居。1958年成为吴县丝织厂厂房，据说保留了砖雕“刘海戏金蟾”和滴水瓦当“五福捧寿”等，砖雕门楼“麒麟送子”等方砖砌入墙体。女厅门楼上依稀有“乾隆□□桂月”字样，可见这是一座老宅院，至迟为清乾隆年间建造或者重修的。1999年至今散为民居，2015年留存花厅、女厅、轿厅以及两座保存尚完好的雕花门楼。如今，整座建筑已看不出原来的规模和模样，唯见中路门厅以及三座砖雕门楼，其中一座“绥我眉寿”额，仿佛宅院曾经的主人在向我们诉说他心中最美好的愿望。

吴钟骏（1799—1853），清吴县（今苏州）人，字欣声。出身于书香门第，其曾祖吴仁昭即吴廷琛的祖父，父亲吴颐是嘉庆六年（1801）进士，官户曹、军机处行走，典嘉庆十八年（1813）广西乡试，后乞养归苏，主讲正谊、平江书院。

吴钟骏天赋异禀，十三岁通读十三经、《国语》、《史记》、《汉书》、文选，背诵不遗一字，以“少年才子”闻名。父死家贫，他以教书维持生计。清道光二年（1822）中试壬午科举人，时江苏巡抚梁章钜慕其名聘其为幕僚。道光十一年（1831），梁章钜出川资助他赴京应试。不承想，人未到京，闻兄亡故，吴钟骏便将川资用于葬兄。幸得友人集资银一百两相助，方能进京赶考。道光十二年（1832）中一甲一名进士，与族叔吴廷琛先后夺魁，不负众望。吴钟骏累迁至礼部侍郎。道光十四年（1834）出任福建典试官，次年任湖南典试官，旋即又赴福建视学。曾二次主典乡试，四次提督学政。

当时有人称仓场为利薮，文场为弊薮，吴钟骏兼户部（总督仓场侍郎）时，始终操守清廉，为民造福。“钟骏以银价、米价低昂无定，若定以例价，碍难增减。米贵银贱则病国，银贵米贱则病民。向政府力言不可，于是以临时查照市价定议。”（《苏州府志》）咸丰三年（1853），卒于福建学政任上，年55岁，赐祭葬，墓在苏州横泾尧峰山西麓划船浜，20世纪60年代遭到毁坏。吴钟骏有四子，长子清彦即词曲家吴梅的祖父。吴梅长成后竭力搜求其曾祖遗稿，只得遗札跋等四篇和绝句四首。

吴云故居

吴云故居，因园内有古枫，故名听枫园，又名听枫仙馆。在庆元坊12号，位于金太史巷与庆元坊之间。听枫园于1982年被列入苏州市文物保护单位；2006年，被列为江苏省文物保护单位。

故居，是吴云在清同治至光绪年间任苏州知府时建造的。光绪九年（1883）吴云卒后，园渐衰落。宣统二年（1910），词人朱祖谋寓居于此。1928年，园归陈氏，并重新修治。1949年后，先后为教师进修学校、苏州市第二中学、评弹研究室、评弹团使用。1983年，园中单位与住户迁出，由苏州市文化局动工整修，耗资14.8万元，于1984年底竣工。1985年春节，由苏州国画院保护管理。以上是指故居的东宅部分，而西宅一直处在原苏州市第二中学施教区内。2000年8月，苏州市第二中学（后改名为苏州市第二高级中学）并入苏州市第一中学。2004年苏州市第一中学筹资对西宅三进建筑进行全面维修，竣工后其由苏州市第一中学负责全面保护管理。

吴云故居现存西宅、东宅两部分，左右并列，各有大门。西宅一路三进，门厅、轿厅、大厅；东宅南部建筑已有改建，北部听枫园，保存较完整。听枫园坐北朝南，建筑面积1082平方米。园内廊曲回环，分为大小庭院五处。主厅听枫仙馆居中，其南北各有庭院。南院花木茂盛，东南一隅堆叠假山。两罍轩、味道居、红叶亭（现为待霜亭）、适然亭诸构以廊相

听枫读书适然亭

连属。听枫仙馆北有假山堆成的内池。池北一水榭，池西是与长廊相连的临水半亭，下为吴王靠加砖细坐槛。廊的南尽头是圆形砖细门洞，入门洞即为楼厅。楼厅共分三层，三开间，前加东西两厢房，楼厅前是细致精美的砖雕门楼，题“听枫读书”额。馆东“平斋”为吴云书房，前叠湖石假山，循蹬道至墨香阁，阁下层隐伏假山之中，上层突兀山巅。有花墙与他院分隔，斋阁自成院落，现已和南院连成一片。

《中国历代人名大辞典》说：“吴云（1811—1883），清浙江归安人，字少甫，自号平斋，晚号退楼，又号愉庭。道光诸生。屡试皆困。援例任常熟通判，历知宝山、镇江，咸丰间总理江北大营营务以筹军饷，擢苏州知府。太平军攻克苏、松后，曾率炮舰会同洋兵重占松江。旋辞官，居上海参预中外会防局及迎李鸿章淮军抵沪事。嗜金石。有《二百兰亭斋金石记》《两罍轩彝器图释》等。”

吴云爱好收藏，鼎彝、碑帖、名画、古印、宋元书籍甚富，精于鉴别与考据。1872年，吴昌硕因慕吴云金石书画鉴赏家之名，第一次来到苏州，观赏了平斋所藏三代铜器“两”，也结交了一些苏州社会名士。

吴云也工书法，得益于颜真卿、何绍基，偏爱王羲之《兰亭序》，藏拓本达二百数，为此取斋名为“二百兰亭斋”。也能画，偶作山水、花鸟。善刻印，用刀、布局均得古趣。同治年间，吴云寓居上海县城内四牌楼，与海上名家周闲等合作，鬻艺为生。俞樾《春在堂随笔》说：“同治八年夏四月，范湖居士周闲，退楼主人吴云重刻板桥润例于沪上。此后范湖、退楼书画润笔，皆准板桥所定，即以此贴仿单，不复增减。”光绪四年（1878），任预为其画《吴平斋合家欢图》。

吴大澂故居

吴大澂故居，在凤凰街139号，为苏州市控制保护建筑。

吴大澂故居最早为明末复社名士金俊明的春草闲房，清康熙年间为江苏巡抚宋荦宅第，乾隆初里人郭氏重修。吴大澂原居双林巷，光绪十年（1884），买下此处宋荦旧宅，“堂凡五楹，相传为宋代旧构。栋柱用材均以楩、楠为之”。吴大澂将之整修一新后更名为友恭，作为终老之地。吴大澂殁后，由其嗣孙吴湖帆居住，或可称吴湖帆故居。他将宅院改名为迢迢阁、梅景书屋、玉华仙馆等。

故居坐北朝南，为三路六进大宅。东首有花园，南面轿厅为明代遗构。楼厅前有光绪十一年（1885）款门楼，额“螽斯衍庆”，出自《诗经》，祝颂子孙众多之意。1949年后，因拓宽道路，花园和门厅等建筑被陆续拆除。1997年，因凤凰街拓宽，将大厅和楼厅向北迁移至原楼厅位置，由南向改为东向。留下的两进建筑仍称愙斋，借此凭吊一代名人。2001年，有人买下这座宅院，新主人对其进行整修，试图恢复明清老宅的旧貌，取名明楼。2002年，修缮一新。挂上“控保建筑”和“吴大澂故居”的牌子，新主人还在大厅中堂挂上吴大澂的书法作品，搭建木构回廊，贯通明楼三部分建筑，并将大门移到现在的位置，目前为商业单位所用。

《中国历代人名大辞典》说：“吴大澂（1835—1902），清江苏吴

一卧沧江待楼明

县人，字清卿，号恒轩，又号愙斋。同治七年（1868）进士。授编修，以请裁减“大婚”经费，直声震朝中。光绪十一年（1885），以左副都御史赴吉林，与俄使勘界，争回被侵之珲春黑顶子地。后为湖南巡抚，甲午战争中，自请率湘军出山海关拒敌，旋以兵败被革职。善篆籀，亦能画，精金石、文字等学，收藏书画、古铜器甚富。有《愙斋诗文集》《愙斋集古录》《古籀补》《权衡度量考》等。”吴大澂辞世，翁同龢闻此噩耗，特遣人送去挽联：文武兼资，南海北海；汉宋一贯，经师人师。横批：一卧沧江。或许这便是吴大澂一生真实的写照。

吴湖帆（1894—1968），名倩，号倩庵。著名书画家。著有《联珠集》《吴湖帆文稿》等。其夫人为苏州名门潘世恩后裔潘树春（静淑），也擅书画。二人夫唱妇随，合写丹青。他一生收藏极富，有宋宁宗《樱桃黄鹂图》，王晋卿《巫峡清秋图》，宋高宗《千字文》，赵松雪、管仲姬夫妇合卷，宋刻《淮海长短句》，宋画《汉宫春晓图》，王叔明《松窗读易图》，黄子久《富春山居图》，七姬奴厝专孤本，沈石田《竹堂寺探梅图》，唐伯虎《弄玉吹箫图》，徐文长《春雨卷》，马湘兰、薛素素《美人香草图》等，每一件都是稀世之宝。

尤其难得的是，他用30余年时间和心血，广泛收集清代状元书扇70家共71页。这些书扇不仅是书法艺术精品，更是一件件珍贵的历史文物。1959年，书扇作为向国庆十周年献礼，被捐献给苏州市文管会，现藏苏州博物馆。

吴待秋故居

吴待秋故居，也叫残粒园，是清末小型宅园的代表作品。在装驾桥巷34号，1980年被列入修复项目和保护对象，1998年被列为苏州市文物保护单位。

吴待秋故居原为扬州盐商姚大赉住宅，建于清光绪十年（1884）前后，为古典园林建筑。1929年（一说1931年），吴待秋自上海回苏后购得，将其更名“残粒”，取南唐李煜“红豆啄残鹦鹉粒”（一说唐杜甫“香稻啄余鹦鹉粒”）句意。坐北朝南，占地面积约3350平方米，为三路五进建筑。中路依次为门厅、轿厅、大厅、楼厅和堂楼。大厅有“春谷堂”额，面阔三间。楼厅和堂楼前各有东西厢房，东偏各接一间书房。楼厅前院有石库墙门，上有光绪十年（1884）翰林吴大衡题“庆既令

红豆啄残鹦鹉粒

居”额。西路有卷棚式船厅，题“来鹭草堂”额。

东路建筑布局疏密有致，南部有一西式平房，木构部分全用欧洲产红木制作，是吴待秋曾经的画室、卧室和会客室。其南小院植日本红枫，环境静谧幽雅。残粒园在东路中部，花厅东侧，原名东园，园虽小，但错落有致，别有一番情趣。园以水池为中心，小径蜿蜒环绕，山石花木点缀其中，池西北沿墙叠假山洞壑。进山洞拾阶盘旋而上，有半亭一角飞翘，名为栝苍亭，两面临水，在此可俯看园中景色。栝苍亭背倚书楼东墙，亭内有壁龛书橱，有侧门与花厅和楼层相通，这样人性化的布局，在苏州园林中难得一见。书楼南与玉兰厅相向，西侧连以曲廊，其间点缀花木。园前有合抱广玉兰，花厅庭院有湖石叠成小天池泉眼，高出地面 0.6 米，终年不涸，壁间还嵌有书条石 5 方。全园面积虽然仅仅 140 平方米，但能充分利用空间，将半亭、假山、水池、花木整合得曲折高下、层次分明、比例恰当，独具匠心，充分展现了造园才能和艺术创造力。

吴待秋逝世后，其子吴羖木居此，现为吴氏后人居住。

吴待秋（1878—1949），浙江石门（今属桐乡）人，1931 年定居苏州。名徵，字待秋，号栝苍亭长。清光绪年间秀才，继承家学，致力于绘画，同时在书法、篆刻等方面均有造诣。早年习山水，颇有文风，后得黄公望遗韵，又师从吴昌硕学花卉、治印。光绪二十九年（1903）到杭州谋生，得识求是书院督学陈叔通和印家丁辅之、画家高野侯。次年，丁辅之同吴待秋等人在杭州创立西泠印社。民国五年（1916）经陈叔通推荐，至上海商务印书馆任美术部主任。吴待秋平日作画勤奋，以山水、花卉著名，尤以佛像、梅花称绝。20 世纪三四十年代，与吴湖帆、吴子深、冯超然并称为“三吴一冯”，享誉江南画坛。

吴羖木（1921—2009），名彭，幼年即承家学，擅长中国书画。江苏省文史馆员，1990 年任苏州国画院院长，一生致力于吴门画派的研究与传承。

吴梅故居

吴梅故居在蒲林巷 35-1，1998 年 11 月公布为苏州市文物保护单位。现已散为民居，建筑规模与之前已不可同日而语。

吴梅老屋本在滚绣坊，毁于太平天国战火。他成年后用薪资购下蒲林巷厉氏破屋，并着手重建。宣统三年（1911），新屋筑成，占地 535 平方米，前后三进，坐北朝南。从吴锦精心绘制的“吴梅先生故居平面示意图”中，可见苏州民宅的典型风貌。从石库门走进老屋，墙门间北面是一个天井，天井北边的二层小楼东屋，就是著名的奢摩他室——吴梅藏书楼。墙门间西面又有一个天井，落地长窗后面是大厅，厅上有楼，楼分东西两厢。大厅北中宅门上砖雕“乐居安天”额，为吴梅手书。中天井东西两侧曾经有走廊，那里是幼年的吴锦和兄弟姐妹们一起乘风凉、数星星、听故事的温馨港湾。穿过中天井，又是一排楼厅，一楼东屋是吴梅夫妇卧室，西即是吴梅写作室，藏书楼的另一半百嘉室就在二楼东北端。

吴梅（1884—1939），江苏长洲（今苏州）人。字瞿安，号霜厓，戏曲理论家、教育家，诗词曲作家。一生致力于戏曲及其他声律的研究和教学，培养出一大批学有所成的戏曲研究家和教育家。藏书数万卷，其中明嘉靖本有百余种，藏曲 600 多种，并著有《顾曲麈谈》《曲学通论》《中国戏曲概论》《元剧研究》《南北词简谱》等曲学经典。

竹风袅袅度清曲

吴梅父亲是吴钟骏长子吴清彦的幼子吴国榛，吴钟骏任浙江学政时拔取的黄漱兰按试苏州，亲拔年方17的吴国榛。吴国榛以第一名入县学，可惜22岁就去世了。因家境贫寒，8岁的吴梅出嗣给叔祖吴长祥为孙。时隔两年，母亲又亡。吴长祥早年失学就商，曾被吴清彦聘为主计30年，有一定的文化素养，教孙有方。故而吴梅说自己能读书，略知学问途径，完全出自嗣祖之教诲。

吴梅在词曲创作上有着惊人的天赋和才华。15岁《霜崖诗录》开始存稿，16岁因戊戌六君子之狱作传奇《雪花飞》，18岁以第一名为长洲县学生员，20岁作《风洞山传奇》初稿，27岁校刻《奢摩他室曲丛》行世。尽管吴梅终生只用文言文写作，对“贞节烈义”又推崇备至，仍然得蔡元培赏识，聘其入北大任教。吴梅在南、北大学主讲词曲20年，开我国高等学府曲学教学的先河。吴梅集作剧、填词、制曲、谱曲、度曲、搬演于一身，被誉为我国近代曲学泰斗。20世纪初，作为百戏之祖的昆曲正处于风雨飘摇之际，吴梅收藏的戏曲典籍和研究成果，为拯救和振兴昆曲事业起到了关键作用，对中华文化做出了不可磨灭的贡献。全面抗战爆发后，吴梅誓不逗留沦陷区，携家辗转内迁，终因旅途劳顿，病逝在云南大姚县。

吴梅子吴南青（1910—1970），毕业于光华大学，后为北方昆曲剧院曲师，中国戏曲研究院研究员。生前把“奢摩他室”的全部戏曲藏书、文献近5000卷捐赠给北京图书馆，之后陆续整理出版《吴梅全集》《吴梅日记》等。子承父业，对于吴梅来说这是莫大的欣慰。

吴荫培故居

吴荫培故居，在乘马坡直巷11号，原有多进院落，1958年被苏州皮件厂占去一部分，又经吴氏后代几次分割，仅存最后一进附房，现有吴氏后人居住。苏州市人才服务中心所在，原本也是属于故居的院落。

吴荫培（1851—1931），清苏州府吴县（今苏州）人。字树百，号颖芝、云庵、平江遗民。他天赋异禀，读书过目不忘。18岁补博士弟子员，20岁乡试中举。清光绪十六年（1890）庚寅科吴鲁榜探花（进士第三），授翰林院编修。与苏州的陆润庠、邹福保并称为“三鼎甲”。光绪十七年（1891）和十九年（1893）为顺天乡试同考官；二十一年（1895）和三十年（1904）为会试同考官；二十八年（1902）为福建乡试副考官。历任广东廉州府、潮州府，贵州镇远府知府。

光绪二十九年（1903），他就沪宁铁路借款，建国内大学堂，截留出洋初级生，上疏陈其弊病。光绪三十二年（1906），他受两江总督端方委派，赴日本考察，其间写了《丙午扶桑游记》，详细记录所见所闻所思所想，

“似宜明降谕旨，责成各行省遍设女子师范学校及幼稚园，以开众学之先”，并请端方代为上奏。光绪三十三年（1907），清政府学部颁布《女子小学堂章程》《女子师范学堂章程》，从而我国女子教育在国家学制系统中正式确立，其意义非凡。

民国期间，吴荫培自号“平江遗民”，专心从事苏州地方慈善事业，不问政事。民国三年（1914），他受聘担任男普济堂董事，在此后的十多年里，对孤苦无依的老人勤加体恤，力除各种浮费，增置男普济堂的田产、房产，将普济堂管理得井井有条，深受堂内贫民的拥戴。他离任办理移交时，堂内积存现金达四万余元，贫民们依依不舍，哭泣相送。1924年，他担任贫民乞丐习艺所董事长，收容流民，让他们从事简单的工艺劳作，自食其力。1925年，他还捐出自己的收入，重修了苏州市仅存的

庭院深深旧人家

一座半圆拱薄墩三孔石拱桥——普济桥。

早在民国七年（1918），吴县知事吴秀之于沧浪亭设修志局，纂修民国《吴县志》，聘请曹允源、吴荫培、蒋炳章任总纂。1923年7月因经费不足，修志之事不得已中止。1924年11月，重开志局，当时曹允源已病故，蒋炳章在病中，吴荫培仍坚持编纂，直至民国二十年（1931）病故。

民国初年，苏州郡西盗墓之风日益猖獗，种种现象令人发指。民国四年（1915），邹福保、陆润庠先后故去，“三鼎甲”中只剩下吴荫培一人，他下定决心担起重任，创办了吴中保墓会。他凭借自己的影响力，请苏常道道尹和吴县知事发出告示，严禁乡民掘墓盗卖，并令当地图董、经造、地保等协助，保墓会司事查访，任何人不得阻挠。第一年，吴荫培自己出资，调查、编录无主墓约450处。他不仅以70岁的高龄亲自下乡参与访查，不断修订完善保墓会章程，还亲自撰写民国《吴县志》中冢墓卷，可以说他对保墓之事殚精竭虑。让人痛心的是，吴荫培保护了众多古墓，而他自己的墓却没有保存下来。他的墓在白马涧祖茔，立有神道碑，上刻“皇清诰授资政大夫二品衔记名提学使贵州镇远府知府前翰林院撰文吴公神道碑”，由曹元弼撰文，邓邦述篆额，沈钧儒书丹。

吴荫培晚年潜心考据学问，喜交艺友，或论诗文，或写书画，与徐鄗、陆润庠、叶昌炽、潘遵祁、潘曾莹以及太仓的陆增祥等时有往来。著有《岳云庵诗文稿》《吴荫培日记》（存光绪二十年至光绪三十二年部分残稿），现藏于苏州博物馆，详见《苏州博物馆藏古籍善本》。

吴振声故居

吴振声故居，在西百花巷23号，现存一座中西合璧的楼房，2004年12月，被列入苏州市文物保护单位。

吴振声，生卒年不详，苏州人，原名华镛，字振声。民国时期苏州著名画家，曾为苏州美专校董。吴子深（1894—1972），苏州人，原名华源，字渔邨，又字子深，故居在王洗马巷（春申君庙东侧）。民国时期苏州著名画家，1928年，任苏州美校校董主席。吴秉彝（1901—1943），苏州人，原名华德，字秉彝，号梅溪，又号半月砚斋主人，民国时期苏州著名画家。

吴氏四兄弟吴子深、吴秉彝、吴振声、吴似兰皆善绘事，子深、振声工山水，秉彝、似兰精花卉，可谓名震苏州，驰誉沪上。因祖上经营酒业和漆业，从而成为富家子弟。20世纪20年代初期，四兄弟在景德路以北、西百花巷以南，买下十进旧房子，计划建造一南一北两栋中西合璧的花园别墅。图纸由四兄弟亲自设计，香山帮匠人姚琴记营造厂负责建造。共计花费3万银圆，于1931年竣工，工期长达10年。

建成后的住宅为单檐歇山式屋顶，镂空屋脊，清水砖砌外墙，阳台内缩，窗户为上下推拉式。顶端隔层有水箱，可通过蒸汽或深井抽水向整座大楼供热、供水。室内供暖系统、通风管道、卫生设施、预埋电路等一应俱全。护墙板、天花板、门窗、石栏、外墙等，处处饰以雕花、石刻和浮雕。厨房到客厅有升降机，做好的菜肴可以自动传输。楼下有网球场、回力球场，还有池塘、假山和花木……这一片原先都是

天远人远小楼近

他家的，南边一直到景德路。院子中间就是网球场、回力球场，池塘、假山、花木点缀其中，充分体现出设计者的先进理念、审美情趣以及才华和巧思。

别墅建成后，成为当时苏州最具现代气息的地标性建筑，立即引起轰动，同时成为当时文人雅士流连忘返的雅集场所。大约在1932年春天，吴似兰向清河氏购得一株极为珍稀的娑罗树（菩提树）植于庭中。来年春夏之际，娑罗树开出雪青色的花，形如莲座，观者无不称奇，花下雅聚，真风流韵事。既而设立了民国时期苏州著名的“娑罗画社”，建社宗旨是“联络吴中艺术家，发扬国粹，切磋艺事”。当时吴氏四兄弟妙笔丹青誉满吴地，故而吸引苏州名家纷纷入社。可以说，“娑罗画社”为苏州美术的光大与发展做出了不可估量的贡献，其影响积极而深远。1933年3月10日《苏州明报》刊登题为“娑罗画社第十六届画集定于三月十一日举行”的新闻。活动通常在西百花巷的娑罗花馆，也会在虎丘或吴家花园（即光福东崦草堂，详见吴似兰故居），参加的名人有朱竹云、朱守一、姚轩宇、周幼鸿、颜纯生、蔡震渊、柳君然、张辛稼、吴秉彝、王季迁、范子明、朱石溪、邹荆盦、王子振、潘补荪、顾彦平，以及吴氏兄弟等。他们笔墨抒情，诗词唱和，说不尽的佳话美谈，此为吴门画坛一时之盛事。

1949年后，吴氏兄弟相继迁居各地。20世纪50年代，这里被集体企业使用，现在三层主楼已归还吴氏后人。吴振声育有一子三女，子已去世，这座楼现属于他的女儿。2017年苏州丝绸服饰陈列馆（民间组织）在此开馆，面积约200平方米，布置极其雅致，恰到好处地修饰了这座主楼。故居的其他部分建筑仍散为民居，南边原有“工”字形西式平房，现已不存。

吴似兰故居

吴似兰故居，即吴家花园，也称东崦草堂、徐家花园，位于苏州市光福镇杨树街花园弄。1986年被列为吴县文物保护单位。

吴家花园原为明代徐鉴湖所筑，清道光年间，其五世孙徐傅在旧址上重建，娄东钱溥于戊申春日画《东崦草堂图》，法华山人张祥河于道光丁未暮春撰并书《东崦草堂记》，黄安涛为书旧额，有月满廊、欣怀亭、延翠轩、荷花池、丛桂小榭、读书堂、看云处诸构，汪芑有徐氏草堂杂咏诗。据钱溥绘《东崦草堂图》显示，草堂面向东崦湖、背靠龟山，为东园西宅布局（实际或有偏差），处处体现出江南造园文化，是典型的苏州文人建造的山林园墅。令人叫绝的是，吴家花园巧妙地运用借景手法，把龟山上的光福塔引为草堂的背景。园外青山绿水，园内移步换景，古树名木、壁画题刻等，无不增添草堂的历史厚重感。后来徐氏家道中落，宅院被卖给苏州画家吴似兰，改称吴家花园。

光福镇政府和招待所曾经设在这里。镇政府搬迁现址后，吴家花园一直闲置，后来，吴家花园的东南地块

花开花谢月满廊

被出售，仅剩老宅部分，规模已无法与旧居同日而语。花园中心位置是荷花池，前边有一排落地长窗的房，人称花厅，疑为后建。后面两进两层的古建筑呈四合院布局，房屋和回廊用木棍支撑，似乎随时就要倒塌，但依旧能看出以前的精致和古朴。与荒凉的老宅形成鲜明对比的，是对着大门的尽头一幅巨型青绿山水壁画，为光福全景图，引人入胜。未见落款，看情形可能出自吴似兰的兄长之手。月满廊是吴家花园东首的长廊，壁间还嵌着三方石刻（原有十八方），一方为草堂图，二方为草堂记。除此，还有四方石刻堆在厢房的地上，为《衡川先生画像赞》和《徐君衡川家传》。衡川，本名徐增，即徐傅之父，光福乡贤，立志为家乡撰写一部史书，收集了大量资料，临终前将自己未完成的心愿托付给儿子。2020年，老宅开始全面修缮，现已竣工。

吴似兰（1908—1964），苏州人，名华馨，字似兰，又字庆生，号绿野，别署兰坞。早年受业于颜元（油画家颜文梁之父），落笔有致，肥润若真，尤擅草木花卉，飘逸潇洒，清幽淡雅。他研习绘事格外认真，每逢初春必去光福香雪海，对梅写生，废寝忘食。又常与其兄切磋画艺，兄弟四人常常合作花鸟图以为乐事。

1928年，吴似兰任苏州美术专科学校国画教授兼校董。1932年6月，创设“娑罗画社”于西百花巷，联络苏州的书画家，研究画理书论，相互观摩作品，每半月聚会一次。最初参加者有陈迦龠、蒋吟秋、颜元、王季迁、吴待秋、顾墨畦、王子振、蒋宜安、柳君然、张仲仁、吴瞿安、张星阶等36人，两年后发展至60多人。1933年1月，成立“娑罗花馆”于北仓桥，增设第一分馆于珍珠弄，并在上海开设门市部，经销古今字画等艺术作品和工艺品，解决一部分书画家的生活问题，很得人心。

除苏州举行书画展外，1934年6月，吴似兰在上海“湖社”举行“娑罗画社古今画展览会”，后把展览作品汇编成画册（共选38人作品38幅）行世。1941年2月，吴似兰与张星阶、朱竹云于北局青年会举办“个人作品国画展览”，历时三天，参观者多达8000人次。

吴似兰的摄影家身份鲜为人知，全面抗战前他任职苏州美专国画科教授时，与同事朱士杰、张念珍常研讨照相技术。在1934年6月14日出版的《斗报》第四卷第二十二期封面上，就刊登了他的《女菩萨的造像》，还有《荷花》《蔷薇》《浴日》《灵岩》等摄影作品发表在《艺浪》等杂志上。由于擅长绘事、诗文等，吴似兰在摄影的取景、构图、采光、焦距等都有深入研究，令人回味悠长。

1949年后，他继续任教于苏州美术专科学校国画系，兼校务工作。1952年全国高等院校调整，遂至华东艺校任职为事务教师。吴似兰一生创作颇丰，主要绘画作品有《娑罗花》《牡丹》《石芍》《蝴蝶花》等。

吴南浦故居

吴南浦故居，在大石头巷35—37号，1982年列入苏州市文物保护单位，2006年被列为江苏省文物保护单位。

大石头巷的名字来历颇具传奇色彩，相传旧时有陨石坠此而得名。清代张紫琳《红兰逸乘》卷一说：“乐桥之南大石头巷，不知大石所在。一日值其巷口人家葺屋，始见石在屋中，正方如八仙桌，其石质砂石耳，俗传孙

四时读书乐逍遥

吴时空中堕下者也。”吴宅相传为清乾隆年间沈复(《浮生六记》作者)旧宅,1940年,沈延令将其售与沪商吴南浦,从此便称为吴宅。吴宅三路五进布局,占地3400平方米,建筑面积2590平方米。前门北向,后门通仓米巷,中路有轿厅、大厅、楼厅等,大门不设门厅而于牌楼门后筑南向半亭,东西设廊达轿厅,大厅、楼厅前各有砖雕门楼。大厅3开间11米,进深9米;楼厅5开间19.05米,进深9.5米。前置鹤颈椽轩廊,左右出厢楼各两间。第四进为平屋五间,南院设两厢;第五进为楼房五间。第四、五进坐北朝南,从后门出入。

吴宅的两座砖雕门楼极其精美,有圆雕、透雕、浮雕等,雕刻深度达7厘米。大厅门楼为“舍穌履中”额,屋顶为硬山式,宽3.35米,檐下有两跳斗拱六纹镶边。兜肚满雕回云纹,中心线雕香薰,两侧垂花柱立雕灵芝等。上枋、下枋各饰乱纹嵌花结挂落,下枋雕弧线纹寿桃。特别是楼厅门楼精巧别致,极为少见,额为“四时读书乐”。门楼高5.91米,宽3.26米,深0.95米。镌刻的楷书“麐翔凤游”,古朴厚重。左右兜肚雕琢分别以“柳汁染衣”和“杏花簪帽”为题。上枋、下枋施以满雕。上枋以福禄寿三星为主,左右有西王母、鬼谷子、麻姑、刘海、东方朔等神仙及猴、鹿、羊、蟾蜍等动物;下枋以元代翁森《四时读书乐》诗句为题,自东而西雕四组人物,构图取园林背景,并分别刻有春夏秋冬四时读书乐诗句,春为“绿满窗前草不除”,夏为“瑶琴一曲来薰风”,秋为“起弄明月霜天高”,冬为“数点梅花天地心”。四组画面虽意境不同,然而布局上和谐统一,犹如一幅山水人物画卷。门楼现状尚属完整,堪称苏州现存清代建筑砖雕艺术的代表作品之一。可惜,吴宅大部分散为民居。

苏州的吴氏宅院还有许多,如苏州市控制保护建筑有谢衙前28、30、32号吴宅,中张家巷建新里6号吴宅,朱马高桥下塘3号吴学谦旧居,富郎中巷20、22、24号吴宅,西支家弄吴宅,史家巷46、48-1号吴氏垂裕义庄等;苏州市文物保护单位有梵门桥弄吴宅,桃花坞大街120号吴宅等;江苏省文物保护单位有太仓吴晓邦故居和纪念馆等。

附录

主要参考书目

二十五史，[汉]司马迁等撰，中州古籍出版社1998年版。

越绝书，[东汉]袁康等辑，岳麓书社1996年版。

吴越春秋，[汉]赵晔撰，[元]徐天祜音注，苗麓校点，辛正审订，江苏古籍出版社1999年版。

水经注校，王国维校，袁英光、刘寅生整理标点，上海人民出版社1984年版。

述异记，[南朝梁]任昉撰，吉林大学出版社1992年版。

吴地记，[唐]陆广微撰，曹林娣校注，江苏古籍出版社1986年版。

太平寰宇记，[宋]乐史撰，清光绪金陵书局刻本。

太平御览，[宋]李昉、李穆、徐铉等编纂，宋庆元五年四川刊本。

吴郡图经续记，[宋]朱长文撰，金菊林点校，江苏古籍出版社1986年版。

吴郡志，[宋]范成大撰，江苏古籍出版社1999年版。

洪武苏州府志，[明]卢熊撰，苏州市地方志办公室编，广陵书社2020年版。

姑苏志，[明]王鏊撰，明正德九年刻本。

石湖志，[明]莫震撰，莫旦增辑，广陵书社2003年影印版。

至德志（外二种），[清]吴鼎科辑，吴恩培点校，上海古籍出版社2013年版。

吴趋访古录，[清]姚承绪撰，江苏教育出版社1993年版。

太湖备考，[清]金友理撰，薛正兴校点，江苏古籍出版社1998年版。

吴门表隐，[清]顾震涛撰，甘兰经、吴雨窗、吴琴标点，江苏古籍出版社

1986年版。

清嘉录，[清]顾禄撰，来新夏校点，上海古籍出版社1986年版。

林屋民风，[清]王维德等撰，浙江鲍士恭家藏本。

百城烟水，[清]徐崧、张大纯纂辑，薛正兴校点，江苏古籍出版社1986年版。

中国历代人名大辞典，张㧑之、沈起炜、刘德重主编，上海古籍出版社1999年版。

横山志略，[清]顾嘉誉纂，抄本。

宋平江城坊考，[清]王謇撰，张维明校理，江苏古籍出版社1986年版。

吴县志，[民国]曹允源、李根源等纂修，民国二十二年苏州文新书局版。

灵岩山志，[民国]俞友清辑，苏州文新印书馆1935年版。

香山小志，[民国]徐翥先纂，民国稿本。

木渎小志，[民国]张郁文纂，民国十年苏州华兴印书局版。

吴郡西山访古记，[民国]李根源撰，苏州史志资料选辑总三十二辑。

文渊阁四库全书（检索版），上海人民出版社1999年版。

吴郡珍籍（检索版），苏州市吴中区图书馆2009年版。

话本苏州简史，朱红撰，古吴轩出版社2006年版。

纵横苏州，王稼句撰，东南大学出版社2017年版。

苏州文化概论：吴文化在苏州的传承和发展，苏简亚主编，张澄国副主编，江苏教育出版社2008年版。

苏州市志，苏州市地方志编纂委员会编，江苏人民出版社1995年版。

苏州老桥志，苏州市地方志办公室编，广陵书社2013年版。

苏州市吴文化地名保护名录（市区卷），苏州市民政局、苏州市地方志学会编，古吴轩出版社2015年版。

后记

2020年，吴磊先生和我接到任务，策划本书。我们原本设想公开征稿，结集出版，不想半年过去，仅收到两三篇文章。万般无奈，在吴磊先生的建议下，我觉得自己有责任和义务完成这项挑战任务，便斗胆请命，承蒙苏州市泰伯文化研究会苏州吴氏文化研究中心给予信任、支持。

于是，我“自讨苦吃”，选择了一条“探索与发现”之路。本书插图，以旧图画和新照片组成，回望过去景象、记录现在风光。如此，这本小书也就有点意义了。为此心怀愧疚，增加了蒋家宏、吴海云两位先生摄影的难度系数，因为本书精挑细选的一百零六个条目，涉及八个大类，遍布苏州城乡村镇各处，时间紧、任务重，加之疫情期间的诸多不便，困难可想而知。好在大家齐心协力，最终圆满完成任务。

在写作过程中，我发现一些有趣的现象，比如吴王们特别喜欢放棹湖光山色间消夏赏荷，起初我不以为意，只觉得吴王们好浪漫，直到看见竺可桢先生《中国近五千年来气候变迁的初步研究》说，历史上一共经历四次温暖期，春秋战国时期出现的是第二个，这才恍然大悟。原来如此，在没有空调、电扇的过去，还有什么方式比游湖更令人神清气爽的呢？对于美人来说，还有什么方式比时不时香芬沐浴更叫人心旷神怡的呢？不然哪至于形成香溪？有些如今看似不怎么合理的行为，也随之一一豁然开朗了。

随着挖掘和采写的深入，可写的条目之多远远超出我最初的认知，有的只好割爱，有的只能罗列，有的只是点到为止。对于本书的撰写，自认为尽心竭力，尽管存在不尽如人意的地方，权当抛砖引玉，希望引起社会的广泛关注，从而进一步深度研究泰伯文化和大力弘扬至德精神，使青少年从小耳濡目染中国优秀传统文化精髓，提升全民素质、增强家国情怀，继承传统、开拓创新，养成自觉保护和爱惜吴地文化遗存、文物遗址、古迹名胜以及生态环境的习惯。或许，这就是我撰写本书的初衷。

诚然，经过数千年的沧海桑田，表面似乎已看不出太多的“勾吴印记”，然而草蛇灰线，民间流传的一则则故事，史料记载的一段段文字，地下累叠的一层层文化序列等无不存在。任凭岁月如何流逝，城市如何发展，地貌如何变迁，一切有形之物终将灰飞烟灭，成为过去，而无形的吴文化印记，早已厚厚积淀在吴地的青山绿水间，深深烙印在新老苏州人的心坎上，暖暖流淌在吴氏后裔的血液中……不会改变，代代相传！

最后，特别感谢苏州市泰伯文化研究会会长、苏州吴氏文化研究中心主任吴永敏先生为本书写序，感谢苏州市泰伯文化研究会胡韵荪副会长在本书出版过程中的辛勤付出，感谢苏州吴氏文化研究中心副主任、苏州大学音乐学院院长吴磊先生，感谢关心和帮助本书出版的张澄国、吴恩培、王稼句、吴友华、潘文龙、潘振亮等先生，与有荣焉！

确切不移，有一种幸福叫生活在苏州，有一种希望叫创业在苏州……还有一种至德精神叫三让王位，还有一种文化遗存叫勾吴印记……

赘述数语，是为后记。

2021年12月12日于苏州光福福园紫雨楼